KB239571

Chasing
Harry Winston

CHASING HARRY WINSTON
by Lauren Weisberger

Copyright ⓒ Lauren Weisberger, 2008
Korean Translation Copyright ⓒ MUNHAKDONGNE Publishing Corp., 2013

This Korean edition is published by arrangement with
Curtis Brown UK through Duran Kim Agency.
All Rights Reserved.

이 책의 한국어판 저작권은 듀란킴 에이전시를 통해
Curtis Brown UK와 독점 계약한 (주)문학동네에 있습니다.
저작권법에 의해 한국 내에서 보호를 받는 저작물이므로
무단 전재 및 무단 복제를 금합니다.

이 도서의 국립중앙도서관 출판시도서목록(CIP)은
e-CIP 홈페이지(http://www.nl.go.kr/ecip)와
국가자료공동목록시스템(http://www.nl.go.kr/kolisnet)에서 이용하실 수 있습니다.
(CIP제어번호: CIP2013000264)

해리 윈스턴을 위하여

2

로렌 와이스버거 장편소설
이은선 옮김

문학동네

차례

건방진 자신감과
살인적인 미소

아드리아나는 사람들이 왜 그렇게 비행기를 질색하는지 도무지 이해할 수 없었다. 몇 시간 동안 기내용 캐시미어 담요를 덮고 샴페인을 홀짝이며 영화를 보면 되는데 뭐가 그리 끔찍하다고. 물론 아무리 일등석이라도 기내식은 끔찍했지만, 필수품(다이어트 바, 모둠 유기농 과일 샐러드, 에비앙 생수)만 있으면 제법 즐길 만했다. 오늘처럼 옆자리에 잘생기고 유명한 미혼의 남자 배우가 앉으면 특히 그랬다. 그는 엄밀히 말하면 탤런트지만 그래도 NBC에서 황금 시간대에 방송되는, 심지어 아드리아나도 보는 최고 인기 드라마의 스타였다. 그리고 낮 시간에 방송되는 쓰레기 같은 드라마에 출연하는, 끝내주는 몸매의 스물한 살짜리 탤런트와 사귀다 막 헤어진 참이었다. 아드리아나는 두 사람이 어느 날 밤 서로 대서양을 사이에 두고 블랙베리로 주고받은 분노의 메시지에 이르기까지 〈US 위클리〉에 실린 추잡한 스캔들의 전말을 읽으며 남자가 아깝다고 생각했었다. 예쁘장한 옆얼굴과 조각 같은 팔뚝을 슬쩍 훔쳐보니 그때 내린 판단이 옳았다는 결론이 나왔다.

내가 만나는 사람이 있다는 게 아쉽군. 아드리아나는 한숨을 크게 쉬며 생각했다. 이 소리를 듣고 옆자리에 앉아 있던 남자가 고개를 들었지만, 아드리아나는 일부러 모르는 척했다. 이 세상에서 자만심이 하늘을 찌르는 연예인만큼 공략하기 어려운 족속도 없는데—아드리아나는 이 방면의 전문가를 자처해도 될 만큼 많은 영화배우, 음악가, 프로 선수와 만나봤다—라페를라*를 입을 줄 아는 여자라면 누구나 알고 있듯 그들을 자극할 수 있는 방법은 오직 한 가지, 만만치 않게 보이는 것뿐이다. 아드리아나도 입버릇처럼 말하지만 이 족속은 제대로 된 인간이라기보다 어린아이에 가까웠고, 그러다보니 자연스레 가질 수 없는 것만 간절히 원했다. 그래서 지금 아드리아나가 그를 없는 사람 취급하는 거였다.

사실 통로 쪽 옆자리에 그가 앉는 순간 누구인지 바로 알아봤지만 그가 예의바르게 인사를 건네도 "네"라고만 답했다. 여기저기 전화를 걸어 재잘재잘 시끄럽게 통화하며 이륙하기 전까

---

* 이탈리아의 고급 란제리 브랜드.

지 최대한 시간을 때우고, 전자기기 사용이 허용되자마자 그에게 선수를 뺏기지 않게 얼른 아이팟을 켜는 등 스스로 생각하기에 지금까지 제대로 대처했다. 발랄한 승무원이 어떤 음료를 마시겠느냐고 물었을 때에도 그가 승무원이 한 말을 고스란히 아드리아나에게 옮겼지만, 그녀는 승무원만 쳐다본 채 미소를 지으며 샴페인을 한 잔 더 달라고 하고는 다시 헤드폰을 썼다.

몇 분 뒤에 그는 대본을 꺼내 CAA*라고 적힌, 정체가 빤한 표지를 요란하게 부스럭거렸다. 그러더니 대본을 읽기 시작했는데, 아드리아나가 보기에는 과시용으로 페이지를 넘기는 수준이었다. 물론 그녀의 관심을 끌기 위한 것이었다. 아드리아나가 눈을 크게 뜨며 살며시 웃자 그가 당장 달려들었다. 예상했던 반응이다. 말을 붙일 만한 핑계를 기다리고 있었던 거다.

"뭐 재미있는 거 듣고 있어요?" 그가 환하게 미소를 지으며 물었다.

사실 아드리아나는 아무것도 듣고 있지 않았다. 헤드폰은 대화에 관심 없다는 뜻을 보여주는 소품에 지나지 않았는데, 주어진 임무를 완벽히 수행한 게 분명했다.

아드리아나는 그를 쳐다보며 잠깐 뜸을 들이다 왼쪽 헤드폰을 천천히 뒤로 젖혔다.

---

* 전 세계적으로 유명한 엔터테인먼트, 스포츠 에이전시.

"네?" 그녀는 눈을 동그랗게 뜨고 물었다. "뭐라고 하셨어요?"

"뭐 재미있는 거 듣고 계신가 해서요. 웃으시기에……"

아드리아나는 필요 이상으로 뜸을 들여 그를 당황스럽게 만든 뒤 구원하러 나섰다. "아, 제가 그랬어요? 아니에요, 아주 재미있었던 일이 생각나서요."

애매하게. 뭔가 있는 것처럼. 알쏭달쏭하게. 모두 아드리아나의 전문 분야였다.

그는 씩 웃었다. 맙소사, 정말 귀여운 얼굴이었다. "어떤 일인지 들을 수 있을까요? 지금 있는 게 시간뿐이잖아요." 그가 두 팔을 죽 뻗으며 말했다. "정확히 네 시간하고 삼십 분이 남았죠."

"나중에요." 아드리아나는 이렇게 말하며 머리카락을 귀 뒤로 넘겨 곱고 여성스러운 손과 우아하고 긴 손가락, 옅은 핑크색으로 칠한 손톱, 잡티 하나 없는 피부를 분명하게 보여준 뒤 한쪽 손을 그에게 내밀었다. "아드리아나예요." 그녀는 브라질 억양을 일부러 강조하며 자기소개를 했다.

"딘입니다." 그는 이렇게 말하며 자기 손으로 그녀의 손을 감쌌다.

물론 알고 있는 이름이었지만, 티를 내지 않았다. "오늘 LA에는 무슨 일로 가시나요?" 아드리아나는 아무것도 모르는 척 물었다.

"미팅이 있어서요. 감독들이랑 스튜디오 사람들하고요."

"아, 신인 배우세요? 전혀 몰랐어요." 이 정도면 오버하는 거였지만, 필요한 조치였다. 신인 배우가 일등석을 타고 갈 리 없었지만, 그는 자고 일어나니 스타가 된 케이스였다. 까딱 잘못하면 하늘 높은 줄 모르고 잘난 척할 수도 있었다. 그뿐만 아니라 조금이라도 알은체했다가는 섹시하고 세련된 브라질 출신의 뉴요커에서 연예인이라면 사족을 못 쓰는 팬으로 전락할 수 있었다. 그러느니 차라리 죽는 게 나았다.

"음, 아니에요. 저는 사실……"

"오디션 잘되길 빌게요! 긴장돼요?"

그는 미간을 찌푸렸다. "오디션이 아니라 이미……"

"딘?" 아드리아나는 달콤한 목소리로 말허리를 잘랐다. "승무원 좀 불러주실래요? 샴페인 한 잔 더 마시고 싶어서요."

딘은 한숨을 쉬고 승무원을 불러 아드리아나의 샴페인에 추가로 브랜디와 진저에일도 주문했다. "LA에 사세요?" 딘이 물었다. 그는 이제 아드리아나의 착각을 바로잡아주기 위해 더욱 대화에 의지를 불살랐다.

"제가요? LA에요? 설마요." 아드리아나는 웃음을 터뜨렸다. "주말 동안 친구 만나러 가는 거예요." '친구'가 사실은 남자친구이자 다름 아닌 토비아스 배런이라고 밝힐 필요는 없었다. 가여운 딘은 그 이름을 들으면 현기증을 느낄 것이다. "진짜 오디션만큼 짜릿한 일도 없을 것 같아요. TV 드라마예요, 영화예요?"

그는 졌다는 표정이었다. 착각을 바로잡아주려면 자기 정체를 밝혀야 하는데, 그건 자존심이 허락하지 않았다. 그는 이제 그녀의 손안에 있었다. 그녀는 이렇게 확신하고, 숫자를 세기 시작했다. 다섯, 넷, 셋, 둘, 하나 그리고……

"아드리아나, 내가 저녁 살게요. 친구하고 같이 나와요. LA도 그렇게 나쁘지는 않아요. 갈 만한 곳만 알고 있으면."

빙고. 나는 아직 죽지 않았어. 비록 서른이 코앞으로 닥쳤지만 십 분이면 어떤 남자든—야니는 예외였지만, 그건 그쪽 잘못이지 내 잘못이 아니야—넘어오게 만들 수 있다고. 여기에서 할 일은 이로써 끝.

"저도 그랬으면 좋겠는데, 주말 내내 약속이 있어요." 이렇게 대답하려니 초인적인 자제심을 발휘해야 했지만, 그녀는 현재 일대일 관계에 진입해 있었다. 바로 지난주에 토비가 다른 여자를 만나지 않겠다고 선언하고, 아드리아나도 그래주길 바랐던 것이다. 그로 말할 것 같으면 그녀가 처음으로 온전히 집중하는 남자친구이자 완벽한 남편 후보였다. 그는 동부에서 손꼽히는 학교를 나왔고, USC 영화학교를 졸업하자마자 대형 히트작을 만들어 명예와 부를 동시에 거머쥐었고, 현재 할리우드에서 가장 인기 있는 감독 중 한 명이었다. 앞으로 몇 달 뒤에 약혼 소식을 전하면 친구들이 얼마나 깜짝 놀랄지 상상만 해도 즐거웠다. 게다가 어머니는 어떤 반응을 보일까! 아마 기절할 것이다. 아드리아나는 이런 생각을 하며 옆자리에 앉은 남자의 은밀한 유혹을 거절했다.

"그럼 뉴욕에서 만나야겠네요." 딘이 건방진 자신감과 살인적인 미소를 발산하며 말했다.

"그러게요." 아드리아나는 일말의 주저도 없이 대답했다. 여자라면 당연히 이래야겠지? 저녁 약속은 저녁 약속이고, 지금까지 이만큼 모범적인 여자친구 노릇을 했으면 충분했다. 그는 정말이지 매력덩어리였다.

두 사람은 LA로 가는 내내 이야기를 나누었고, 비행기에서 내릴 무렵 아드리아나는 침대에서 그를 다루는 정확한 방식까지 파악을 끝냈다. 하지만 수화물 찾는 곳에서 토비와 만나기로 했던 것이 마지막 순간, 갑자기 생각났다.

"딘, 나 화장 좀 고쳐야겠어요. 이제 그만 헤어져요."

"기다릴게요. 차가 오기로 했으니까 친구네 집까지 바래다드리죠." 그는 여자 화장실 앞에서 걸음을 멈추며 말했다.

"아니에요, 고맙지만 사양할래요. 먼저 가요." 아드리아나는 속눈썹을 내리깔고 반쯤 감은 눈으로 그를 올려다보았다. "뉴욕에서 만날 때까지 기다릴래요."

"좋아요." 그는 그녀의 뺨에 입을 맞추었다. "전화할게요."

"그래요." 그녀는 애교 넘치는 목소리로 대답했다.

아드리아나는 화장실에서 화장을 고치며 오 분을 보낸 다음 남자친구를 만나러 수화물 찾는 곳으로 당당하게 걸어갔다. 웃는 얼굴의 토비 대신 제복 차림의 기사가 그녀의 이름이 적힌 표지판을 들고 있었지만, 그래도 아드리아나는 당황하지 않았다. 주말을 온전히 둘이서 보낼 테니 교태를 부리거나 머리를 굴리거나 기타 등등 환상적인 여자처럼 보이려고 애쓸 필요 없이 잠깐 숨을 돌리는 것도 나쁘지 않았다. 기사는 그녀가 들고 온 고야드 여행가방을 카트에 싣고—바퀴 달린 여행가방은 영 고상하지가 않았다—왼쪽 귀퉁이에 20세기 폭스 사 로고가 찍힌 봉투를 내밀었다.

"배런 감독님께서 직접 나오지 못해 미안하다고 전해달라고 하셨습니다." 기사가 주차장 쪽으로 안내하며 말했다.

"아, 상관없어요." 아드리아나는 밝은 목소리로 말했다. "괜찮으면 차에서 눈 좀 붙일게요."

하지만 최신형 리무진의 푹신한 뒷자리에 일단 몸을 싣자 너무 설레서 잠이 오지 않았다. 토비가 사는 할리우드 힐스의 전설적인 대저택을 두 달 반 만에 드디어 볼 수 있게 된 것이다. 아드리아나는 토비의 편지를 읽고 또 읽는 동안(내 사랑 아드리아나, 공항에 나가지 못해서 정말 미안해. 막판에 갑자기 일이 생겼어. 나중에 꼭 만회할게. 사랑해, T.) 사랑해라고 한 데 주목하며—그가 벌써부터 진심으로 그녀를 사랑할 리 없으니 할리우드식 애정 표현일 수도 있었다. 하지만 진심일 수도 있지 않을까?—기쁨의 한숨을 내쉬었다. 일대일 관계쯤 아무것도 아니었다. 이때까지 왜 그렇게 버텼나 싶을 정도였다. 대여섯 명을 동시에 만나는 것에 비하면 재미없긴 했지만 그래서 덜 피곤했다. 게다가 인정하기는 정말 싫지만 어머니 말이 맞았다. 오늘 아침, 비행기의 가죽 의자에 앉았을 때만 해도 허벅지가 전보다 눈곱만큼 더 퍼지는 게 아닌가. 화장실로 얼른 달려가 확인해보니 왼쪽 눈가에 얇은 줄도 보였다. 주름살이었다. 빌어먹을 형광등에 빌어먹을 보안검색 같으니라고! 제대로 된 화장품은 들고 탈 수 있게 해야지! 허벅지가 몇 센티미터 굵어지고 주름살이 자글자글하게 얼굴을 덮으면—오, 주여, 제발!—유명한 감독이나 인기 절정의 배우는 잡을 수 없을 것이다. 이제는 아드리아나를 제대로 돌봐줄 사람을 진지하게 찾아야 할 시점인데, 지금까지는 진행상황이 아주 만족스러웠다. 고맙게도 토비는 열두 살 연상인 (그리고 솔직히 인정하자면 살짝 어수룩한) 그가 아드리아나처럼 젊고 아찔한 미녀를 만나는 게 얼마나 축복받은 일인지 아는 눈치였다.

텔레파시라도 통했는지 아드리아나의 휴대전화 화면 위로 토비의 이름이 떴다. 그녀는 벨이 세 번 울릴 때까지 기다렸다가 전화를 받았다.

"윌리엄?" 그녀는 헛갈린 척 물었다.

"아드리아나? 아드리아나 맞지?" 가여운 토비는 당황한 것 같기도 하고 살짝 화가 난 것 같기도 한 목소리였다.

"아, 토비! 잘 있었어요? 기분 좋은 편지 고마워요."

"윌리엄은 누구야?" 그가 씩씩거렸다.

"윌리엄이라뇨?" 아드리아나는 속으로 한숨을 쉬었다. 뻔한 수작을 부리자니 피곤했지만, 필요한 일이었다.

"내가 윌리엄인 줄 알았잖아. 전화 받았을 때 윌리엄이냐면서? 다시 한번 묻겠는데, 윌리엄이 누구야?"

"토비, 내가 어이없는 실수를 한 거예요! 내가 가끔 얼마나 깜빡깜빡하는지 알잖아요." 아드리아나는 목소리를 낮추고, 귀여운 여학생에서 섹시한 유혹녀로 매끄럽게 역할을 바꾸었다. "대답해봐요. 나 보고 싶어요? 나는 보고 싶어 죽겠는데."

"당신을 만지고 싶어서 미칠 지경이야." 그는 수화기에 대고 거친 숨을 몰아쉬었다.

남자란 얼마나 다루기 쉬운 존재인지, 한심할 정도라니까. 아주 조금 연습하고 상상력만 살짝 가미하면 원하는 남자를 누구든 손에 넣을 수 있는데, 그걸 모르는 여자들이 왜 이렇게 많은 걸까?

차가 405번 도로로 접어들었을 때 대기 통화를 알리는 불빛이 깜빡였다. "토비, 다른 전화가 와서 받아야겠어요. 일 끝나면 호텔로 올 거죠?"

"윌리엄 전환가?" 토비는 끈질기게 물고 늘어졌다.

"아니에요. 몰래 만나는 애인 전화라고 하면 흥미진진할 텐데,

미안하지만 우리 엄마예요."

"그러니까 몰래 만나는 애인이 있다고 솔직히 인정하는 거지?" 그녀는 깔깔 웃으며 이 가여운 남자를 더이상 괴롭히지 않기로 했다. 게다가 이제는 재미도 없었다. "그런 거 없다니까요. 요즘 내가 얼마나 못된 딸이었는지 일깨워주려는 오십대의 브라질 출신 엄마한테서 걸려 온 전화라고요."

"좀 이따 봐." 그는 툴툴거리며 전화를 끊었다.

아드리아나는 심호흡을 하고 어머니에게서 걸려 온 전화를 받았다. "엄마! 웬일이야."

"애디, 요즘 어딜 그렇게 쏘다니는 거니?"

"상징적으로 아니면 실질적으로?"

"아드리아나, 나 지금 농담할 기분 아니야." 데소자 부인이 말했다.

"무슨 일 있어?" 그녀가 물었다. 아버지가 심장마비를 일으켰거나 수백 명쯤 되는 사촌 중에 한 명이 요절이라도 했나 싶어 걱정이 아니라, 부모님이 뉴욕에 한참 동안 있을 생각인가 싶어 걱정이었다.

"조금 전에 제라드하고 통화했더니 네가 오늘 아침에 지프차만 한 여행가방을 들고 나갔다고 하더구나."

"도어맨한테 전화해서 나를 감시했단 말이야?" 아드리아나는 토비의 운전기사 귀에 고스란히 전달된다는 사실을 잊고 고함을 질렀다. "어쩌면 그럴 수가 있어?"

"내 집 도어맨하고 통화하는 게 뭐가 어때서?" 데소자 부인은 맞받아쳤다. "아드리아나, 이 문제에 대해서는 우리 이미 이야기가 끝나지 않았니? 아버지는 지난달 네 아메리칸 익스프레스 카드 사용 내역서를 보고 달가워하지 않으셨어. 내가 기억하기로 옷하고 구두 사는 데 만 달러, 여행하고 노는 데 만 달러를 썼더구나. 자질구레한 비용을 줄이라고 그렇게 이야기했는데, 또 싸돌아다니는 거니?"

"엄마! 싸돌아다니는 거 아니야. 여기 로스앤젤레스야." 아드리아나는 목소리를 낮추고 손으로 입을 가렸다. "나 요즘 만나는 남자가 있어. 아주 괜찮은 사람이야." 속삭이는 수준으로 목소리는 더욱 낮아졌다. "이건 지출이 아니라 투자야."

이 정도면 어머니도 더는 왈가왈부하지 않을 것 같았다. 아무리 생각해도 부모님에게 얹혀사는 것은 굴욕적인 일이었다. 집만 해도 두 분 것이니 아무 연락 없이 아무 때나 들이닥쳐 원하는 만큼 지내다 갈 수 있었다. 아드리아나가 옷이나 피부 관리나 여행에 쓰는 돈도 두 분이 부담하고 있으니 일일이 간섭할 수 있었다. 이제 서른 살이 다 된 여자가 토비를 증인으로 내세워야 했다. 주변에 목격자가 아무도 없는 게 다행이었다.

"그래?" 어머니가 물었다. "누군데?"

"그냥 영화감독. 토비아스 배런이라고 엄마도 알지?"

어머니가 헉하며 좋아서 흥분하는 소리가 아드리아나의 귀에 까지 들렸다.

"토비아스 배런? 오스카상 받은 감독 아니야?"

"맞아. 후보로 오른 적은 두 번 더 있고. 현존하는 감독 중에서 가장 영향력 있는 삼인방으로 꼽힐걸?" 아드리아나는 잘난 척 대답했다.

"그래서 그 감독이 너하고 어떤 사이인데?" 데소자 부인이 물었다.

"남자친구." 아무리 애써도 목소리에서 좋아하는 기색을 감출 수 없었다.

"남자친구? 애디, 너는 중학교 1학년 이후로 남자친구를 사귄 적이 없잖아. 정말 그 남자만 만나고 있다는 거니?"

"그렇다니까." 아드리아나가 대답했다. "사실 오늘도 그 사람이 와달라고 해서 LA로 온 거야. 내가 자기 친구들도 모르고, 자기 집이 어떻게 생겼는지도 모르고, 자기가 LA에서 어떻게 사는지 아무것도 모르는 게 이상하다나?" 아드리아나는 다시 목소리를 낮추면서 고개를 숙였다. "알고 보니까 어마어마한 대저택에서 살고 있대."

솔직히 이건 우연히 주워들은 이야기가 아니었다. 몇 시간 동안 토비에 대해 인터넷 검색을 하다보니 〈인스타일〉에 그가 혼자 살고 있는 집 내부를 촬영한 사진이 열몇 장 있었다. 아드리아나는 그가 방 네 개, 욕실 다섯 개짜리 집의 아무것도 없는 모던한 분위기를 좋아하고, 그의 집이 실내외 샤워실과 정원이 갖추어져 있고 식사실, 거실, 침실용으로 별채가 따로 있는 발리 스타일이며, 그리고 무엇보다 그 아래 골짜기까지 끝없이 이어지는 것처럼 보이는 끝내주는 수영장이 있다는 사실을 이미 알고 있었다. 직접 보기도 전에 벌써 몇 군데만 살짝 손보면(안방에 붙박이 화장대와 제대로 된 드레스룸만 설치하면) 정말, 정말 살고 싶은 집이라고 결론을 내린 상태였다.

"그렇다면 이번에는 눈감아줄게. 하지만 앞으로는 좀 자제하렴. 요즘 네 아버지가 스트레스를 많이 받는다는 거, 말 안 해도 알잖아."

"알아, 엄마."

"그리고 배런 감독 앞에서 처신 잘하고." 그녀의 어머니는 이렇게 경고했다. "엄마한테 배운 거 잊지 마."

"엄마! 내가 잊어버릴 리가 없잖아."

"돈 많고 힘 있는 남자를 만날수록 원칙을 지켜야 해. 자기 발치에 쓰러지는 여자들만 겪다 그렇지 않은 여자를 만나면 진가를 알아차리는 법이거든."

"알아, 엄마."

"신비로운 분위기를 계속 유지해야 한다, 아드리아나. 요즘은 우리 때보다 훨씬 빨리 침대로 직행하는 모양이더라만, 그래도 쉽게 허락하지 않는 부분도 있어야 해. 알겠지?"

"응. 알았어."

"남자를 만나러 동서를 횡단하며 날아가는 게 훌륭한 선례는 아닌 것 같다만." 데소자 부인이 말했다.

"엄마! 그럴 때가 됐으니까 그러는 거지. 그 사람이 나를 만나러 벌써 네 번이나 뉴욕에 왔단 말이야." 살짝 허풍을 섞기는 했지만, 어머니한테 곧이곧대로 말할 필요는 없었다.

"호텔에서 묵을 거지?"

"당연하지. 그 사람 집에서 지내면 돈이 덜 들기는 하겠지만……"

이런 뜻을 비치기만 했는데도 어머니는 경악했다. "아드리아나! 정신 차려! 네가 경제적인 부분에 조금만 더 신경을 쓰면 네 아버지나 나한테는 고마운 일이지만, 이건 고민하고 말고 할 문제가 아니야."

"농담이야, 엄마. 페닌슐라 스위트룸 잡아놨어."

"그리고 명심해라. 밤새도록 같이 있으면 안 돼! 그 남자하고 선을 넘더라도 아침까지 같이 있으면 안 돼."

"알았어요." 아드리아나는 혼자 살며시 웃었다. 다른 어머니들 같으면 병에 걸리거나 손가락질 당하거나 안 좋은 소문이 날 수 있으니 아무 남자하고나 자면 안 된다고 했을 것이다. 데소자 부인은 그런 걸 걱정하지 않았다. 한 번의 실수로 남녀 간의 아슬아슬한 균형이 무너져 최종 목적―알맞은 상대와 약혼―을 달성하기 힘들어지면 어떻게 하나, 오로지 그 걱정뿐이었다.

"그래, 알았다. 너하고 이런 통화를 할 수 있다니 다행이지 뭐니. 그 사람, 아주 기대가 되는구나. 네가 평소에 만나던 남자들보다 훨씬 괜찮아 보여……"

"일요일에 뉴욕으로 돌아가서 전화할게, 알았지?"

어머니는 혀를 쯧쯧 찼다. "어디 보자…… 나 지금 스케줄 확인하는 중이야. 아, 그래. 우리는 그때 두바이에 있겠다. 휴대전화도 연결되겠지만, 두바이 아파트로 전화하는 게 좋겠어. 전화번호 알지?"

"알아. 거기로 전화할게. 행운을 빌어줘요!"

"너한테 행운 같은 게 필요하니? 너 같은 미녀를 곁에 둘 수 있다면 토비아스 배런 감독은 물론이고 어떤 남자라도 감지덕지해야지. 아드리아나, 너는 네가 할 일만 명심하면 돼."

두 사람은 수화기 너머로 입을 맞추고 전화를 끊었다. 운전기사가 통화 내용을 얼마나 들었을까 싶어 흘끗 훔쳐보니 그는 블루투스 헤드폰에 대고 나지막이 중얼거리고 있었다. 데소자 부인이 사람 진을 빼는 건 사실이었고 리와 에미의 이야기를 종합해보건대 평범한 어머니들과 다르기는 했지만, 데소자 부인이 이룬 업적은 인정할 수밖에 없었다. 그녀는 자신이 밟는 땅마저 떠받드는 성실하고 자상한 남자의 힘을 빌려, 성공한 모델에서 럭셔리하고 여유로운 귀부인으로 눈부시게 변신하는 데 성공했다. 상파울루의 주상복합 빌딩, 바다가 보이는 포르투갈의 대저택 그리고 뉴욕과 두바이의 으리으리한 아파트…… 이 정도면 콧방귀를 뀔 수 있는 수준이 아니었다. 모피와 보석, 자동차와 시중을 드는 일손도 나쁘지 않았지만, 데소자 부인은 내역을 밝힐 필요 없이 무제한으로 돈을 쓸 수 있는 권리(결혼식을 올리기 직전에 그녀가 우격다짐으로 추가한 조항이었다)도 제대로 활용했다. 끝도 없이 이어지는 어머니의 '훈계'를 듣고 있노라면 지긋지긋하기는 했지만, 아드리아나는 남자에 관한 한 어머니의 능력을 조금도 의심하지 않았다.

차가 윌셔에서 405번 도로를 빠져나와 웨스트우드와 시너고 그 대로를 지나는 동안 아드리아나는 창밖을 물끄러미 바라보았다. LA에는 몇 년 만이지만, 기사가 호텔로 가는 길을 잘못 든 게 분명했다.

"기사님, 죄송하지만 방금 페닌슐라 지나지 않았어요? 저기가 산타모니카 길이잖아요?"

기사는 헛기침을 하더니 백미러로 아드리아나를 쳐다보았다. "배런 감독님께서 다른 곳으로 와달라고 하셔서요, 부인."

"아, 그래요? 그럼 감독님의 지시사항을 어기는 수밖에 없겠네요. 저는 호텔부터 들르고 싶거든요." 앞으로 살게 될 토비의 대궐을 확인하고 싶은 마음도 굴뚝같았지만, 눅눅한 날씨에 축

늘어진 머리와 여행 때문에 누렇게 뜬 얼굴을 손보는 게 급선무였다. 그런 다음 '부인' 운운하는 문제를 처리해야 했다.

그런데 기사는 아드리아나의 말을 무시한 채 계속 차를 달렸다. 화가 나는 한편으로 충격적인 일이었다. 혹시 납치하려는 걸까? 기사가 뒷자리에 예쁜 여자만 태우면 이성을 잃는 변태일까? 토비한테 전화를 해야 하나? 아니면 어머니? 경찰?

"죄송합니다, 부인. 그게……"

"'부인'이라는 소리, 안 하면 안 될까요?" 아드리아나는 사납게 쏘아붙였다. 조만간 목숨을 잃을지도 모른다는 생각이 순식간에 사라졌다.

기사는 당황한 듯했다. "알겠습니다, 아가씨. 지금 가는 곳이 어디인지 아시면 마음에 드실 텐데요."

"마돈나의 카발라 센터에 가는 건가요?" 그녀는 잔뜩 기대에 찬 목소리로 물었다.

"아닙니다, 부인. 아니, 아가씨."

"그럼 톰 크루즈의 사이언톨로지 센터?"

"아닙니다." 그가 능숙하고 신비롭고 우아하게 차를 왼쪽으로 돌리자…… 로데오 거리가 나왔다.

"패리스 힐튼이 있었던 교도소인가요?" 신나는 곳에 도착하고 보니 스스럼없이 농담이 나왔다.

기사는 정차 금지라고 되어 있는 갓돌에 차를 대고 시동을 끄더니 아드리아나 쪽으로 한쪽 팔을 내밀었다. "저를 따라오시겠습니까?"

아드리아나는 기사를 따라 베베* 매장을 지나가며 잠깐 우왕좌왕하다(로데오 거리의 베베 매장이라니!) 간판을 보았다. 순간 호흡을 가다듬어야 했다. 노래 부르고 울부짖는 동시에 비명을 지르고 싶었다. 세상에, 세상에, 세상에. 그녀는 억지로 짧은 숨을 들이쉬며 생각했다. 설마, 설마! 눈부신 쇼윈도를 얼른 훑어보자 설마 했던 게 현실임을 알 수 있었다. 그들이 들어선 곳은 오스카상 시상식을 빛내는 보석계의 거장, 거룩한 해리 윈스턴 매장이었다.

"어머나, 세상에." 아드리아나는 운전기사와 도도한 분위기의 여점원이 그녀를 뚫어져라 쳐다보고 있다는 사실도 잠깐 잊은 채 탄성을 내뱉었다.

"굉장하죠?" 점원이 이해한다는 듯 고개를 끄덕이며 물었다. "처음이신가요?"

아드리아나는 정신을 차렸다. 이 여자에게 얕보였다가는 끝장이었다. 아드리아나는 환한 미소를 지으며 손을 내밀어 여자의 팔을 살짝 건드렸다. "처음이냐고요?" 아드리아나는 재미있다는 듯 살짝 웃음을 터뜨리며 물었다. "설마요. 불가리에 가는 줄 알

---

* 미국의 의류 브랜드.

고 있다 살짝 놀라서 그래요."

"아하." 여자는 나지막이 중얼거렸다. 전혀 믿지 않는 눈치였다. "그런데 오늘은 여기로 만족하셔야겠으니 어쩌죠?"

평소 같으면 고약하게 쏘아붙이고 싶은 걸 참느라 애를 먹었을 텐데, 사방의 반짝거리는 기운이 전의를 앗아가는 듯했다. 아드리아나는 오히려 미소를 지었다. "사실 제가 여기 온 이유를 잘 모르겠는데……"

여자는 사십대 후반으로 보였고, 나이에 비해 상당한 미모라는 건 아드리아나도 인정하는 수밖에 없었다. 입고 있는 감색 정장은 잘 어울리며 여성스럽고 전문가다운 분위기를 풍겼고, 화장도 완벽했다. 여자는 의자들이 놓인 아담한 공간 쪽으로 손을 내밀어 아드리아나에게 자리를 권했다.

아드리아나가 고풍스러운 벨벳 소파에 앉는 사이 기사는 조심스럽게 밖으로 나갔다. 고급스러운 벨벳 소파는 푹신하고 근사했지만, 한쪽 끝에 조심스럽게 걸터앉아야 뒤로 넘어지는 사태를 막을 수 있었다. 옛날 하녀옷을 입은 통통한 여자가 차와 쿠키가 든 쟁반을 들고 왔다.

"고마워, 아마." 점원이 쳐다보지도 않은 채 말했다.

"그라시아스, 아마." 아드리아나가 옆에서 거들었다. "메 구스탄 수스 아레테스. 손 데 아키?" 귀걸이 예쁘네요. 여기 건가요?

하녀는 손님이 건네는 인사에 익숙하지 않은지 얼굴을 붉혔다. "시, 세뇨라, 손 데 아키. 엘 세뇨르 윈스턴 메 로스 디오 코모 레갈로 데 보다 하세 카시 베인테 아뇨스." 예, 아가씨, 맞아요. 거의 이십 년 전에 윈스턴 씨께서 결혼 선물로 주신 거예요.

"무이 린도스." 아드리아나가 마음에 든다는 뜻에서 고개를 끄덕이자 아마는 다시 얼굴을 붉히더니 묵직한 벨벳 커튼 뒤로 사라졌다.

"어쩌면 그렇게 스페인어를 잘하세요?" 점원이 물었다. 궁금해서라기보다 예의상 묻는 것이었다.

"포르투갈어가 모국어이긴 하지만, 스페인어도 같이 배우거든요. 자매어니까요." 아드리아나는 흥분을 감출 수 없었지만, 그래도 차근차근 설명했다.

"아, 흥미진진한 이야기네요."

흥미진진 좋아하시네. 아드리아나는 속으로 이렇게 중얼거리며 설마 최단 기간에 프러포즈를 받는 기록을 세우게 되는 건가 생각했다. 토비가 프러포즈를 하는 건 아닐 텐데…… 설마가 진짜가 되는 걸까? 그건 말도 안 되는 이야기였다. 두 사람이 만난 건 초여름이었다. 아드리아나가 '몰래 만나는 애인' 때문에 조금 불안해서 저울을 자기 쪽으로 기울이고 싶은 마음에 작은 액세서리를 준비한 것일 가능성이 더 컸다. 그렇다면 제대로 준비한 거였다.

"오늘은 유난히 날이 시원하죠?" 여자가 물었다.

"그러게요." 잡담은 이 정도면 됐잖아! 아드리아나는 고함을 지르고 싶었다. 나는. 내. 선물을. 보고. 싶다고!

"손님께서 여기 오신 이유가 궁금하실 텐데요." 여자가 말했다.

당연한 거 아니겠어. 아드리아나는 생각했다.

"배런 씨께서 이걸 선물하고 싶다고 하셨어요." 이 말에 스리피스 정장을 입고 보석상 특유의 루페*를 목에 건 육십대 신사가 기다렸다는 듯이 나타나 점원에게 벨벳을 두른 조그만 쟁반을 건넸고, 점원은 이 쟁반을 다시 아드리아나에게 건넸다. "보세요."

까만색 벨벳 위에 완벽하게 놓인 것은 아드리아나가 지금껏 본 중에서 제일 예쁜 귀걸이였다. 예쁘다기보다 눈부시게 아름다운 귀걸이였다.

점원이 매니큐어를 바른 손톱으로 귀걸이 한쪽을 아주 조심스럽게 건드리며 물었다. "아름답죠?"

아드리아나는 일 분 넘게 참던 숨을 내뱉었다. "정말 근사해요. 셀마 헤이엑이 오스카 시상식 때 이거하고 똑같은 사파이어 귀걸이를 했잖아요."

점원은 고개를 홱 들더니 아드리아나를 빤히 쳐다보았다. "어머나, 보석 볼 줄 아시네요."

"아니에요." 아드리아나는 웃음을 터뜨렸다. "하지만 이 브랜

---

* 소형 돋보기.

드 보석이라면 조금 볼 줄 알죠." 그녀가 옛날 잡지에서 셀마 헤이엑이 오스카 시상식 때 하고 나온 귀걸이를 보고 감탄했던 것을 토비가 기억하다니 뜻밖의, 아니 깜짝 놀랄 만한 일이었다. 그것만 해도 대단한데, 사진을 챙겨두었다 두 달 뒤에 똑같은 귀걸이를 찾아내다니 정말이지 어안이 벙벙한 일이었다.

"헤이엑 양께서 오스카 시상식 때 착용했던 게 바로 이 귀걸이랍니다. 저희 브랜드에서 협찬했었고, 그 뒤로 문의가 끊이질 않았죠. 하지만……" 점원은 극적인 효과를 위해 잠시 말을 멈추었다. "이제는 손님 겁니다."

"오오오오오." 아드리아나는 또다시 이성을 잃은 채 탄성을 내뱉었고, 부들부들 떨리는 손으로 귓불에 귀걸이를 끼웠다.

십오 분 뒤, 아드리아나는 유명인사에 어울리는 사파이어 귀걸이를 하고 에비앙 생수병을 한 손에 든 채 리무진 뒷자리에 올라탔다. 새로 생긴 귀걸이도 그렇지만, 그것이 상징하는 바를 생각하면 뿌듯하기 짝이 없었다. 그녀를 아끼고, 사랑과 애정을 (그리고 해리 윈스턴을) 쏟아부어줄 안정적인 남자친구가 생겼다는 뜻이었으니 말이다. 다른 여자들이 안정적인 관계를 갈망하는 이유를 이제 비로소 이해할 수 있었다. 모든 걸 갖춘 한 명이 있는데, 수백 명을 만나가며 골머리 앓을 필요가 없잖아? 물론 딘이라는 배우도 매력적이었지만, 오 년 뒤 일이 끊긴 채 웨스트할리우드의 무슨 배우 합숙소에서 지낸다 해도 매력적일까?

그리니치 출신의 외과의사와 이스라엘 스파이, 다트머스 대학교 사교클럽 회원도 물론 즐거웠지. 아드리아나는 그들뿐 아니라 수많은 다른 남자들과의 추억을 하나씩 음미했다. 하지만 그건 어렸을 때 일이었고, 성인 여성으로서 성인 여성의 욕망을 품은 지금과는 달랐다. 아드리아나는 달랑거리는 파란색 보석을 만지작거리며 혼자 미소 지었다. 이번 주말은 완벽한 시간이 되겠는걸.

"집으로 찾아가야 할 만큼 연봉을 많이 받지도 않잖아." 러셀이 손끝으로 리의 등을 부드럽게 쓰다듬으며 중얼거렸다.

"내 말이." 리는 계속 그렇게 쓰다듬어주길 간절히 바라며 이렇게 대답했다. 그리고 넓고 따뜻하고 털이 거의 없는 그의 가슴 쪽으로 바짝 다가가 겨드랑이에 고개를 묻었다. 끌어안고 있는 건 전부터 좋아했고, 지금도 그러고 있으면 기운이 났다. 러셀과 자고 싶진 않아도 그의 손길마저 싫은 건 아니었다. 리는 에미가 던컨 이전에 사귀었던 마크와 그런 단계를 거쳤던 때가 생각났다. 에미는 마크와의 잠자리가 애초부터 별로이기는 했지만, 관계가 점점 악화되자—스스로 인정한 것처럼 에미가 보기에만 악화된 것이었다—그가 건드리려고 할 때마다 역겨워서 움찔하게 되더라고 했다. 남자친구가 키스를 하려고 할 때마다 피하고 싶은 심정을 완벽하게 이해하는 사람으로서 에미의 이야기가 머릿속에서 떠나지를 않았다. 이렇게 꼭 끌어안고 있는 시간이 편안하게 느껴지는 것도 바로 그래서였다. 만약 둘 사이에 문제가 있다면 알몸으로 러셀과 한 침대에 누워 시시덕거리며 그의 손길을 음미할 수 없을 것이다. 그러니 지금 이 시간은 모든 게 제 길을 가고 있다는 명백한 증거였다. 여자라면 누구나 성욕에 부침이 있기 마련이었다. 지난주에 네일숍에서 읽은 〈하퍼스 바자〉 기사에 따르면 여성의 리비도는 빈약해서 스트레스, 수면 습관, 호르몬, 기타 어쩔 수 없는 수백만 가지 요인의 영향을 받는다고 했다. 그러니 시간을 두고 참을성 있게 기다려주면—러셀이 바로 얼마 전까지 보여준 모습이었다—대부분의 여성들이 정상으로 돌아온다고 했다. 그녀도 나아질 때까지 기다릴 참이었다.

"그 사람, 성격은 어때?" 러셀이 물었다. "다들 이야기하는 것처럼 정말 이상해?"

언제 인터넷으로 제시를 검색했나? "이상하냐고? 성격은 뭐랄까…… 글쎄? 그냥 작가다워. 작가들은 하나같이 괴팍한걸."

러셀은 똑바로 돌아눕더니 한쪽 팔로 눈을 덮었다. 블라인드 사이로 쏟아지는 이른 아침의 햇살을 가리기 위해서였다. "그야 그렇지. 하지만 그 사람은 책을 오백만 부 팔고 퓰리처상을 받은 다음에 사라져버렸잖아. 육 년 동안이나. 정말 약물 문제였을까? 아니면 단순히 지쳤던 걸까?"

"나도 모르겠어. 둘이서 점심 한 번 같이 먹은 게 다니까. 나한 테도 아무 이야기 안 하더라." 리는 짜증을 내지 않으려고 했지 만 쉽지 않았다. "나도 거기까지 가기 싫어."

사실이었다. 회사가 쉬는 노동절 직전 주말 이틀 동안 햄프턴 스에 가야 하다니, 그보다 더 하고 싶은 일들이 한두 가지가 아 닌데.

"나도 알아. 그 사람한테 절대 휘둘리지 마. 자기가 아주 대단 한 사람인 줄 알겠지만, 편집자는 당신이잖아. 그러니까 당신이 대장이야, 알았지?"

"알았어." 기계적으로 대답은 했지만, 속으로는 러셀이 아버 지 같은 소리를 하면 정말 속이 부글거린다는 생각을 하고 있었 다. 아버지도 전날 밤에 똑같은 말을 했던 것이다. 본격적으로 일을 시작하기에 앞서 격려한답시고 만난 자리였지만, 리의 귀 에는 궁극의 경지에 도달한 전문가가 갈팡질팡하는 아마추어에 게 생색을 내며 하는 강연처럼 들렸다.

러셀은 리의 이마에 입을 맞추고 나서 사각팬티를 입고 욕실 로 향했다. 그리고 욕조 물을 최대한 뜨겁게 틀어놓더니 욕실 문 을 닫고 주방으로 향했다. 뜨끈뜨끈해진 욕실에서 김이 모락모 락 날 때까지 기다리는 동안—러셀은 그런 욕실을 좋아했다— 주방에서 날마다 먹는 아침 건강식을 만들 것이다. 콩 단백질을 함유한 셰이크, 무지방 요거트, 달걀 세 개의 흰자로만 만든 스크램블드에그. 이런 의식이 리는 견딜 수 없을 만큼 짜증 났다. 그렇게 물을 낭비하면 어떡해? 몇 번이고 말했지만 그때마다 러셀은 매달 내는 관리비에 물값이 포함돼 있으니 별 상관 없다고만 했다. 보고 있노라면 폭발할 것 같은 그의 습관은 이것 말고도 몇 가지 더 있었다. 방송 때문에 일주일에 한 번씩 완벽하게 화장을 하는 거야 이해하지만, 그 화장을 지우는 모습은 쳐다보기도 싫었다. 리의 클렌저와 화장솜을 가지고 눈 밑과 코 주변을 꼼꼼히 닦는데, 왜 그런지는 모르겠지만 그게 그렇게 역겨울 수가 없었다. 깜빡하고 화장을 지우지 않는 바람에 베갯잇에 남성용 파운데이션이 덕지덕지 묻는 게 더 역겹기는 했지만 아무튼…… 그 모든 게 구역질 났다.

리는 너무 융통성 없고 속 좁은 자기 자신을 나무라며 심호흡을 했다. 화창한 목요일 오전 아홉시밖에 안 됐는데, 마흔여덟 시간 동안 한숨도 못 자고 세계대전을 치른 기분이었다. 그녀는 피곤하지만 살짝 불안한 나머지 부글거리는 가슴을 안고 침대에서 일어나 김이 모락모락 나는 욕실로 들어갔다.

리가 화이트진을 입고 짐을 다 꾸렸을 때 러셀은 아직 샤워 중이었다. 리는 욕실 문 너머로 손 키스를 날리고 황급히 집을 나섰다. 조그만 여행가방을 끌고 이스트 13번가에 있는 허츠*를 찾

---

* 미국의 유명한 자동차 대여 업체.

아가 각종 보험에 가입한 뒤—나중에 후회하는 것보다야 미리 조심하는 게 낫다!—조의 카페에서 아이스라테 라지를 한 잔 사고 니코레트 두 알을 입에 넣은 뒤 빨간색 포드 포커스 운전석에 올라탔다. 생각했던 것보다 시간이 덜 걸렸다. 두 시간이 조금 지났을 때 리는 에스티아스라는 음식점 주차장에 차를 세울 수 있었다. 제시의 설명대로 널빤지로 만든 조그만 오두막처럼 생긴 음식점이었다. 리는 안으로 들어가 화장실에 들르고 커피를 또 한 잔 들이켠 다음 제시에게 전화를 걸었다.

그는 네번째 신호에 전화를 받았다.

"제시 선생님? 리예요. 지금 에스티아스에 와 있어요."

"벌써? 오후는 돼야 올 줄 알았는데."

혈압이 오르는 걸 느끼며 리가 말했다. "왜요? 열두시에서 열두시 반 사이에 오겠다고 어제 말씀드렸잖아요."

그는 웃음을 터뜨렸다. 방금 일어난 듯한 목소리였다. "그랬지. 하지만 시간을 정확히 지키는 사람이 어디 있어. 내가 정오라고 하면 세시를 말하는 거야."

"아, 그러세요? 저는 정오라고 하면 정말 정오를 말하는 건데요."

그는 다시 웃음을 터뜨렸다. "알았어. 옷 갈아입고 얼른 갈 테니까 커피 마시면서 편하게 있어. 약속하지만 일은 당장 시작할 수 있어."

리는 커피를 한 잔 더 주문하고, 누군가 카운터에 두고 간 신문의 목요일판 스타일 섹션을 뒤적였다.

천연 멧돼지털로 만든 빗을 다룬 기사에 완전히 정신이 팔린 것처럼 신문을 뚫어져라 보느라 제시의 등장을 눈보다 귀로 먼저 알아차렸다. 음식점 단골들—모두 이 동네 사람들이었고, 옷차림으로 보건대 빌리 조엘 과는 아니었다—이 사방에서 손을 흔들며 인사를 외쳤다. '스미스'라고 수를 놓은 이름표—블루밍데일스 백화점 신사복 코너에서 파는 복고풍 이름표가 아니라 진짜 이름표였다—가 달린 작업용 멜빵바지를 입은 험상궂게 생긴 노인이 커피잔을 들고 제시를 향해 윙크를 날렸다.

"어르신, 안녕하십니까." 제시가 노인의 등을 토닥이며 말했다.

"대장이라고 불러야지." 노인은 고개를 끄덕이며 커피를 한 모금 죽 들이켰다.

"월요일 밤에 변동사항 없죠?"

노인은 다시 고개를 끄덕였다. "월요일에 보자고."

제시는 마주치는 사람마다 일일이 인사하며 아침식사용 카운터로 건너와 리 옆의 빈자리에 앉았다. 왜 그린지 이유는 알 수 없었지만, 지난번에 만났을 때보다 더 잘생겨 보였다. 일반적인 관점에서 섹시하다거나 잘생겼다고 할 수는 없었지만, 편안하게 헝클어진 분위기였고 우스운 표현이지만 쿨해 보였다. 옷차림 때문일 수도 있겠지만—슬림컷 빈티지 체크 셔츠와 맞춰 입은 듯한 리바이스 청바지—그보다는 풍기는 분위기가 전과 달랐다. 머리끝에서부터 발끝까지 '자연스러움'을 외치고 있었는데, 남의 시선을 의식한 90년대 그런지 패션이나 일부러 헝클어뜨린 머리와 다르게 제시는 정말로 꾸밈 없이 자연스러웠다.

문득 정신을 차리고 보니 리는 그를 뚫어져라 쳐다보고 있었다.

"월요일에 무슨 일이 있는데요?" 리가 얼른 물었다. 맨 처음 떠오른 게 그거였다.

"일상적인 인사를 별로 안 좋아하는 성격인가봐?" 제시는 웃으며 물었다. "나도 그런데. 월요일은 밤에 포커 치는 날인데, 이번은 스미스가 주관할 차례야. 그런데 사는 곳이 주류판매점 저 위쪽의 손바닥만 한 원룸이라서 이스트햄프턴 공항으로 우리를 초대했어. 거기서 항공기 정비사로 일하거든. 격납고에서 포커를 칠 건데, 조금 기대가 돼. 여름이 끝나면서 밥맛들의 대습격이 끝난 것도 같이 자축할 거라 두 배로 즐거울 테니까."

리는 고개를 저었다. 아무래도 떠도는 소문과 타블로이드판 신문 기사가 맞는 것 같았다. 제시는 정말 제정신이 아니었다. 몇 년 전만 해도 비행기를 타고 전 세계로 저자 강연회를 다니며 최고급 음식과 옷과 여자를 게걸스럽게 탐닉하고 새롭게 얻은 유명세를 동원해 화끈한 파티라면 하나도 남김없이 쫓아다니더니, 이제는 블루칼라들이 사는 롱아일랜드 동부 시골에 틀어박혀 정비사들과 비행기 격납고에서 포커를 치다니. 새 작품이 미치도록 괜찮아야 할 텐데. 그 생각밖에 들지 않았다.

리의 생각을 읽기라도 한 것처럼 제시가 말했다. "얼른 일을 시작하고 싶어서 안달이 난 얼굴이로군? 그렇지?"

"당연히 그럴 수밖에요. 여기서 지낼 수 있는 시간이 이틀하고 반나절밖에 안 되는데, 선생님이 어떤 작품을 쓰고 있는지 실마리도 없으니까요."

"그럼 나갑시다." 제시는 카운터를 보고 있는 여자에게 10달러짜리 지폐를 밀어 건네고 앞장서 밖으로 나갔다. 그러더니 자갈길로 나서자마자 담배에 불을 붙였다. "한 대 권하고 싶지만, 아이스너 양은 왠지 담배를 안 피울 것 같은 분위기라."

제시는 리의 대답은 듣지도 않은 채 몰고 온 지프차에 올라탔다. "따라와요. 여기서 집까지 몇 분 거리이긴 한데, 길이 워낙 구불구불해."

"제가 묵을 호텔에 체크인부터 하는 게 낫지 않을까요?" 리는 하나로 묶은 머리카락을 손가락으로 잡고 배배 꼬며 물었다. 새그하버 마을에 있는 유서 깊은 아메리칸 호텔에 예약해둔 참이었다. 어마어마하게 앙이 많은 미티니와 더불이 친절하고 나무로 지어졌고 옛 방식의 서비스를 제공하는 것으로 유명한 곳이었다.

제시는 차창 밖으로 고개를 내밀었다. "한번 가봐도 안 될 거야 없지만, 오는 길에 전화해봤더니 세시 이후에나 체크인이 된다고 하던데? 나야 그때까지 기다려도 상관없지만……"

"아니에요, 아니에요. 출발하세요. 좀 이따 쉬는 시간에 체크인하고 다시 일하면 되죠, 뭐."

"꿈같은 계획이로군." 그는 창문을 올리고, 뒷바퀴로 흙먼지를 피우며 지프차를 후진시켰다.

리는 얼른 렌터카로 달려가 그의 뒤를 따랐다. 그는 새그 대로에서 왼쪽으로 틀어 마을을 관통했고, 호텔 앞을 지날 때 백미러에 대고 손을 흔들어 리에게 알려주었다. 중심가는 아주 근사했다. 특이한 옷가게, 가족끼리 경영하는 음식점, 신선식품 매장 사이사이에 이따금 화랑과 와인숍이 끼어 있었다. 빨간 유모차에 아이들과 야채를 실은 엄마 아빠가 보였다. 보행자들이 길을 점령했다. 누구나 아무 이유 없이 웃는 것처럼 보였다. 다들 개를 한 마리씩 끌고 다녔다.

두 사람은 마을을 빠져나와 앞쪽에 생뚱맞게 작은 항구가 있는 만을 지나고 다리를 건너 구불구불한 숲길로 접어들었다. 제시의 집으로 향하는 진입로는 800미터에 달하는 비포장도로였는데, 나무 사이로 반짝이는 불빛 때문에 신비로운 분위기를 풍겼다. 조금 더 지나자 길옆으로 손님용 숙소 비슷한 곳이 보였다. 파란색 덧문이 있고, 아담한 현관에 놓인 흔들의자에 앉아 책을 읽을 수 있는 작고 하얀 별장이었다. 거기서 450미터쯤 더 달리자 새롭게 정성 들여 만든 아이들 놀이터가 있었다. 피셔프라이스의 알록달록한 플라스틱 놀이기구가 아니라 비싼 마호가니를 직접 깎아서 만든 듯한 암벽 타기 세트, 나무 위의 집, 지붕이 달린 놀이집, 모래 상자, 어린이용 피크닉 테이블, 미끄럼틀 두 개가 갖추어져 있었다. 이걸 보는 순간, 리는 숨이 막혔다. 제시가 유부남인 것은 알고 있었지만(하지만 햄프턴스에서 같이 살지는 않는 듯했다), 아이까지 있을 줄은 꿈에도 상상하지 못했던 것이다. 물론 당연한 일이었지만—아이가 없는 게 오히려 이상한 일이었지만—증거를 직접 목격하니 살짝 짜증 나고 실망스러웠다.

집에 도착하자 심장이 빠르게 뛰면서 호흡이 가빠지기 시작했다. 불안하다는 증거였다. 앞에서 제시가 지프차에서 내려 리의 차 쪽으로 걸어왔다. 이마에서 진땀이 났다. 리는 자기 집 소파에 앉아 원고를 읽거나 조만간 러셀이 토니 로모와 할 인터뷰를 놓고 둘이서 잡담을 나누고 있으면 얼마나 좋을까 하는 생각이 들었다. 러셀이 잠자리를 원하고, 〈스포츠센터〉를 같이 보자고 하고, 위층 여자가 다리에 보조기구를 매단 손님들을 잔뜩 불러 댄스파티를 벌여도 상관없었다. 지금 여기만 아니라면 다 좋았다.

제시가 리의 차 문을 열어주었고, 사잇길을 지나 해먹과 2인용 그네가 놓인 널찍한 현관으로 안내했다. 그네 옆에 키안티* 빈 병

---

* 이탈리아 토스카나 지역에서 생산되는 이탈리아의 대표적 와인.

과 지저분한 와인잔이 하나 놓여 있었다.

"아이들도 여기 있나요? 보고 싶어요." 리는 거짓말을 했다.

제시는 어리둥절한 얼굴로 현관을 둘러보다 그녀의 생각을 읽기라도 한 것처럼 알겠다는 듯한 미소를 지었다. "아, 놀이터 봤나? 조카들 놀라고 만든 거야. 내 아이가 아니라."

왠지 모르게 분명히 선을 긋는 듯한 말투였다. 리는 속으로 관심 없다고 생각하면서도—무례하고 너무 개인적인 질문인 줄 알면서도—굳이 캐물었다. "어쩌다보니 아이가 없다는 말씀이세요, 아니면 아이를 낳을 생각이 없다는 말씀이세요?"

그는 웃음을 터뜨리더니 고개를 저으며 현관문을 열었다. "이런, 이런. 아이스너 양은 뭐든 생각나는 대로 말하는 성격인가봐?"

일단 시작했으니 끝을 봐야지. "어느 쪽이신데요?" 그녀는 다시 물었다.

"생각 없어. 지금도 그렇고, 앞으로도 그렇고."

리는 방어 자세를 취하는 척 두 손을 들었다. "제가 아픈 곳을 건드렸나보네요."

제시는 웃음이 나오려는 것을 꾹 참았지만, 리는 귀신같이 알아차렸다. "또 궁금한 거 있나? 밥은 어떤 식으로 먹는지, 잠은 어떻게 자는지?"

"뭐, 아이에 대한 궁금증은 해결했고. 그럼…… 식사는 어떻게 해결하시고, 잠은 어떻게 주무세요?" 리는 씩 웃었다. 불안감이 사그라들었다. 그와 장난을 치는 게 얼마나 재미있는지 깜빡하고 있었다.

제시는 눈에 핏발이 서 있었고, 수염을 깎지 않은 얼굴은 창백했다. 심지어 머리도 좀 칙칙했다. 지저분하거나 기름이 꼈다기보다 볼품없었다. 그는 모델처럼 엉덩이를 뒤로 빼고 입술을 내밀며 물었다. "그쪽이 맞혀봐. 내가 어떻게 식사를 해결하고 잠을 잘 것 같은지."

"개판으로요." 리는 잠시도 주저하지 않고 대답했다.

제시는 웃음을 터뜨리며 문을 열어젖혔다. "누추한 저의 처소에 오신 것을 환영합니다."

리는 사방을 둘러보았다. 삐걱거리는 바닥, 어마어마하게 크고 손때가 많이 묻은 농장용 식탁, 소파에 아무렇게나 걸쳐져 있는 코바늘로 뜬 덮개…… 리는 이 첫번째 공간을 본 것만으로 집 전체와 사랑에 빠졌지만 극적인 효과를 내려고 큰 소리로 한숨을 내쉬었다. "선생님, 선생님, 선생님…… 타블로이드판 신문에 실린 기사처럼 정말 코카인과 매춘부한테 전 재산을 탕진하신 건가요?"

제시는 고개를 저었다. "코카인과 술과 매춘부에 탕진했지."

"빠뜨린 부분 인정합니다."

"자, 그럼 일을 시작해볼까? 나는 원래 거실 바깥쪽에서 일을 하니까 거기 가서 준비하고 있으면 내가 마실 것 좀 챙겨 가지."

그는 냉장고 문을 열고 옆으로 몸을 기울여 안을 들여다보았다. "어디 보자. 맥주도 있고, 맛대가리 없는 화이트와인도 있고, 맛대가리 없지 않은 로제와인도 있고, 블러디메리 믹스도 있는데. 레드와인을 마시기에는 아직 이른 시간이지?"

"뭘 마시건 아직 이른 시간인 것 같은데요. 저는 다이어트 콜라로 할게요."

제시는 손가락을 퉁기더니 냉장고에서 반쯤 남은 보드카 병을 꺼냈다. "훌륭한 선택이야. 블러디메리 한 잔 나갑니다."

왈가왈부해봐야 소용없다는 것은 진작 알고 있었고, 게다가 그는 술을 마셔야 간밤의 숙취가 가실 것처럼 보였다. 리는 그게 어떤 상태인지 어렴풋이 기억하고 있었다. 대학을 졸업하고 뉴욕에서 살았을 때, 새벽 세시까지 술을 마시고도 아홉시까지 출근을 할 수 있을 만큼 체력이 받쳐줬을 때엔 그녀도 가끔 와인 몇 모금으로 숙취를 달랬다. 에미, 아드리아나와 함께 대낮부터 새벽까지 뉴욕 곳곳을 배회하며 술 마시고 담배 피우고 이름도, 얼굴도 생각나지 않는 수많은 남자들과 입을 맞추었던 밤들이 생각났다. 그때가 아주 오래전 같았다. 칠팔 년이 한평생인 것처럼 느껴졌다. 지금은 그렇게 높은 굽을 신지도 않았고(불편한 구두를 신은 게 언제인가 싶었다), 북적거리는 바가 좀더 세련된 레스토랑으로 바뀌었고(감사할 일이다), 최근에 일이나 불면증이 아닌 다른 이유로 밤을 새워본 게 언제인지 기억도 나지 않왔다. 하지만 행복한 추억들 가운데 일부는 분명 각색된 것일 거다. 그때는 내세울 만한 직업도, 자기 소유의 제대로 된 아파트도, 미친 듯이 사랑하는 약혼자도 없었으니 분명 그럴 것이다.

천창으로 햇볕이 쏟아지는 거실을 지나 유리로 된 미닫이문을 열자 지금까지 본 중에서 가장 근사한 야외 공간이 나타났다. 뒷마당이라기보다 숲 한가운데에 자리 잡은 오아시스에 가까웠다. 거대한 장대 같은 떡갈나무와 단풍나무 들이, 깔끔하게 다듬어지지는 않았지만 매력적인 풀밭으로 뒤덮인 공간을 감싸고 있었다. 뒤로 젖혀지는 긴 의자 두 개와 테이블, 의자 몇 개가 놓여 있는 조그만 수영장—워낙 작아서 욕조 수준이었다—은 배경 속으로 녹아들어 진짜 주인공 쪽으로 시선을 양보했다. 진짜 주인공이란, 가로 6미터, 세로 9미터 정도이고, 완충재를 덧댄 부양식 독이 떠 있고, 소박한 나무 보트들이 가장자리에 밧줄로 묶여 있는 연못이었다. 연못 뒤쪽 대지 끝에는 울창한 나무들이 모여 있었고, 나무 아래에는 티크로 만든 발리식 침대 겸용 의자가 놓여 있었다. 2인용이었는데, 모서리마다 기둥이 있었고 그 위에 차양 역할을 하는 지붕이 있었다. 당장 그 의자로 걸어가 눕고 싶은데 참으려니 죽을 맛이었다. 이렇게 아름답고 고즈넉한 곳에서 무슨 수로 일을 한단 말인가.

"이 정도면 괜찮은 곳이지?" 제시가 석조 테라스 위로 올라와 셀러리 줄기와 라임까지 완벽하게 곁들인 블러디메리를 건네며 물었다.

"앞쪽이나 집 안의 분위기와는 다르게 정말…… 환상적이에
요."

"고맙다고 해야겠지?"

"여길 사진으로 담아보지그러세요? 디자인 잡지에 완벽하게
어울릴 것 같은데. 그 잡지, 이름이 뭐더라? 〈드웰〉. 〈드웰〉에 실
으면 딱 맞겠어요."

제시는 손으로 머리카락을 한 번 훑고 나서 버드와이저를 쭉
들이켰다. "그럴 일은 없을 거야."

"아니 정말로……"

"기자나 사진작가는 절대 사절이야."

"알았어요." 리는 대답했다. 그러고는 러셀을 만나기 전에 〈엘
르 데코〉에서 보았던 그의 아파트 사진을 떠올렸다. 뉴욕에서 손
꼽히는 여러 미혼남의 집을 다룬 기사에 실린 사진이었는데, 트
라이베카*의 어느 건물 꼭대기에 자리 잡은 러셀의 울트라모던
한 공간이 가장 크게 다루어졌다. 그 당시에 리는 연회장으로 써
도 될 만큼 산업적인 냄새를 물씬 풍기는 주방, 바닥에 그냥 매
트리스를 깔아놓은 거나 다름없을 만큼 낮은 웬지 플랫폼 침대,
W 호텔에서 가져다 집 한가운데에 내려놓은 듯한 욕실 사진들

* 로어맨해튼의 한 지역.

을 열심히 들여다보았다. 기사에는 200제곱미터의 탁 트인 공간
에 어마어마하게 커다란 창문이 달려 있고 바닥에는 까맣게 윤
을 낸 단단한 나무가 깔려 있다고 했는데, 리는 러셀을 세번째
만났을 때 그 집을 두 눈으로 직접 구경할 수 있었다. 그 뒤로 리
는 그 집에서 보내는 시간을 최소한도로 줄였다. 사방의 스틸 제
품과 까만 윤과 날카로운 모서리 때문에 평소보다 신경이 곤두
섰기 때문이다.

제시는 테이블 앞에 자리를 잡고 앉으며 리에게 맞은편에 앉
으라고 손짓했다. 그는 맥주를 천천히, 조심스럽게 또 한 모금
마시고 심호흡을 한 뒤 싸구려 캔버스 가방의 버클을 열고 전화
번호부 크기의 종이 한 묶음을 꺼냈다. 그러더니 아시아계 웨이
터가 계산서나 명함을 줄 때 그러는 것처럼 두 손으로 리에게 내
밀었다. "살살 부탁해." 그가 조용히 말했다.

"너그러운 평가가 아니라 솔직한 평가를 원하시는 거 아니었
어요?" 리는 원고를 받아서 앞에 내려놓으며, 당장 읽고 싶은 걸
어떻게 참아야 하나 생각했다. "내가 성공한 뒤로 직언을 한 사
람이 없었고, 다들 그저 오냐오냐 하면서 비위를 맞춰주고 대단
하다고만 했죠. 나는 있는 그대로 말을 해줄 편집자를 원합니
다." 그녀는 헨리와 통화를 하면서 전해들은 말을 기억나는 대로
옮겼다.

제시는 담배에 불을 붙였다. "허풍 떤 거야. 뻥이었지. 나로 말

할 것 같으면 철두철미한 난도질은커녕 건설적인 비판도 못 견디는 완전 어린애라고."

리는 손바닥으로 테이블을 누르며 미소를 지었다. "그렇다니 선생님도 제가 아는 여느 작가들과 다를 게 없는 분이로군요. 저 스스로 전지전능한 신이라고 착각하는 수준은 아니지만, 지속적인 의구심, 자기 학대와 결부된 자신감 결여, 그거라면 제가 어떻게 해드릴 수 있어요."

제시는 누가 '정지' 버튼이라도 누른 것처럼 담배를 든 채 그대로 굳어버렸다. "워워. 너무 앞서 나가지 말자고. 이건 말이지……" 그는 원고를 가리켰다. "향후 십 년까지는 아니어도 올한 해 문학계를 가장 빛낸 작품으로 뽑힐 정도는 된다고. 그건 장담할 수 있어. 만에 하나, 당신 마음에 안 드는 단락이 한두 개보이더라도 너무 심한 말은 자제해달라고 부탁하는 거야."

"그야 당연하죠. 한두 단락쯤이야, 뭐. 한두 단락이라도 있을까 싶은데요?" 리는 진지하게 고개를 끄덕이는 척했다.

"좋았어. 서로 같은 생각이라니 다행이군." 제시는 말을 멈추고 리를 응시하며 물었다. "그래서?"

"그래서라뇨?"

"안 읽어볼 건가?"

"선생님이 자리를 비켜주시면 그때요."

제시는 눈을 휘둥그레 떴다. "혼자? 그게 일반적인 관행인가?"

리는 웃음을 터뜨렸다. "선생님도 알고 저도 알다시피 지금까지 일반적인 관행대로 한 게 아무것도 없잖아요."

제시는 아무것도 모르는 척했다. "그게 무슨 소리야?"

"관행대로라면 제가 아니라 사장님이 선생님을 맡으셔야죠. 관행대로라면 선생님을 만나러 여기까지 두 시간 반을 달려서 오기 전에 원고를, 정 안 되면 줄거리 요약이나 한 쪽지만이라도 먼저 읽었어야죠. 관행대로라면……"

제시는 공격을 막으려는 듯 두 손을 들더니 자리에서 일어섰다. "재미없군." 그는 불쑥 내뱉었다. "필요한 게 있으면 불러줘. 2층에서 눈 좀 붙이고 있을 테니까." 그러고는 더이상 아무 말 없이 집 안으로 사라졌다.

리는 잠시 후에야 자기가 손톱이 손바닥을 파고들 만큼 세게 주먹을 쥐고 있다는 사실을 깨달았다. 부아를 돋우려고 저러는 걸까, 아니면 원래 저런 사람일까? 비판에 지나치게 예민하다고 한 거나 이 책이 부활의 신호탄이 될 거라고 한 건 단순한 농담일까, 아니면 모두 허풍일까? 제시는 껄렁하지만 아주 매력적이고 위트 넘치는 사람이었다가도, 펑! 하고 소문 속의 왕재수로 돌변했다.

시계를 보니 아직 한 시간은 있어야 호텔에 체크인할 수 있었다. 리는 블러디메리를 한 모금 마시고 제시가 두고 간 담뱃갑을 간절한 눈빛으로 쳐다보다 원고를 읽기 시작했다. 소설은 프놈 펜의 외신기자 클럽에서 시작됐고 고국을 등지고 술에 절어 지내는 미국인 화자가 등장하는데, 어디선가 많이 본 듯한 인상을 지울 수가 없었다. 표절이라기보다 진부했다. 『애정의 종말』『조용한 미국인』『드보라』가 바로 떠올랐다. 이거 하나면 걱정을 않겠는데—얼마든지 바꿀 수 있는 부분이었다—그 뒤로 몇 쪽을 읽어보니 페이지를 넘기면 넘길수록 불안감이 증폭됐다. 처녀작으로 베스트셀러 작가의 반열에 오른 이십대 풋내기를 둘러싼 이야기 자체는 관음적인 즐거움을 선사했다. 작가의 경험담이니 그럴 수밖에 없었다. 문제는 그걸 전달하는 스타일이었다. 밋밋하고 진부했고, 가끔은 단조로웠다. 전혀 제시의 작품답지 않았다. 리는 심호흡을 하고 그나마 이만한 게 다행이라고 마음을 다잡았다. 이야기 자체가 엉망이었다면 어디에서부터 손을 대야 할지 갈피를 잡을 수 없었을 것이다.

한 시간 뒤 제시가 충혈된 눈으로 맥주 대신 물병을 들고 나타났을 때 리는 자신이 얼마나 과분한 일을 맡고 있는지 깨닫기 시작했다. 베스트셀러 작가와는 한 번도 같이 일을 해본 적 없는 부편집자 리 아이스너가 문학적, 상업적으로 이 시대 최고로 꼽히는 작가에게 차기작은 베스트셀러 목록에 오르지 못할 것 같다고 이야기해야 하다니. 해결책은 간단했다. 그런 말을 하지 않으면 되는 거였다.

제시는 담배에 불을 붙이고 리 쪽으로 담뱃갑을 밀었다. "인생을 좀 즐기면서 살아야지. 오늘 하루 종일 이것만 쳐다보고 있잖아."

"제가 그랬어요?"

제시는 고개를 끄덕였다.

그래서 리는 저질러버렸다. 알면 러셀이 실망할 거라는 생각이 잠깐 머릿속을 스치고 지나갔지만, 일말의 망설임도 없이 담배 한 대를 꺼내 물고 제시가 내미는 성냥불 쪽으로 간절히 몸을 기울였다. 첫 모금은 폐가 타는 듯하고 맛이 너무 고약해 화들짝 놀랐지만, 두번째와 세번째가 되자 훨씬 나아졌다.

"일 년 노력이 물거품이 됐네요." 리는 다시 한 모금 빨아들이며 아쉬워하는 목소리로 말했다.

제시는 어깨를 으쓱했다. "내가 보기에는 술이건 약물이건 음식이건 뭐건 지나치게 중독될 성격은 아닌 것 같은데, 뭘. 가끔 피우는 담배 한 대에 기분이 좋아지면, 그냥 피우면 되잖아?"

"가끔 한 대씩만 피울 수 있으면 그러겠는데요." 리가 대답했다. "문제는 한 대 피우고 십 분이 지나면 한 갑이 바닥을 드러내기 시작한다는 거죠."

"오호, 철두철미한 아가씨도 알고 보니 약점이 있네?" 제시는 미소를 지었다.

"중독에서 벗어나려는 제 몸부림이 선생님 보시기에 재미있다니 다행이네요."

"재미있다기보다 사랑스러운데?" 그는 말을 멈추고 잠깐 뭔가를 생각하는 시늉을 했다. "재미있기도 하군."

"감사합니다."

제시가 원고 쪽으로 손짓하며 물었다. "소감은? 다 읽기 전에는 아무 말도 하지 않는 게 일반적인 관행인가?" 그는 물을 벌컥벌컥 들이켰다.

리는 아직 아무 준비도 하지 못한 상황에서 그가 핑계를 제공해준 데 안도의 한숨을 내쉬며 애매하게 말했다. "아직 70쪽까지밖에 못 읽었는걸요. 다 읽은 다음 말씀드릴게요."

제시는 불편할 정도로 리를 뚫어져라 쳐다보았다. 그가 무슨 단서라도 찾는 것처럼 거의 일 분 동안 뜯어보자 리의 얼굴이 화끈거리기 시작했다. 하지만 그는 아무 말도 하지 않았다.

"이제 호텔에 체크인하는 게 좋겠어요." 리는 제시가 폴란드 스프링 물병을 가지고 임시방편으로 만든 재떨이 속으로 담배꽁초를 떨어뜨리며 말했다.

"그러든지."

"체크인하고 여기로 올까요, 아니면 다른 데서 만날까요? 호텔 로비? 카페? 네시나 네시 반쯤 어떠세요?" 피부로 느껴질 만큼 팽팽한 긴장감이 흘렀다. 리는 계속 나불대지 않도록 스스로 입단속을 했다.

"여기서 보도록 하지. 당신이 원고를 다 읽은 다음에."

리는 웃음을 터뜨렸지만, 제시가 농담으로 한 말이 아님을 금세 알아차렸다. "다 읽으려면 적어도 대여섯 시간은 걸릴 텐데요. 최소한 일정만이라도 이야기를 시작했으면 좋겠어요." 리는 허락을 구하는 듯한 분위기로 이야기했음을 깨닫고, 애써 가장 고압적인 말투를 동원했다. "사장님께서 데드라인은 무슨 일이 있어도 지켜야 한다고 분명히 못 박으셨습니다."

"리, 리, 리." 제시는 조금 실망한 목소리였다. "세상에 무슨 일이 있어도 지켜야 하는 데드라인이 어디 있나? 먼저 원고부터 읽어봐. 다 읽으면 몇 시가 됐건 이쪽으로 건너오고. 알다시피 내가 일찍 자는 스타일은 아니니까."

리는 무심한 척 어깨를 으쓱하고 소지품을 챙겼다. "밤늦게까지 안 주무시고 싶으면 그러시든지요."

제시는 다시 담배에 불을 붙이고 의자에 기대앉았다. "짜증은 내지 말고. 우리만의 방법을 찾으려면 시간이 좀 걸리겠지. 느긋하게 찾아보자고."

리는 콧방귀를 뀌고 아무 생각 없이 불쑥 내뱉었다. "우리만의 방법을 찾자고요? 느긋하게 찾아보자고요? 아슈람*이나 재활센터에서 배우신 표현인가봐요? 잠깐만, 아직도 치료를 받고 계신

---

* 힌두교도들이 수행을 쌓는 곳.

건가요?"

그는 아주 잠깐 뺨을 얻어맞은 듯한 표정을 지었지만, 금세 충격을 극복하고 씩 웃었다. "나에 대해서 공부를 많이 한 모양인데, 그건 반가운 소식이군." 그가 담배 연기를 내뿜으며 말했다.

"죄송해요. 그런 뜻에서 드린 말씀이 아니라……"

"부탁인데, 리, 이제 그만 출발하지?" 그는 문 쪽을 향해 담배를 흔들었다. "편집자를 만난 게 몇 년 만이라 내가 처음에 좀 재수 없게 굴어도 양해해주었으면 좋겠는데, 가능할까?"

리는 고개를 끄덕였다.

"아주 좋아. 나중에 보자고. 전화하고 올 필요 없어, 그냥 와. 원고 잘 읽고."

리는 렌터카를 타고 비포장 진입로를 빠져나가며 첫걸음을 괜찮게 뗀 건지, 완전히 망쳐놓은 건 아닌지 고민했다. 심장이 철렁 내려앉는 느낌으로 보건대 아무래도 후자인 것 같았다.

남아메리카 대표라고 치자

에미는 토스트 오븐에서 판을 꺼내 손끝으로 조심스럽게 피타칩을 하나씩 뒤집었다. 바삭바삭 맛있게 구워져 기분은 좋았지만 제대로 된 오븐에서 좀더 큼지막하게 굽지 못한 게 짜증스럽기도 했다. 일 년에 두 번 초대하는 친구들이 오고 있는데 스칼로피네*에 완벽하게 알덴테로 삶은 파스타를 곁들인 이탈리아 요리로 상을 차리기는커녕 '싱크대'를 전부 다 차지한 토스트 오븐에 피타칩을 굽고 무릎 위에 그릇을 올려놓은 채 병아리콩을 으깨고 있었다. 언젠가는 던컨과 함께 새집으로 이사할 거라고, 커다란 바이킹 스토브와 성능 좋은 냉장고와 진짜 스테인리스스틸 냄비로 가득한 찬장이 있는 곳으로 이사할 거라고 스스로를

---

* 얇게 썬 송아지 고기를 구운 이탈리아 요리.

달래곤 했지만, 던컨이 떠나자 그 꿈도 사라져버렸다.

던컨과 헤어지고 다섯 달이나 지났다니 믿기지 않았다. 그보다 더 섬뜩한 것은 서로—솔직히 말하면 던컨 쪽에서—연락도 일절 하지 않는다는 사실이었다. 이지나 친구들에게는 말하지 않았지만, 처음 몇 달 동안 에미는 던컨에게 주기적으로 전화를 걸었고 심지어 집으로 찾아간 적도 있었다. 그가 집 열쇠를 바꾸기 전까지는. 그런 수모를 겪은 뒤에야 정신이 버쩍 들었고, 파리에서 폴에게 거부당하고 잠깐 이성을 잃었을 때 말고는 전화도 하지 않았다. 아, 그 이메일 사건이 있구나. 창피한 사건이었지만, 에미는 그럴 수도 있다고 스스로를 다독였다. 플로리다로 떠나기 바로 전날 밤, 일을 하며 와인을 시음하느라 살짝 취기가 오른 상태에서 자기 전에 인터넷 서핑을 좀 하려고 컴퓨터 앞에 앉았을 때였다. 친구 폴리의 서른번째 생일인 게 떠올라서 이메일을 열고 받는 사람 란에 P를 치자 던컨의 이메일 주소가 떴다(주소록에 'Pumpkin'이라는 별명으로 던컨의 이메일 주소를 저장해놓았기 때문이었다). 에미는 이 주소를 잠시 물끄러미 쳐다보다 코스테스에서 그녀를 뺑 찼고 이메일 주소는 알려주지도 않았던 폴에게 가짜로 이메일을 보내는 척 사기를 치기로 했다.

안녕.

자기가 보고 싶기는 하지만, 생트로페에서 즐거운 시간을 보내고 있다니 다행이야. 요즘 나는 일 때문에 정신이 없어. 출장이 워낙 잦은 데로 직장을 옮겼으니 그럴 수밖에. 그냥 자기랑 떨어져 지내는 게 힘들어서 그렇지! 우아한 프랑스제 네글리제는 잘 받았어. 고마워. 레이스도 많고 예쁘고 섹.시.하더라. 자기 앞에서 얼른 입어보고 싶어. 내가 생트로페로 갈 때까지 일주일만 기다려.

E

보내기 버튼을 누르고, 보낸 메일함에서 던컨의 이름을 확인한 순간 짜릿한 흥분을 느꼈다. 찔러보는 데 이만한 게 없었다. 던컨은 이틀이 지난 다음에야 반응을 보였고, 그나마도 실망스러웠다. "이거 실수로 잘못 보낸 것 같다"는 말 끝에 웃는 얼굴 이모티콘을 붙여놓고는 끝이었다. 이모티콘이라니! 말로 할 수 없을 만큼 치욕적이라 왜 그런 짓을 했나 후회스러울 정도였다. 내가 만나는 남자를 질투하며 어떤 사람이냐고 묻지도 않고, 새 일에 대해 궁금해하지도 않고, 심지어 섹시한 잠옷이나 남프랑스로의 여행(거짓말이기는 했지만)에 대해 언급하지도 않았다. 이야말로 결정타였다. 에미는 그렇게 굴욕적인 이메일을 받고 두 달 가까이 단 한 번도 던컨에게 연락하지 않았다. 그뿐 아니라 조지와 아무 생각 없이 격정적인 섹스를 하고 난 뒤 두 주 동안은 던컨에 대한 '생각'조차 나지 않았다. 이것이 의미하는 바는 오직 한 가지. 아무 생각 없는 격정적인 섹스가 더 필요하다는 것이었다.

정각 여덟시에 초인종이 울렸고, 에미는 당장 터져나올 오티스의 비명 소리에 대비해 마음의 준비를 했다. 아니나 다를까, 녀석은 몸을 부르르 떨며 잠에서 깨어나 깍깍거렸다. "누구세요? 들어오세요! 누구세요? 들어오세요!"

에미는 한숨을 쉬며 슬리퍼를 신고 계단 쪽으로 걸어갔다. 바깥 출입문을 열어주는 장치가 고장 났기 때문이었다. 1925년 무렵에 만들어진 엘리베이터가 있기는 했지만, 삼 년 전 어느 오후 거기에 갇힌 이후로는 계단을 이용하는 게 훨씬 마음이 편했다. 에미는 일 년에 두 번씩이나 집으로 놀러 와주는 아드리아나와 리에게 고맙다는 생각이 들다가도—둘 다 에미의 집보다는 훨씬 더 안락한 곳에 살았고 심지어 같은 아파트에 사는데 말이다—좀더 지나면 좁아터진 자신의 원룸이 부끄러웠고, 두 친구가 5층까지 걸어 올라와서 바닥에 앉는 것으로도 모자라 밤새도록 가증스러운 앵무새가 퍼붓는 욕을 견뎌야 할 것이 미안했다.

"왔어?" 에미가 이런저런 상념들을 떨쳐버리고 출입문을 활짝 열며 밝은 목소리로 외치고 보니 두 친구가 건물 앞 층층대에 서 있었다. 날은 10월치고 따뜻한데 연기가 자욱했다. "우와! 이게 뭐야?"

아드리아나가 에미의 옆구리를 팔꿈치로 쿡 찌르더니 씩 웃으며 리 쪽을 가리켰다. "잘 봐."

리가 마지막 한 모금을 내뱉으며 담배꽁초를 밟고 있었다.

"리! 어떻게 된 거야? 잘 참고 있었잖아!" 에미는 큰 소리로 외쳤다.

"그랬었지."

"어떻게 된 거야?"

"제시 채프먼의 짓이야." 아드리아나가 재미있다는 듯 종알거렸다.

세 친구는 한 줄로 계단을 터벅터벅 올라가기 시작했다.

잠시 후 에미가 고개를 돌리고 친구들을 쳐다보았다. "고약한 습관이 재발한 게 왜 제시 채프먼 때문이야?"

리는 드라마 주인공처럼 한숨을 쉬었다. "전부터 든 생각인데, 너희 내 말을 귓등으로 듣지?"

"우는소리는 관두셔." 아드리아나가 말했다. "일 때문에 징징거릴 때마다 우리가 열심히 들어줬잖아. 네가 맡고 있는 다른 정신 나간 작가들보다 제시 채프먼이 좀더 재미있어서 얼마나 다행인데."

"잠깐! '제시 채프먼의 짓' 어쩌고 한 부분으로 돌아가자. 그게 무슨 말이야?" 에미가 물었다. 그들은 마침내 에미의 아파트에 도착한 참이었다. 친구들은 둘 다 숨을 헐떡이는데 자신은 아무렇지도 않자, 에미는 이 사실이 조금 뿌듯했다.

"별거 아니야. 너 꼭 무슨 수상한 일이라도 벌어진 것처럼 물어보는데, 절대 그런 거 아니야. 그냥 그 인간 때문에 골치가 아파."

아드리아나가 히죽히죽 웃었다. "어련하시겠어."

에미는 마음에 드는 쿠션을 고르라고 손짓하고, 미리 따놓은 와인을 따르기 시작했다. "모르는 남자하고 섹스하는 거 말인데……"

아드리아나가 꽥 비명을 지르는 바람에 오티스가 깍깍거리기 시작했고, 리는 두 손으로 귀를 꼭 막았다.

"에미! 너 설마!" 아드리아나가 말했다.

"설마가 아니라 진짜 했어." 이렇게 말해놓고 친구들 표정을 관찰하려니 기분이 끝내줬다. 리와 아드리아나가 햄프턴스와 LA에 다녀오느라 9월 한 달 내내 만나서 이야기할 시간이 없었는데, 지금까지 기다리길 잘했다는 생각이 들었다.

"설마아아아." 리가 경악하는 얼굴로 와인잔 너머를 쳐다보며 말했다.

"진짜야아아아." 에미는 즐겁게 종알거렸다.

"뚱보! 뚱보! 뚱녀!" 오티스가 깍깍거렸다. 아드리아나가 손등으로 새장을 때리자 오티스가 손등을 깨물려고 곧장 달려들었다.

"얼른 불어! 누구랑? 어디서? 언제? 어떻게? 좋았어? 장차 아이들 아빠가 될 사람이야?"

에미는 바닥에 털썩 주저앉아 쏟아지는 관심을 만끽하며 와인을 길게 들이켰다.

"이름은 조지야. 마이애미 대학교 법학대학원생. 설명 안 해도 알겠지만, 이지네 집에 놀러 갔을 때 만났어. 그리고 어쩌다보니 하게 됐어." 에미는 자기 손을 쳐다보며 말했다.

아드리아나가 장난스럽게 에미의 어깨를 밀쳤다.

"새빨간 거짓말이지? 리, 네 생각은 어때?"

"내가 보기엔 진짜 같아." 리는 생각에 잠긴 목소리로 대답했다. "그런데 뭔가 빠진 듯한데…… 뭔가 숨기고 있는 것 같단 말이지. 너, 그 남자 좋아하게 됐지?" 리가 몸을 앞으로 숙이며 물었다. "바로 그거야. 그 남자한테 홀딱 빠져서 벌써부터 미래의 남편감으로 여기기 시작한 거야."

아드리아나가 맞다는 듯 고개를 끄덕였다.

"당연히 그렇겠지. 변호사에 동생 친구에, 아마 세상에서 가장 완벽한 남자겠지. 아무튼 잘됐다. 놀랍지는 않지만 잘됐어. 하지만……" 아드리아나는 집게손가락을 흔들었다. "한 남자한테 전념하고 있고 앞으로 여섯 달 안으로 약혼을 하게 될 사람으로서 말하겠는데, 이번 내기의 승자는 나라는 걸 인정하시지."

"내가 증인이야." 리가 맞장구쳤다. "에미, 네가 꿈꾸던 남자를 만나서 나도 기쁘지만, 경쟁에서는 아드리아나한테 졌어."

아드리아나는 배달식당 메뉴를 모아서 커피테이블에 꽂아놓은 파일을 꺼내 넘기기 시작했다. "〈그레이 아나토미〉 방송 시간에 맞춰서 배달되게 지금 주문하자. 초밥 먹을래?"

"잠깐." 에미가 말했다.

"뚱보! 잠깐! 뚱보! 잠깐!"

"저렇게 소름 끼치는 녀석이랑 어떻게 같이 사는지 모르겠다." 아드리아나가 말했다.

에미는 아드리아나가 들고 있던 파일을 낚아채고 리가 들고 있던 리모컨을 빼앗았다. "나한테 좀 집중해줘."

리는 한숨을 쉬었다. "약혼했니? 설마 이 남자랑 벌써 결혼한 건 아니지?"

아드리아나와 리는 깔깔대며 웃었다.

"너희 앞에서 분명히 밝히는데……" 에미는 손가락을 하나 치켜들었다. "첫째, 나는 두 번 다시 만날 일 없는 남자하고 아무 생각 없이, 애정이 전혀 가미되지 않은 섹스를 했어."

에미는 이로써 친구들의 관심을 한 몸에 받게 된 데 만족하며 하던 이야기를 계속했다. "둘째, 그리고 그걸 즐겼어."

두번째 선언을 들은 두 친구는 아무 말도 하지 않았고, 잠시 후 아드리아나가 침묵을 깨며 물었다. "정말?"

에미는 고개를 끄덕였다. "그리고 상대는 부적절한 사람이었어."

에미는 다음날 아침, 동생 앞에서 아무렇지도 않은 듯 조지의 이름을 꺼냈을 때 비로소 자신이 무슨 짓을 저질렀는지 알아차렸다.

"누구라고?" 스토브 앞에서 스크램블드에그를 만들던 이지가 물었다.

"조지. 어젯밤에 수영장에 내려가서 리한테 전화를 걸었는데 거기 있던 남자야. 둘이서 잠깐 이야기를 나눴어." 그리고 잠시 후. "꽤 괜찮아 보이더라."

"조지, 조지…… 나는 모르는 사람인데." 이지가 말했다.

"새로 이사 온 사람인가? 어쨌거나 중요한 문제는 아니야." 에미는 예나 지금이나 이지에게 감추는 비밀이 없었지만, 이지의 임신 소식을 전해들은 마당에 조지하고 무슨 일이 있었는지 차마 밝힐 수가 없었다. 너무…… 하찮고 어이없는 일처럼 느껴졌다.

케빈이 어슬렁어슬렁 주방으로 들어와 커피를 따랐다. "무슨 이야기 하고 있었어?"

"언니가 어젯밤에 수영장에서 이 아파트에 사는 사람을 만났대. 이름이 조지라는데, 나는 누군지 모르겠어."

케빈이 에미 쪽을 돌아보며 물었다. "법학대학원생이요?"

에미는 고개를 끄덕였다. "맞아요. 마이애미 대학교 법학대학원에 다닌다고 했어요."

"키 크고 멀끔하게 생겼고 항상 메시로 된 반바지 입고 다니는 녀석이죠?"

"맞아요."

"호르헤예요! 언제부터 이름을 조지로 바꿨는지 모르겠네. 이 동네의 전설이죠."

케빈이 그를 '녀석'이라고 부르는 것도 불안했고, 전설 운운하는 것도 왠지 불길했다.

"그게 무슨 말이에요?" 에미는 이렇게 물으면서도 사실은 그게 무슨 말인지 알고 싶지 않았다.

"상상을 초월하는 선수예요. 농담이 아니라 진짜로 날마다 다른 여자를 만나거든요. 어떨 때는 두 명씩. 보통 남자들이 평생 만난 여자보다 그 녀석이 스물세 살인 지금까지 만난 여자가 더 많을걸요?"

에미는 오렌지주스를 마시려다 말고 그 자리에서 얼어붙었다. "스물세 살?"

이지가 에미가 앉아 있는 식탁으로 걸어와 토스트 한 조각을 우아하게 한 입 베어 물었다. "응, 어린애야. 그런데 여자들한테 인기가 많아." 그러고는 묘한 표정으로 에미를 쳐다보았다. "그런데 왜? 무슨 일 있었어?"

에미는 사레가 들리지 않으려고 온 정신을 집중했다. "무슨 소리야! 아무 일 없었어. 내가 어떤 사람인지 너도 잘 알잖아."

케빈이 남은 커피를 싱크대에 붓고 운동화 끈을 묶었다. "이지, 처형이 미인이기는 하지만 호르헤는 열여덟 살에서 스물다섯 살 사이를 집중 공략하지 않을까 싶은데?"

아야.

에미의 이야기를 듣고 두 친구는 눈물이 날 정도로 깔깔대며 웃었다.

"너. 이거. 뻥치는. 거지?" 리는 숨을 헐떡거리며 배를 움켜쥐고 바닥을 굴렀다.

"스물세 살이었다고? 정말?"

"난들 그런 줄 알았겠니? 아무것도 모르는 여자랑 수영장 옆에서 달콤한 사랑을 나누는 게 취미인 줄도 몰랐단 말이야."

"아무것도 모르는 연상의 여자라고 해야지." 아드리아나가 덧붙였다.

"마음껏 비웃어." 오티스의 새장 위로 수건을 던지며 에미가 말했다. "하지만 이 노처녀 인생에 가장 짜릿한 섹스였어."

리가 한 손을 들었다. "잠깐만. 중요한 부분을 안 짚고 넘어갔잖아. 호르헤가 쿠바 출신이야?"

에미는 어깨를 으쓱했다. "아마 그럴걸? 케빈한테 나중에 들었는데, 반 카스트로 운동으로 유명한 집안 출신이랬어."

"그럼……" 리는 고개를 숙이고 팔을 벌렸다.

"그럼 뭐?" 에미는 어리둥절한 표정으로 되물었다.

"그럼 외국 남자랑 첫 테이프를 끊은 거잖아!" 아드리아나가 말했다. "물론 미국에서 태어났을 수도 있고, 그렇지 않더라도 카리브 출신은 열외야. 하지만 나는 선의와 격려의 차원에서 이 남자도 인정하자는 데 한 표 던지겠어."

"나도. 남아메리카 대표라고 치자. 아무튼 인정."

아드리아나는 손을 뻗어 에미의 뺨을 꼬집었다. "축하해, 케리다. 하나 해치웠으니까…… 던컨을 북아메리카 대표로 치면 둘 해치운 셈이지. 다섯 남았다."

에미는 던컨이라는 이름이 등장하며 공기가 떨리는 것을 느꼈고, 아드리아나와 리가 서로 눈짓을 주고받는 것을 두 눈으로 똑똑히 목격했지만 모르는 척했다. 아무리 던컨을 잊었다고 말해도 두 친구는 믿지 않았고, 친구들을 설득하는 일이 에미도 점점 지겨워졌다. "그래, 음, 이로써 일부일처제 중독증이 치료됐어. 헤픈 여자로 거듭나는 나를 응원해줘서 고마워."

세 친구는 와인잔을 부딪쳤다. 에미가 평소처럼 초밥집에 주문을 넣었고(된장국 셋, 초밥 둘, 회 하나, 아주 매운 소스 하나) 리는 아까운 시간을 광고에 낭비하지 않도록 〈그레이 아나토미〉를 녹화할 수 있게 DVR을 세팅했다. 에미는 배달원에게 문을 열어주기 위해 다시 내려가야 했고, 돌아와보니 아드리아나가 5층 창문 너머로 오티스 새장을 들고 있었다. 그리고 삼십 분 뒤, 세 친구는 젓가락으로 눈에 보이는 모든 것을 즐겁게 싹쓸이하며 에미가 가장 좋아하는 게뷔르츠트라미너를 두 병째 비우기 시작했다.

"러셀은 어떻게 지내?" 에미가 리에게 물었다. 작은 정보라도 얻고 싶었다. 프라이버시를 목숨처럼 소중하게 생각하는 리를 존중할 수 있을 만큼 둘은 오랜 친구 사이였지만 그래도 에미는 시도를 멈추지 않았다.

"응?" 리는 딴 데 정신이 팔린 목소리였다. "러셀? 잘 지내. 아주 잘 지내. 이번주에 토니 로모 인터뷰가 있어서 그거 준비하느라 붙들려 있어."

아드리아나는 방어 초밥을 간장에 찍어 입안에 쏙 넣었다. "에미가 너희 결혼식 날짜 거의 잡혔다던데. 진짜야?"

리는 고개를 끄덕였다. "4월이야."

"4월? 정말? 얼마 안 남았잖아!" 에미로서는 뜻밖의 소식이었다. 둘이 만난 지 일 년밖에 지나지 않았으니 적어도 내년 여름까지는 기다릴 줄 알았던 것이다. 하지만 리가 드디어 마음을 정한 것 같아 다행이었다.

"응. 내 마음에 쏙 드는 때는 아니지만, 그래도 상관없어."

"왜?"

"그냥 나는 예전부터 가을에 결혼하고 싶었거든. 너무 이른 감도 있고. 그리고 제시 책이 그때쯤 출간될 예정이라 정신없을 거야. 하지만 어떤 사람이 취소한 덕분에 앞으로 이 년 동안 딱 그 주만 클럽에 예약이 비었다고 부모님이 고집을 부리시고, 러셀 쪽 가족도 그때 움직이는 데 아무 문제가 없다고 해서 그냥 하기로 했어. 사실 별로 중요한 문제도 아니고." 리는 어깨를 으쓱했다.

"무슨 신부가 이래?" 아드리아나가 말했다.

리는 다시 어깨를 으쓱했다. "날짜 때문에 스트레스 받을 필요 없잖아. 언젠가는 결혼할 테니까 언제 하든 상관없지."

"리, 네 말이 너무 로맨틱해서 기절할 것 같다." 에미가 말했다. 어색한 분위기를 없애려고 한 말인데, 이상하게 들렸다. 에미는 얼른 화제를 바꿨다. "채프먼하고는 어떻게 돼가고 있어? 부인 아직 못 만났어?"

리는 젓가락을 내려놓고 일장 연설이라도 준비하듯 책상다리를 하고 앉았다. "아직 못 만났어. 실제로 부인이 존재하는지도 확실히 모르겠고. 신문이나 잡지에 소개된 적이 한 번도 없거든. 예전에 점심 먹으면서 그 사람이 결혼했다고 하지 않았으면 아마 나도 믿지 않았을 거야. 그런데 이상하게 부인 이야기를 도통 하질 않아. 그래서 아직 부인 이름도 몰라."

"아직 너한테 작업은 안 들어오디?" 에미가 물었다. 리가 언제쯤 정신을 차리고 사태를 파악할지 궁금했다. 리가 이 남자에게 조금 끌리는 게 분명한데—어쨌거나 왕재수 중의 왕재수인 것 같지만—그건 골치 아픈 결과만 낳을 일이었다. 게다가 리가 러셀이라는 완벽한 남자를 옆에 두고 감사할 줄 모르는 것도 짜증이 났다.

리는 고개를 들었다. "작업? 에미, 그 사람은 내 저자야. 그럴 리가 있니?"

"그리고 너는 약혼한 몸이기도 하고." 에미가 덧붙였다.

"내 말이! 그러면 더 볼 것도 없잖아."

아드리아나가 와인을 한 잔씩 따라주며 말했다. "얘들아, 얘들아, 진정해. 나는 제시 채프먼이 그 더러운 손을 리에게 뻗쳤을 거라고 생각해. 그 사람이 고결하기로 유명한 사람도 아니고, 여기 있는 리야 워낙 외모가 출중하잖니. 하지만 그게 리의 잘못은 아니야. 이제 내 얘기 좀 해도 될까? 너희한테 보여줄 게 있거든."

아드리아나는 샤넬 퀼팅백에 손을 집어넣어 벨벳 상자를 꺼냈다. "이것 좀 봐. 토비가 준 선물이야. 아니, 해리 윈스턴이 준 선물이라고 해야 할까?"

두 친구는 휘황찬란한 귀걸이 위로 고개를 숙였다.

"끝내준다." 리가 왼손으로 경건하게 귀걸이를 쓰다듬으며 말했다.

에미는 리의 반짝이는 약혼반지와 아드리아나의 사파이어 귀걸이가 나란히 있는 장면을 의식하지 않으려야 않을 수가 없었다. 액세서리에 정신이 팔린 저 친구들은 그 보석 뒤에 숨어 있는 사랑이 넘치는 남자를 차지한 게 얼마나 행운인지 과연 알고는 있을까? 나라면 천생연분을 만날 수만 있다면 이 세상 모든 다이아몬드를 기꺼이 포기할 텐데. 아니, 내 몫으로 하나만 남겨두고. 모든 게 계획대로 되었더라면 지금쯤 나도 던컨과 결혼식을 준비하고 있겠지.

"내가 오스카 시상식 때 셀마 헤이엑이 이걸 걸고 있는 옛날 사진을 보고 감탄했더니, 그걸 토비가 기억하고 있었지 뭐야. 셀마 헤이엑이 그때 했던 바로 그 귀걸이야."

에미는 휘파람을 불었다. "그 남자 꼭 잡아야겠다, 애디. 리는 만났다던데 나만 못 만나고 정말 싫다. 나한테는 언제 소개해줄 거야?"

"앞으로 몇 주 동안 토론토에서 촬영인데, 다음 달 내 생일에 근사한 디너파티를 준비하겠대. 생일을 축하할 나이가 아니라고 했는데도 고집을 부리지 뭐니. 어디가 좋을까?"

세 친구는 〈그레이 아나토미〉를 거쳐 〈안투라지〉* 재방송, 데 이트라인의 〈투 캐치 어 프레데터〉**가 끝날 때까지 계속 수다를 떨었다. 그러다 옥시전 네트워크의 〈노팅 힐〉로 빨려 들어갈 무렵 에미가 피곤하다고, 내일 아침에 일찍 일어나야 한다고, 다들 놀러 와줘서 고맙지만 이제 자리를 정리해야 할 것 같다고 말했 다. 리와 아드리아나는 놀라워할 뿐 걱정하는 표정은 아니었다. 친구들이 짐을 챙기고 작별의 포옹을 하고 떠나자 고맙게도 에 미는 혼자 남겨졌다.

오늘밤에는 평소처럼 수다를 떨 기분이 아니었다. 심술이 나 고 아무 이유 없이 슬펐다. 순 거짓말. 에미는 앞머리를 뒤로 넘겨

---

* HBO에서 방영되는 코미디 드라마.
** 리얼리티 TV쇼.

실핀을 꽂고 아무렇게나 화장을 지우며 속으로 중얼거렸다. 이지가 몇 시간 전에 전화로 아이가 아들이라고 전했다. 에미가 기쁨의 비명을 지르면서(진심이었다) 아직도 아이 이름을 에즈라라고 지을 생각이냐고 묻자 이지는 웃음을 터뜨리더니 왜 그런지 모르겠지만 케빈이 딜런이라는 이름에 집착한다고 말했다. D로 시작되는 딜런. 던컨처럼. 아주 간혹 아이 이야기를 할 때면 아들만 낳을 거라고, 아들한테만 자기 이름을 물려줄 거라고 주장했던 던컨. 에미는 아주 오랫동안 아주 잘해왔고 지금까지 모든 유혹을 이겨냈지만, 오늘밤에는 의지가 약해졌다. 이지의 아들 소식을 들은 데다 던컨의 이름이 화제에 올랐을 때 리와 아드리아나가 눈짓을 주고받는 것까지 보고 났더니 그의 생각을 하지 않을 수가 없었다. 그가 트레이너와 야반도주를 하거나 더 심각하게는 트레이너와의 사이에 아이가 생긴다 해도 나는 전혀 모를 테지. 어쩌다 이렇게 됐을까? 나는 서른이 다 돼가는 나이에 싱글이 되었는데, 별생각 없는 아드리아나와 리는 마음만 먹으면 지금이라도 당장 결혼을 할 수 있다니. 너무 불공평했다. 던컨은 유명한 감독도 아니고 TV에 나오는 슈퍼스타 앵커도 아니지만, 그녀에게 거의 언제나 잘해주었다. 에미도 바보는 아니었다. 던컨이 바람기가 있다는 걸 알았고, 그가 아직 결혼할 준비가 안 됐다고 할 때마다 이해했다. 그런데 이렇게 될 줄이야.

에미는 노트북 쪽으로 조금 다가갔다.

이성은 노트북을 열지 말라고 고함을 질렀다. 안 돼! 안 돼! 안 돼! 나중에 후회할 거야. 나쁜 생각이야! 나쁜 생각이야! 한순간 이 말이 어찌나 실감 나게 들리는지 오티스가 깍깍대는 게 아닐까 착각할 정도였지만, 거기까지가 인내심의 한계였다. 사 초 뒤, 에미의 손가락이 키보드 위를 날아다녔다. 십 초 뒤, 브리애나의 마이스페이스 페이지가 눈앞에 펼쳐졌다.

열일곱 장에 달하는 던컨과 트레이너의 선명한 사진. 휴가 때. 수영복을 입고. 그야말로 환상적이었다.

에미는 새하얀 모래사장에서 일광욕을 하고, 개인용 테라스 수영장처럼 보이는 곳에 편하게 누워 있고, 산더미처럼 쌓아놓은 다 먹어치운 게 집게발과 빈 칵테일 잔을 사이에 두고 웃는 행복한 커플의 사진을 잽싸게 둘러보았다. 글이라고는 한 줄도 없어서 미칠 것 같았다. 어디일까? 언제일까? 신혼여행인가? 오른쪽에 떠 있는 이메일 주소와, 브리애나의 친구들이 보낸 이모티콘과 느낌표가 난무하는 발랄한 메시지를 대강 훑어보았다. 어느 밋밋한 메시지에 코닥갤러리 사이트가 링크되어 있었다. 에미는 고문은 이제 시작이라는 것을 직감했다.

"아, 안 돼." 에미는 신음 소리를 내며 의자에 기대고 대자로 뻗은 채 시한폭탄이라도 보듯 경계하는 눈빛으로 노트북을 바라보았다. 클릭하면 안 된다는 걸 알았지만, 이미 엎질러진 물이었다. 그녀는 어깨를 내리고 가슴을 내밀며 똑바로 앉아 심호흡을 하고 커서를 링크 쪽으로 옮겼다. 그런데 막 클릭하려는 찰나, 하느님이 보우하사 무시무시한 방명록의 존재가 생각났다. 클릭을 하면 코닥갤러리에서 지난번에 방문한 에미를 기억하고, 브리애나의 방명록에 이름과 접속 날짜와 시간을 남길 것이다. 이런 오싹한 일이! 에미는 대참사를 피했다는 데 안도의 한숨을 내쉬며 얼른 메인화면으로 돌아가 로그아웃을 하고, 이런 식으로 인터넷에서 스토킹을 할 때 쓰는 익명과 가짜 이메일로 다시 접속했다. 그러고 나서 링크를 따라 들어가자 앨범이 인사했다. "환영합니다, 루시! 브리애나와 던컨이 멕시코 탐험 때 찍은 사진을 보려면 여기를 클릭하세요."

멕시코 탐험? 웃기시네! 킬리만자로를 등반한 것도 아니고 바닷가에 널브러져 있어놓고 탐험은 무슨 얼어 죽을. 에미는 마음을 진정시키는 데 전혀 도움이 되지 않는 심호흡을 다시 한번 하고 마우스를 클릭했다.

화면이 슬라이드 쇼 모드로 바뀌기 전에 언뜻 보니 이미지 파일이 수십 장, 아니 수백 장이 있다. 지적인 관점에서 보면 어리석은 발상이요, 정신 건강적인 측면에서 보면 치명적인 발상임을 알았지만, 더이상 스스로 헤어나올 수 없는 지경이었다. 1번부터 6번까지 순식간에 지나갔다. 일곱번째 사진에 이르러서야 정신을 차리고 속도를 조절할 수 있었다. 그 뒤로 십몇 번까지 천천히 감상할 수 있어 좋았지만, 모든 사진을 구석구석 관찰하고 조사해야 한다는 강박증 때문에 지쳐버렸다. 결국 얼마 지나지 않아 자동 슬라이드 쇼 자체를 아예 닫아버렸다. 이제는 원하는 속도에 맞춰 제대로 조사할 수 있었다.

안타깝게도 화면 위에 고정된 첫번째 사진은 던컨이 찍은 것이었다. 파도가 무릎까지 오는 곳에서 브리애나가 장난을 치고 있는데, 상대방에게 물을 튀기려고 몸을 숙인 동시에 위를 올려다보는 바람에 포르노 배우처럼 등이 휘었다. 에미는 노트북 앞으로 바짝 다가갔다. 엉덩이가 선천적으로 저렇게 탱탱할 수도 있나? 저 가슴은 또 어떻고! 끈으로 된 비키니를 입고 몸을 앞으로 숙이고 있는데, C컵은 되어 보이는 가슴이 처지지도 않다니! 에미는 족히 일 분쯤 뚫어져라 쳐다보다, 안타깝게도 수술을 해서가 아니라 젊어서 그런 거라는 결론을 내렸다. 게다가 스물두 살 먹은 동정녀가 가슴 확대 수술 같은 것을 받았을 리 없었다.

클릭.

던컨이 화면을 가득 메웠다. 근육이 붙은 까무잡잡한 팔로 이마를 덮어 햇빛을 가리며 고무매트 위에 누워 있었다. 못 보던 보드용 하와이 반바지를 입었고(에미가 구닥다리 수영복을 악어무늬 수영복으로 바꾸자고 통사정했을 때는 들은 척도 않더니) 그리고…… 어라? 저거 식스팩인가? 에미는 눈을 가늘게 뜨고 확인했다. 정말 식스팩이었다! 예전에는 하루 종일 책상 앞에 앉아 있다고 광고하는 것처럼 물렁물렁하고 새하얗던 던컨이 바닷가의 아도니스*로 변한 것이다. 눈을 꼭 감고 비빈 다음 다시 뜨고 확인해도 던컨은 여전히 탄탄했고 미치도록 섹시했다.

클릭.

또다시 행복한 커플 사진. 이번에는 배경이…… 다이빙 보트였다! 둘이 잠수복을 허리까지 내리고 서로의 무릎에 손을 얹은 채 나무 의자에 앉아 있는 모습이 스포티하고 귀여웠다. 공기탱크와 호흡기, 방치된 마스크와 오리발 등 다이빙이 남긴 흔적들이 사방에 널려 있었고, 저 뒤로 두 사람이 마실 신선한 과일과 주스를 들고 오는 하얀 반바지 제복 차림의 멕시코 남자가 보였다. 에미는 바하마로 크리스마스 여행을 갔을 때 같이 스쿠버다이빙을 해보자고 던컨에게 사정했던 일이 떠올랐다(생각할수록 점점 더 분통이 터질 노릇인데, 말 그대로 애걸복걸했었다). 그는 한마디로 딱 잘라 거절하면서 금쪽같은 휴가를 스쿠버다이빙처럼 격렬하고 힘든 일에 낭비하고 싶지 않다고 했다. 그 개자식은 "떠다니는 먹잇감이 되기 싫다"며 스노클링마저 거부했었다.

클릭.

동정녀답지 않게 아주 짧은 남자용 반바지와 손바닥만 한 탱크톱을 입고 기둥이 네 개 달린 침대 시트 위에 앉아 잡지를 읽고 있는 브리애나. 클릭. 조깅 때문에 발개진 얼굴로 땀을 흘리며

---

* 아프로디테의 사랑을 받았던 미소년.

운동복 차림으로 아이팟을 들고 있는 두 사람. 클릭. 에미가 졸업 5주년 동창회 때 사다준 코넬 티셔츠를 입고 카메라를 향해 우스꽝스럽게 키스하는 표정을 짓고 있는—평생 그런 표정이라고는 지어본 적이 없는 인간이건만!—던컨. 클릭. 모래사장 위에 촛불을 밝힌 저녁 식탁을 차려놓고 정장을 입은 채 구운 생선과 각종 신선한 야채와 화이트와인을 먹는 두 사람. 클릭. 클릭. 클릭. 앨범을 다 보고서 에미는 얼마나 구역질이 나는지 자신의 상태를 재빠르게 점검해본 후 다시 처음으로 돌아갔다.

　아주 긴 밤이 될 것 같았다.

사근사근하다는 것은 결국 쉽고 절박한 여자라는 뜻

"애디, 차 도착했다고 도어맨한테 연락 왔다." 데소자 부인이
아드리아나의 방문 앞에서 알렸다.

"알았어." 아드리아나는 어머니한테 못된 말을 퍼붓지 않으려
인내심을 총동원해 나지막이 중얼거렸다.

"뭐라고? 내 말 들었니? 차 도착했다고……"

"들었어!" 의도했던 것보다 훨씬 퉁명스러운 대답이 나오고
말았다.

어머니는 길고 요란하게 한숨을 내쉬었다. 길고 요란한 잔소
리의 신호탄이었다. "아드리아나, 나도 이해하려고 진심으로 노
력했다만 더는 참을 수가 없구나."

아드리아나는 온몸에 힘이 들어가는 게 느껴졌지만, 뭐라고
말대꾸를 하기도 전에 손에 들고 있던 고데기가 허벅지에 잠깐

아픔을 남기고 머물렀다 땅바닥으로 떨어졌다.

"젠장!" 그녀는 비명을 지르며 벌떡 일어나 오른쪽 허벅지를 문질렀다.

"아드리아나! 말조심! 이 집에서는 그런 단어 용납 못 한다." 데소자 부인은 목소리를 낮추더니 달래는 말투로 바꾸어 말했다. "어디 보자. 괜찮니?"

"데었어. 물집 생길 거야."

"조금 이따 약 갖다줄게. 하지만 먼저 너랑 의논할 게 있구나. 네 상황은 이해하지만……"

"엄마. 제발, 제발, 제발 부탁인데 이따 들어와서 얘기하면 안 될까? 늦었는데, 이것 봐, 한참 더 준비해야 돼. 욕한 건 잘못했어. 정말. 하지만 그 이야기는 나중에 하면 안 돼?"

"욕이 아니라 애디, 네가 요즘 나랑 네 아버지 앞에서 쓰는 말투 때문에 그러는 거야. 굳이 되짚어주지 않아도 알 테지만, 이 집은 우리 집이고 우리는 원하면 언제든 이 집을 쓸 수 있는 권리가 있어. 우리랑 같이 지내는 게 싫은 모양인데, 네가 그러면 우리 기분이 어떨지 생각해봤니?"

"엄마……"

"그리고 돈 쓰는 문제. 나도 이런 이야기 너만큼 지긋지긋하다만, 달라진 게 없잖니? 더는 용납할 수 없는 수준이야."

아드리아나는 목에 걸린 덩어리가 점점 더 커지는 게 느껴졌다. 사십오 분 동안 공들인 화장을 눈물 때문에 망칠 수는 없다고 생각하며 심호흡을 하고 어머니 쪽으로 걸어갔다.

어머니의 손을 잡고 왜 지금 타이밍이 좋지 않은지 차분하게 설명하고 싶었지만—정말로 그랬다—짜증이 나고 화가 치밀어서 그럴 여력이 없었다. 이 세상에서 아드리아나를 가장 분노하게 만드는 것이 생색을 내는 듯한 어머니의 표정이었다. 그래서 그녀는 어머니한테 궁지에 몰렸을 때 늘 그랬던 것처럼 고함을 질렀다.

"엄마는 왜 내 인생을 망치려고 해? 나중에 얘기하자고 좋게 이야기했는데 왜 내 말을 안 듣느냐고!" 아드리아나는 복도 쪽으로 천천히 뒷걸음치는 어머니에게 다가갔다. "준비 마치고 나갈 테니까 엄마 마음대로 해. 이제, 그만, 나가줘!"

한 음절, 한 음절 또박또박 퍼붓고 문을 쾅 소리 나게 닫자마자 해방감이 물밀 듯 찾아왔다. 물론 그 나이에 고함을 지르고 문을 닫다니 웃긴 일이었다. 유치한 짓이었다. 하지만 어머니는 가끔 너무 짜증 나게 굴 때가 있고, 타이밍을 정말 못 맞췄다. 어제, 사전 통보도 없이 JFK 공항에서 아파트로 오는 길에 전화한 통만 달랑 하고 뜬금없이 나타난 부모님이 원래 기념하지도 않던 추수감사절 때까지 이 집에 있겠다고 하니 참을 수가 없었던 것이다. 토비가 원래 계획과 달리 어제 오지 못해서(셋이 현관에서 뒤엉켰으면 어떻게 됐을지 상상만 해도 끔찍했다) 호텔을 찾을 시간을 벌 수 있었다는 게 유일한 위안이었다.

"호텔? 정말?" 아드리아나가 토비에게 호텔을 자신이 대신 예약해줬으면 하는지 아니면 직접 할 건지 물었을 때 그는 놀란 목소리로 되물었다.

"응, 케리도, 물론 호텔."

"내가 당신 방에서 같이 자면 두 분이 얼마나 불편할지 이해가 안 되는 건 아니지만 그래도……"

"토비, 제발!" 아드리아나는 짜증을 내며 말허리를 잘랐다. "당신이 여기서 우리 부모님이랑 같이 지내는 건 말도 안 돼."

토비는 순순히 칼라일 호텔에 묵었다. 아드리아나는 그 휘황찬란한 아파트가 사실은 자기 집이 아니라고 차마 말할 수가 없었다. 그가 부모님과 한 지붕 아래 있으면 들통이 안 날 수가 없을 텐데, 그건 절대 용납할 수 없는 일이었다.

아드리아나는 안색을 위해 진정하기로 마음을 다잡고, 화장대 앞에 앉아 뺨과 이마에 브론저를 발랐다. 그러고는 누드 펜슬로 입술 라인을 그리고 원래 입술 색보다 살짝 짙고 매트한 립스틱을 바른 뒤 투명하고 반짝이는 립글로스를 덧발랐다. 그런 다음 티슈로 살짝 닦아내자 화장이 끝났다.

옷은 또다른 차원의 문제였다. 비즈니스 만찬에는 어떤 옷을 입어야 하지? 정말 가기 싫었다. 11월치고 유난히 따뜻한 토요일 저녁이라 모든 레스토랑에서 야외 테이블을 설치할 테고 모두들 뜻밖의 화창한 날씨에 환호하며 댄스 클럽과 옥상 파티로 달려갈 이때, 어퍼이스트사이드의 어느 답답한 아파트에 가야 하다니! 분명 케케묵은 골동품과 값비싼 수집품으로 도배한 집일 텐데, 생각만 해도 속이 메슥거렸다. 아드리아나는 골동품 옆에 있으면 재채기가 났다. 그중에서도 리모주 도자기가 최악이었다. 그 조그만 상자들을 보기만 해도 구역질이 나오려고 했다. 토비가 오늘 저녁 계획을 공개했을 때 아드리아나는 할 수 있는 한 최대로 투덜거렸다. 하지만 자기 뜻을 관철할 생각은 없었다. 비록 약간 따분하고 조금 이상하기는 하지만 토비는 그녀의 남자친구였고, 아드리아나는 충실하고 현명한 여자친구답게 죽을 만큼 싫어도 감내할 작정이었다.

아드리아나는 평소보다 심드렁하게, 몸에 착 달라붙는 반팔 캐시미어 랩스웨터와 완전 타이트한 펜슬스커트를 골랐다. 마무리는 뒷부분에 솔기가 있는 스타킹—어렸을 때부터 어머니한테 언제 신어도 섹시하다고 귀가 따갑도록 들은 스타킹이었다—과 9센티미터짜리 펌프스였다.

수녀가 된 기분이었다.

"저 나가요." 아드리아나는 어느 누구에게랄 것도 없이 말했다.

어디에선가 불쑥 등장한 어머니가 전문가다운 눈빛으로 아드리아나의 차림새를 평가했다. 그리고 마음에 든다는 듯 보일락 말락 고개를 끄덕이고 말했다. "그 사람이 데리러 안 오니?"

"어퍼이스트사이드에 있는 호텔에서 묵고 있는데, 파티가 열리는 곳도 거기거든. 대신 차를 보냈어." 아드리아나만큼 매너를 강조하는 여자도 없었지만, 80블록을 왔다가 그냥 가는 것은 그녀가 생각해도 쓸데없는 짓이었다.

데소자 부인의 생각은 달랐다. 그녀는 "그래?" 하고 나지막이 중얼거렸다. 못마땅하다는 뜻이었다.

"먼저 주무세요." 아드리아나는 버버리 트렌치코트—가지고 있는 코트 중에서 가장 얌전한 코트였다—단추를 채우고 어머니 뺨에 입을 맞추었다.

"몇 시쯤 올 생각인데?"

"엄마……"

데소자 부인은 두 손을 들었다. "그래, 미안하다. 가서 재밌게 놀아. 네 아버지랑 같이 조만간 배런 씨를 만나고 싶구나. 그렇죠, 레나토?"

데소자 씨는 〈오 글로보〉를 읽다 잠깐 고개를 들어 끄덕이고는 아드리아나에게 예뻐 보인다고, 재밌게 놀다 오라고 말했다.

아드리아나는 그 길로 아파트를 빠져나왔고, 숨을 참으며 엘리베이터를 기다렸다. 이미 도를 넘었다. 나도 이제 어른인데, 아직도 십대처럼 부모의 잔소리와 간섭을 견뎌야 하다니.

대리석이 깔린 우아한 로비로 나섰을 때에는 워낙 머리끝까지 화가 나서 로비에 누가 있는지 알아차리지 못했다.

"애디, 여기." 누가 그녀의 이름을 불렀다.

아드리아나가 고개를 돌려보니 리가 로비 옆에 있는 조그만 우편물실에서 우편물을 골라내고 있었다.

"안녕." 아드리아나는 큰 소리로 한숨을 내쉬며 옆으로 다가갔다.

리는 계속 고개를 숙인 채 빅토리아 시크릿 카탈로그를 휴지통에 버렸다. "입자마자 사람 기분 더럽게 만드는 데에는 저 허섭스레기만 한 게 없지." 그녀가 말했다. "물론 너는 예외지만."

"왜 그래, 너도 예뻐." 아드리아나는 예의상 이렇게 대답했지만, 리의 평가에 기분이 좋아졌다. 그리고 리의 의견에 완전 공감했다.

"오늘밤에는 어디 가?"

또다시 한숨. "토비랑 어느 끔찍한 비즈니스 디너파티. 스튜디오 임원인가 프로듀서인가 뭐 그런 사람들이 뉴욕에 모였대. 이유는 들었는데 생각이 안 난다."

"생각보다 괜찮을지도 몰라. 어디서 하는데?"

"어퍼이스트사이드."

리는 콧잔등을 찡그렸다. "윽. 그건 최악이다."

"너는 뭐 해?" 답은 이미 알지만, 그래도 왠지 물어봐야 할 것 같았다. 리는 장점이 많지만, 재미있는 친구라고는 할 수 없었다.

"나?" 리는 입고 있는 플란넬 파자마 바지를 내려다보며 웃음을 터뜨렸다. "티보랑 테이스티 디라이트*랑 데이트 약속 있어. 완전 깨지?"

아드리아나는 고개를 저었다. "약혼자는 어디다 두고? 잠깐, 내가 알아맞혀볼게. 그 사람은 정상적으로 사람들과 어울려 재미있는 시간을 보내고 있는데, 네가 같이 나가기 싫다고 거부했구나?"

"거부는 아니야. 그냥 집에 있겠다고 한 거지. 해야 할 일도 산더미이고."

"알았어, 알았어, 케리다. 이제 가야겠다. 일 초만 더 있다가는 너한테 화를 낼 것 같으니까. 네 어머니처럼 잔소리를 할 것 같거든. 너처럼 젊고 예쁘고 매력적인 아가씨가 겨울잠을 자려고 하다니 도대체 뭐하는 짓이냐고. 꽃을 피워야지 말이야."

"꽃을 피워? 너 방금 그렇게 말한 거 맞아?" 리는 샤퍼 이미지의 가전제품과 선물 카탈로그 표지를 흘끗 보고 나서 그것도 휴지통에 버렸다.

"으이구!" 아드리아나는 졌다는 듯 두 손을 들었다. 이 친구는 구제불능이었다. 완벽한 남자친구가 아까웠다. 가여운 러셀은 나가서 재미있게 놀고 싶을 뿐인데, 여자친구가 그게 무슨 말인지 이해를 못하니.

---

* 미국의 아이스크림 체인점.

"이 지겨운 디너파티는 네가 가고, 나는 러셀이랑 신나게 놀았어야 하는 건데."

리는 눈살을 찌푸렸다. "얼른 가! 토비한테 안부 전해줘. 그리고 처신 잘하고, 알았지? 디너파티에서 장난치진 마."

"왜? 우리 둘이 화장실에서 그 짓이라도 할까봐 걱정돼?" 아드리아나는 씩 웃었다.

"토비 말고 다른 남자랑 화장실에서 그 짓을 할까봐 걱정이지."

아드리아나는 곰곰이 생각해보는 척했다. "흠. 거기까지는 생각 못했는데. 아주 재미있겠는걸?"

차는 74번가와 파크 가까지 가다 서다를 반복했다. 이 꽃다운 나이에 어퍼이스트사이드에서 열리는 딱딱한 디너파티에 가야 하다니! 이 꽃다운 나이에 무릎까지 오는 치마와 트렌치코트로 미모를 감추어야 하다니! 이 꽃다운 나이에 평생 한 남자만 바라봐야 하다니! 서른이 되기 전에 남편감을 찾으려고 이 난리법석을 떨어야 하다니 너무 한심했다. 이 엄청난 압박감! 부모님도 난리고, 친구들도 난리였다. 다들 자기가 걷는 길이 맞다고 어떻게 확신할 수 있을까? 아드리아나는 한 블록을 지날 때마다 점점 더 화가 났다. 메트라이프 빌딩 앞을 빠르게 지날 때는 이 광대극을 모조리 집어치워야겠다는 결심이 섰다. 그러면 내기에서 지겠지만, 상관없었다.

리무진이 베어 스턴스 앞을 지날 무렵에는 에미가 사귀었던 던컨이 생각났다. 그가 '쥐고 흔들었다'는 이 은행 앞을 지날 때마다 생각이 났다. 아드리아나는 처음부터 끝까지 던컨이 마음에 들지 않았지만, 제법 매력적이고 자신감 넘치며 여자 보는 눈이 까다로운 뉴욕의 전형적인 은행원이라는 사실은 인정할 수밖에 없었다. 던컨이 에미 대신 훨씬 어린 여자를 선택했다면 그 친구와 동료 들도 비슷한 선택을 하지 않을까? 당연한 소리. 먼저 야니. 그의 환심을 사려고, 그의 눈에 들려고 몇 달 동안 노력을 기울이던 어느 아침, 그가 다른 반 수강생에게 입을 맞추는 충격적인 장면을 목격하지 않았던가. 아드리아나보다 더 예쁘지도 몸매가 잘 빠지지도 않았지만, 한 가지 분명한 강점이 있었다. 스무 살이 될까 말까 한 나이. 그리고 토비. 어머니가 처음 꺼낸 이야기이기는 해도 아드리아나 역시 동의하는 부분이었다. 세상에 잘나가고 잘생기고 돈 많은 남자는 많지만, 게이가 아니거나 미혼인 남자는 많지 않았다. 두 눈을 동그랗게 뜨고 "당신을 존경해요. 당신이 내뱉는 말 한 마디, 한 마디가 신의 음성 같아요" 하는 표정으로 쳐다보는 스물두 살의 싱그러운 아가씨를 제쳐두고 서른몇 살짜리 여자를 결혼 상대로 택할 남자가 그중에서 몇이나 될까? 처음엔 아드리아나도 그런 척 가장할 수 있겠지만, 그녀가 남자를 숭배하던 시절은 이미 오래전에 끝났다. 이제는 그녀를 숭배하는 남자들에게 눈길이 갔다.

도착해보니 토비가 밖에서 기다리고 있었다. 아드리아나는 블레이저 밑에는 청바지가 아니라 편한 면바지를 입어야 한다고 말하려다—파크 가와 할리우드는 드레스 코드가 서로 달랐다—자기를 스물두 살짜리 수준에 맞춰야 한다는 사실을 떠올리고는 바짝 다가가 그의 귀에 대고 속삭였다. "자기 오늘 너무 섹시해. 나중까지 못 기다리겠어."

토비는 스스럼없이 좋아하며 환히 웃었다. "정말?"

아, 뭐가 이렇게 쉬워. 우리 슈퍼스타 감독님은 영화를 만들 때는 건방지고 자신감 넘칠지 몰라도 이런 칭찬에는 익숙하지 않은 모양이었다. 아드리아나는 재빨리 계산한 끝에 이로써 결혼반지 대장정의 피날레가 한 달은 앞당겨졌을 거라고 결론 내렸다.

"정말이죠." 그녀는 아양을 부렸다.

도어맨이 두 사람의 이름을 불러가며 맞이했고, 두꺼운 카펫을 깐 엘리베이터로 안내했다. "이걸 타고 꼭대기 층까지 가시면 됩니다."* 도어맨이 진지한 얼굴로 말했다. 아드리아나는 눈을 흘겼고, 토비는 웃음을 터뜨렸다. 생각보다 괜찮은데? 그녀는 이렇게 생각하며 엘리베이터가 닫히는 순간, 토비가 뒤에서 끌어안아도 아무 말 하지 않았다. 이 사람은 귀엽고 다정하고 나를 사랑해. 마음만 먹으면 얼마든지 이런 데 익숙해질 수 있어.

이런 생각은 딱 십 초뿐이었다. 엘리베이터 문이 열리면서 펜

---

* 영어로 'Take it to the top'이라고 하면 '갈 데까지 간다'는 뜻도 된다.

트하우스 아파트가 곧바로 펼쳐졌을 때 아드리아나는 처음 눈에
띈 사람에게서 눈을 뗄 수가 없었다.

"아니, 이게 누구야." 토비가 큰 소리로 외치며 아드리아나를
놓고 앞으로 걸어가 남자의 손을 잡았다. "내가 소개할게. 딘 데
커, 이쪽은 아드리아나 데소자. 아드리아나, 이쪽은 딘."

아드리아나의 머릿속이 미친 듯이 소용돌이쳤다. 딘하고 토비
가 어떻게 친분이 있을까? 그날 비행기 안에서 내가 딘에게 토비
이야기를 했던가? 내가 누구한테 붙잡히거나 맞을 짓을 했던가?
그녀는 재빨리 아니라고, 지금 현재로서는 잘못한 게 아무것도
없다고 결론을 내렸지만, 너무 놀라서 적절한 반응을 할 수가 없
었다. 고맙게도 딘은 훨씬 침착한 얼굴이었다. 심지어 재미있어
하는 것처럼 보이기까지 했다.

"아드리아나요? 예쁜 이름이네요. 만나서 반갑습니다." 딘이
손을 내밀었다.

"딘이라는 이름도 멋진데요." 아드리아나는 간신히 대답했다.
그녀의 손이 그의 손에 닿는 순간 팔에 소름이 돋는 게 느껴졌
다. 그는 거부할 수 없을 만큼 매력적이었다. 토비와 똑같은 옷
을 입고 있으니(까만 블레이저, 하얀 셔츠, 청바지) 더욱 그랬다.
조금 전까지는 토비도 제법 봐줄 만했는데, 딘과 직접적으로 비
교가 되는 지금은 난쟁이처럼 보였다. 심란한 그림이 아드리아
나의 머릿속을 스치고 지나갔다. 〈US 위클리〉에서 토비와 딘의

사진을 나란히 싣고 '누가 더 잘 입었는지' 묻는 그림. 록펠러 센터에 모인 사람들 전원이 딘에게 몰표를 던질 게 분명했다. 지금까지 몰표는 한 번도 본 적이 없었지만—심지어 로지 오도넬*과 페트라 넴코바**를 서로 비교했을 때조차도—그녀의 상상 속에서는 결과가 분명했다.

토비는 비슷한 옷차림 대결에서 완패한 걸 느끼지 못했는지 한 팔로 아드리아나의 어깨를 꼭 끌어안더니 딘 쪽으로 바짝 잡아당겨 셋이서 거의 머리를 맞대고 서게 만들었다. "얼마 전에 〈어라운드 허〉의 주인공으로 딘을 캐스팅했어." 토비가 뭔가를 모의하는 듯한 목소리로 말했다.

아드리아나는 딘 쪽으로 홱 시선을 돌렸다.

"사실이에요." 딘은 고개를 끄덕이며 씩 웃었다.

아드리아나는 놀라서 자기도 모르게 "정말이에요?" 하고 꽥 소리를 질렀다. 그리고 속으로 스스로를 꾸짖었다. 정신 차려! 그녀는 심호흡을 하고 특별한 때(지금 만나는 남자의 애인을 만났거나 아버지한테 새 차를 사달라고 할 때)에만 동원하는, 눈이 부시도록 환한 미소를 지었다.

"정말 잘됐네요! 두 분 다 축하드려요." 좋아. 그래야지.

---

* 미국의 스탠드업 코미디언.

** 체코의 패션모델.

유행을 타지 않는 샤넬 슈트 차림의 키가 크고 눈에 확 띄는 여자가 그들 쪽으로 걸어왔다.

"저희가 준비한 변변찮은 자리에 오신 걸 환영합니다." 그녀는 명랑한 목소리로 이렇게 말하며 입을 맞추는 시늉을 했다. "특히 캘리포니아 남자분들께서 자리를 빛내주셔서 얼마나 기쁜지 몰라요."

"캐서린." 토비는 그녀의 두 손을 맞잡고 양쪽 뺨에 입을 맞추었다.

아드리아나는 구역질이 났다. 이거 왜들 이러시나! 유럽인들이 유럽인 티를 내는 것보다 더 역겨운 게 미국인들이 유럽인인 척하는 거였다.

"이쪽은 내 여자친구, 아드리아나 데소자." 여자친구라는 단어를 듣고 아드리아나는 딘을 슬쩍 훔쳐보았다. 그는 벌써부터 눈썹을 치켜세우고 재미있다는 듯 그녀를 쳐다보고 있었다. "그리고 이쪽은 딘 데커. 아드리아나, 딘, 이 우아한 숙녀분이 이 집의 안주인이야."

아드리아나는 여자 쪽으로 고개를 돌렸다. 자세히 보니 처음 생각했던 것보다 나이가 더 많아 보였다. 예순 살에 가까운 듯했다. 집이 참 근사하다는 둥, 초대해주셔서 감사하다는 둥, 목걸이가 예쁘다는 둥, 아드리아나가 이런저런 말을 하며 형식적인 예의를 갖추는데도 여자는 물끄러미 쳐다보기만 할 뿐이었다.

아드리아나가 얼마 동안 이런 식으로 장황한 인사를 늘어놓자 여자가 아드리아나의 턱을 손으로 감싸더니 고급 도자기라도 만지는 것처럼 아주 조심스럽게 그녀의 얼굴을 이리저리 돌렸다.

"어머나, 어머나, 예뻐라." 캐서린이 아드리아나를 가만히 바라보며 말했다. "광대뼈도 환상적이고, 눈도 이렇게 크고 예쁘고. 그리고 피부!" 여자는 신음 소리를 냈다. "이건 천사의 피부잖아!"

좀더 바람직한 분위기였다. 아드리아나는 그날 저녁 들어 두번째로, 여우주연상을 받아도 손색없을 만한 미소를 지었다. "감사합니다! 그런 말씀을 들으니 영광이네요." 아드리아나는 당황스러워하거나 최소한 겸손하게라도 대응하고 싶었지만, 상대방이 어떤 식으로 나올지 확신이 없었다.

"캐서린……" 토비가 경고하는 목소리로 그녀를 불렀다.

"미안. 나도 알아요. 파티에서 일을 하면 안 되지. 오늘밤에는 이 아가씨 귀찮게 안 할게. 하지만 월요일이 되면 이 약속은 무효예요."

손님 두 명이 현관에 등장하자 여자는 그쪽으로 시선을 돌렸다. "바는 저쪽, 거실에 있어요." 그녀는 으리으리한 프렌치 도어*를 가리켰다. "잠깐 실례할게요."

---

* 좌우로 열리는 유리로 된 문.

"저는 곧장 한잔하러 갈게요." 캐서린이 새로 등장한 손님들을 맞이하러 가자 딘이 말했다. "두 분, 나중에 또 봐요."

"오케이." 토비가 일부러 쿨한 척 대답했지만, 영감처럼 들릴 뿐이었다.

아드리아나는 어디에서부터 시작하면 좋을지 감을 잡을 수가 없었다. 딘에 대해 먼저 추궁해야 할까 아니면 캐서린에 대해 추궁해야 할까?

"조심하지 않으면 어느새 〈마리 클레르〉에 당신 사진이 실릴 거야." 토비가 지나가는 웨이터의 쟁반에서 샴페인 두 잔을 낚아채 아드리아나에게 한 잔 내밀며 말했다.

"캐서린이 〈마리 클레르〉에서 일해요?" 아드리아나가 캐물었다.

"예전에 〈마리 클레르〉에 있었지. 오랫동안 기자로 일하면서 지금은 유명해진 신인 모델들을 몇 명이나 발굴했는지 몰라. 그러니까 당신한테 한 말은 상당한 칭찬이야. 나도 진작 알던 사실이지만……" 그는 입에서 풍기는 샴페인 냄새가 아드리아나의 코에 들어올 만큼 바짝 몸을 붙였다.

"재미있네요." 아드리아나가 말했다. "아주, 아주 재미있어요."

어머니에게 캐서린에 대해 물어봐야겠다. 정말로 〈마리 클레르〉의 권위 있는 기자였다면 어머니가 모를 리 없으니까.

"이리 와. 사람들한테 당신을 자랑하고 싶으니까."

저녁식사 시간이 돼서 좌석 카드가 놓인 자리를 찾아가보니 〈마리 클레르〉의 여자 기자와 딘 사이였다. 커플들은 질색하는 일이지만 훌륭한 안주인이라면 늘 그렇듯, 낯선 사람들 틈바구니에서 신선한 대화를 나눌 수 있게 모든 커플들을 갈라 테이블 여기저기 앉힌 것이다. 아주 마음에 드는 자리는 아니었지만, 그렇게 끔찍한 자리도 아니었다. 딘과 토비 사이에 앉을 수도 있었는데, 그랬더라면 재미가 없었을 것이다. 아드리아나는 무대를 둘러보며 계획을 세우고 자리에 앉았다. 그녀는 딘을 향해 까딱 고개인사를 한 다음, 계획에 따라 재빨리 왼쪽으로 고개를 돌렸다. 그리고 이마가 거의 닿을 정도로 바짝 다가가 여기자에게 말했다. "오늘 당신이 얼마나 운이 좋은지 아세요? 이 방 안에서 제일 멋진 남자가 옆에 앉아 있잖아요."

토비가 〈마리 클레르〉에서 일하는 매켄지 마이클스라고 소개했던 그 여자는 뭐라고 대답하면 좋을지 판단이 서지 않는지 아드리아나를 멍하니 쳐다보았다. 아드리아나가 정말이라는 듯 고개를 끄덕이자 그녀는 왼쪽을 슬쩍 훔쳐보더니 눈을 휘둥그레 뜨며 숨을 들이마셨다. 매켄지의 저쪽 옆에 딘보다 훨씬 더 근사한 남자가 앉아 있었던 것이다. 몸에 꼭 맞는 근사한 톰 브라우니 풍의 핀 스트라이프 슈트에 넥타이를 생략하고, 머리는 양옆과 뒤를 바짝 치고 윗부분만 살짝 길게 남겨 적당히 삐죽삐죽하게 만든 남자였다. 너무 꾸민 티가 나지 않으면서 보기 좋았다.

하지만 무엇보다 근사한 것은 자체 발광하는 것처럼 보인다는 점이었다. 방금 전에 씻고 면도를 하고 나온 듯한 피부는 살롱에서가 아니라 진짜 햇볕에 태운 구릿빛이었다. 짧고 단정하게 깎은 손톱은 은은하게 반짝였지만, 계집애처럼 보일 정도는 아니었다. 심지어 술이 달린 가죽 로퍼마저 불빛을 받고 반짝이는 듯했다.

매켄지는 아드리아나를 되돌아보며 신음 소리를 냈다. "그러네요. 끝내주게 잘생겼어요." 그녀가 나지막이 속삭였다.

아드리아나는 매켄지의 손을 훑어보고 반지가 없다는 사실을 확인했다. 아드리아나가 말했다. "그럼 잡아요. 당신 남자로 만들어요."

매켄지는 웃음을 터뜨렸다. 아드리아나처럼 우아하지도, 여성스럽지도 않은 코웃음이었다. "그럼 좋게요? 오늘밤에 맷 데이먼을 데리고 집에 갈 확률이 더 높겠어요."

"맷 데이먼도 오늘 여기 왔어요?" 아드리아나는 딘 쪽을 쳐다보지 않기로 한 결심을 잊고 테이블에 앉은 열두 명의 얼굴을 조심스럽게 살폈다.

"아뇨, 안 왔어요." 매켄지가 웃으며 말했다. "말이 그렇다는 거죠. 저 끝내주는 남자가 나한테 넘어올 가능성이 그만큼 적다고요."

아드리아나는 이 새로운 친구를 다시 한번 평가했다. 키는 보통. 귀여운 들창코와 보기 좋은 미소 등 평균을 조금 웃도는 외모. 그럭저럭 괜찮은 몸매. 하지만 그 베이비돌 원피스 밑에 무엇이 감추어져 있을지 모르는 일이었다. 아드리아나는 베이비돌 원피스라면 질색이었다. 그 원피스를 입으면 그녀를 비롯해 이 세상 모든 여자가 엄청나게 뚱뚱하거나 여덟 달 된 임신부처럼 보이는데도, 다들 그 옷에 열광했다. 매켄지가 펑퍼짐한 원피스 밑에 엄청난 지방덩어리를 숨기고 있을 수도 있었다. 그렇다면 범죄도 그런 범죄가 없었다. 다행스럽게도 스타일링은 그나마 흠잡을 데가 없었다. 윤기가 흐르게 드라이를 한 머리, 전문가가 한 것처럼 보이는 메이크업, 웬만한 여자라면 까무러칠 만한 구두와 가방의 조합. 나중에 알고 보니 뉴욕에서 가장 잘나가는 잡지 기자라는데, 이런 외모에 그런 능력이라면 자부심이 하늘을 찔러야 마땅했다. 그런데 이렇게 자신 없어 하다니 말이 안 되는 이야기였다.

매켄지는 아드리아나가 말릴 겨를도 없이 섹시한 남자 쪽으로 고개를 돌리더니 집요하게 그의 팔을 툭툭 치며 헛기침을 했다. 위쪽에 앉은 여자와 이야기를 나누던 그를 자기가 방해하고 있다는 것도, 그가 놀라고 살짝 짜증이 난 표정을 짓고 있다는 것도 알아차리지 못했다. 그는 자세를 돌려 매켄지를 빤히 쳐다보았다.

"안녕하세요." 남자는 무덤덤한 목소리로 인사를 건넸지만 아드리아나의 귀에는 이렇게 들렸다. "왜요? 나한테 무슨 볼일 있어요?"

매켄지는 만면에 가식적인 미소를 지으며 손을 앞으로 쭉 내밀었다. 테이블에 손님들이 얼마나 바짝 붙어 앉아 있는지 생각하면 조금 우스운 행동이었다. 그러다보니 살짝 모자란 사람처럼 보였는데, 남자도 그렇게 느끼는 눈치였다. "안녕하세요. 인사를 하고 싶어서요. 저는 매켄지 마이클스, 〈마리 클레르〉의 피처 에디터예요. 여성 잡지라 그쪽이 즐겨 읽는 잡지는 아니겠지만…… 그래도 남성 독자들이 제법 있어요. 놀랍게도 그 남성 독자들이 전부 다 게이도 아니랍니다. 그러니까……"

"매켄지? 혹시 민트 사탕이나 껌 있어요?" 아드리아나가 매켄지의 팔을 잡고 물었다. 아주 훌륭한 방법은 아니었지만, 잘 알지도 못하는 이 여자를 위해 해줄 수 있는 최선이었다. 매켄지의 입을 막을 수만 있다면 무슨 말이건 상관없었다. 그만큼 그녀를 보고 있기가 괴로웠다. 코미디언이 우왕좌왕하거나 신랑 들러리가 건배를 제안하며 버벅거리는 모습을 제일 앞줄에 앉아서 보고 있는 듯한 심정이었다. 그 정도로 마음이 불편했기 때문에 중간에 끼어들 수밖에 없었다.

섹시한 남자와 눈이 마주친 순간, 아드리아나는 이 남자가 아주 훌륭한 후보라는 생각이 들었다. 매켄지가 이렇게 자멸한다면…… 무슨 말씀! 다행히 미래의 남편감도 찾은 이 마당에 흔해 빠진 플레이보이의 유혹에 몸을 맡길 수는 없지. 이번 미션은 쾌락이 아니라 필요에 의한 거라고.

"알로!" 아드리아나는 브라질 억양의 강도를 몇 단계 높였다. "저는 아드리아나라고 해요. 제 친구를 잠깐 빌려도 될까요?"

매켄지가 말참견을 하려고 입을 열었지만, 아드리아나는 그녀의 팔뚝을 세게 꼬집었다.

섹시한 남자는 미소를 지으며 고개를 끄덕이더니 방금 전까지 이야기를 나누던 여자 쪽으로 고개를 돌렸다.

아드리아나는 매켄지의 온몸에서 뿜어져나오는 싸늘한 기운을 느낄 수 있었지만, 오른쪽에 앉아 있는 딘의 존재가 그보다 더 신경 쓰였다. 그는 처음부터 끝까지 지켜보고 있었다. 아드리아나가 곁눈으로 슬쩍 보니 그는 웃고 있었다. 그리고 테이블 저쪽 끝에 앉아서 무슨 말을 하는지 여기까지 들릴 만큼 큰 목소리로 그녀의 이름을 들먹이는 토비도 신경 쓰였다. 카이피리냐를 들고 남자와 어두컴컴한 벤치에 웅크리고 있어야 할 판에 잇따라 터지는 난처한 상황들을 견디고 있어야 하다니.

"당신이 만나고 싶으면 왜 나한테 찔러보라고 했어요? 나를 바보로 만들고 싶었어요?" 매켄지는 앞쪽을 쳐다보며 아드리아나 쪽에 대고 씩씩거렸다. 두 여자는 웨이트리스가 치커리 샐러드를 서빙하자 미소를 지었다.

아드리아나는 한숨을 쉬고, 딘이 다른 사람과 대화를 나누고 있는 것을 확인한 다음 이야기를 시작했다. "나는 그 남자랑 만날 생각이 없어요. 잠자코 보고 있을 수가 없어서 그랬던 거예요. 너무, 너무……" 좀더 완곡한 표현을 찾고 싶었지만 이미 지친 상태였다.

"너무 뭐요?" 매켄지가 다그쳐 물었다.

아드리아나는 그녀의 눈을 똑바로 쳐다보았다. "너무 절박해 보였단 말이에요."

매켄지는 헉하며 숨을 들이쉬었고, 아드리아나는 순간 연민의 정을 느꼈지만 이게 다 매켄지를 위한 일이었다. 지금까지 아무도 그녀에게 이런 조언을 해주지 않았다면 끝장이었다. 아드리아나는 매켄지의 미움을 사게 될 것이다. 하지만 다른 여자의 미움보다 신경 써야 할 심각한 일들이 더 많았다.

"절박한 게 아니에요." 매켄지가 조그맣게 속삭였다. "사근사근하게 대하려고 한 거예요."

아, 사근사근 수법? 어려서 어머니한테 중요한 가르침을 배웠을 때 아드리아나도 똑같이 반박한 적이 있었다. 그때의 기억이 떠올라 웃음이 나려고 했다.

"사근사근하게, 사교적으로, 붙임성 있게, 귀엽게. 뭐라고 표현하건 먼저 말을 붙이면 '쉽고 절박한' 여자가 되는 거예요."

매켄지는 곰곰이 생각하는 듯한 표정을 짓고 있다 반박하려고 입을 열더니 생각이 바뀌었는지 "그래요?" 하고 물었다.

아드리아나는 고개를 끄덕였다. 하품이 나오도록 뻔한 일이었다. 미국 여자들은 왜 이걸 모를까? 왜 아무도 이런 걸 가르쳐주지 않을까?『그 남자 그 여자의 연애기술』이 도움이 되기는 했지만 한참 모자랐다. 지난 십 년 동안 직접 목격하지 않았더라면 쫓아다녀야만 남자를 쟁취할 수 있다고 생각하는 여자들이 있다는 사실을 절대 믿지 못했을 것이다. 친구들이 바로 그랬다. 리는 과묵한 성격이라 덜했지만, 에미는 창피하게 먼저 말을 걸고, 전화를 하고, 계획을 세우는 등 계속 쉬운 여자라는 인상을 풍겼다.

"그러니까 내가 먼저 인사를 하면 안 되는 거였어요?"

"네." 아드리아나는 와인을 홀짝이며 말했다.

"그럼 무슨 수로 남자를 만나요?"

아드리아나는 매켄지를 쳐다보며 짜증을 내지 않으려고 애를 썼다. 이건 매켄지의 잘못이 아니었다. "몇 분 있으면 남자 쪽에서 먼저 인사를 할 테니까 그런 식으로 만나면 되죠."

"어휴, 어느 쪽에서 먼저 인사하건 그게 무슨 상관……"

아드리아나는 아무 소리도 못 들은 것처럼 하던 이야기를 계속했다. "남자 쪽에서 먼저 인사를 하면 미소와 강렬한 눈빛으로 보답하고, 남자가 뭘 물어보더라도 얼른 얼버무리고 고개를 돌려서 다른 사람과 대화에 열중하는 거예요."

"혹시……"

"혹시 남자가 말을 건네더라도. 심지어 뭘 물어보더라도, 당신에게 반한 것 같더라도요. 특히 당신에게 반한 것 같을 때에는 더욱 그래야 해요. 남자가 못생겼으면 계속 대화를 이어나가도 돼요. 그런 경우에는 결과가 어찌 되건 상관없으니까."

매켄지는 고개를 끄덕였다. 훈계하는 듯한 아드리아나의 말투에 짜증이 났다기보다 매료된 것 같았다. 이건 아주 기초적이고 초보적인 노하우였다. 매력적이고 잘나가는 여자가 왜 이런 걸 모르고 있을까?

"그러니까『그 남자 그 여자의 연애기술』을 실현하면서 살라 이 말인가요? 내가 보기엔 내용이 완전히 비현실적이던데."

"맞아요." 아드리아나가 말했다. "완전히 비현실적이에요. 십대들이 출발점으로 삼기에는『그 남자 그 여자의 연애기술』도 괜찮죠. 하지만 성인용은 아니에요. 섹스를 피하거나 나중으로 미루어야 한다고 가르치는 책은 뭐가 됐건 부적절하다고 생각하거든요."

아드리아나는 완전히 넋을 잃은 듯한 매켄지의 표정을 보고 의기양양하게 이야기를 계속했다. "제대로 즐길 게 아니면 뭐하러 남자를 만나요?"

매켄지는 맞다는 듯 열심히 고개를 끄덕였고, 아드리아나는 이야기를 계속했다. 누군가를 위해 선심을 베푸는 건 오랜만의 일이었다. 그녀처럼 행운을 타고나지 못한 누군가에게 노하우를 전수하는 일 말이다.

 "남자가 자고 나면 상대 여자에게 관심을 잃는다는 건 순전히 사람들이 지어낸 말이에요. 사실은 정반대가 되어야죠. 여자가 할 일을 제대로 했다면 남자가 더 간절히 원할 수밖에 없지 않겠어요? 신비롭고 호락호락하지 않고 도발적인 분위기와 육감적이고 유혹적이고 섹시한 분위기 사이에서 균형을 유지하는 게 관건이에요. 남자 쪽에서 작업을 하게 만들어야―처음 한 번이 아니라 몇 번이고 반복해서―영원히 남자의 사랑을 받을 수 있어요."

 "아주 자신 있게 말씀하시는……" 말끝을 흐렸지만, 아드리아나의 말에 넘어온 게 분명했다.

 "그럼요. 난 브라질 출신이거든요. 남자에 대해서, 섹스에 대해서 잘 아는."

 아드리아나가 샐러드를 먹기 시작했을 때에도 매켄지는 그녀를 물끄러미 쳐다보고 있었다. 바로 그때 그 멋진 남자가 대화를 마무리 짓고 매켄지 쪽으로 고개를 돌리는 것이 아드리아나의 시야에 들어왔다. "실례합니다." 그가 말했다.

 매켄지는 잠깐 뜸을 들이다 고개를 돌리며 환한 미소를 지었다. "네?"

 "좀 전에 제 소개를 제대로 안 한 것 같아서요. 저는 잭이라고 합니다. 만나서 반가워요."

매켄지는 연애의 달인처럼 그를 한참 동안 물끄러미 쳐다보다 다시 미소를 지었다. 이번에는 방금 전에 혀로 축인 입술을 살짝 앞으로 내밀며 짓는, 좀더 도발적인 미소였다. "만나서 반가워요, 잭." 그녀는 느긋하게 대답했다.

"그런데, 캐서린하고는 어떻게 아는 사이신지?" 그가 물었다.

"어, 캐서린을 모르는 사람도 있나요?" 매켄지는 당당하게 웃음을 터뜨리고 나서 그에게 등을 돌렸다.

"아드리아나, 지난주에 쇼핑하다 된통 당했다는 얘기 하고 있었죠? 마저 듣고 싶어요. 그래서요?"

어머나, 세상에. 아드리아나는 생각했다. 이 여자, 아주 타고났네. 아드리아나는 보조를 맞추느라 있지도 않았던 일을 지어냈다. 잠시 후 남자는 실례하겠다며 화장실로 갔다.

"완벽했어요." 남자가 자리에서 일어서는 순간 아드리아나가 말했다.

"정말요? 나는 상처 주는 것 같아서 불안하던데. 내가 하도 재수 없게 구니까 그 사람이 자리에서 일어난 거잖아요!"

"아주 완벽했어요. 그 남자한테 상처를 주지도 않았고, 재수 없게 굴지도 않았어요. 신비로운 분위기를 풍겼지. 오늘 저녁 내내 그 분위기를 유지하면 그 사람이 오늘밤, 자기 집으로 당신을 데리고 갈 거예요. 살짝 여지를 주었다가 무시해요. 추파를 던졌다가 뒤로 한 걸음 물러나고. 그러면 그 사람은 당신을 사로잡고 싶어서 안달이 날 거예요."

과연 잭은 저녁식사를 마치고 디저트를 먹고 그 뒤로 한 시간 동안 음료를 마실 때까지 자꾸 다른 데로 달아나는 매켄지의 시선을 어떻게든 붙잡아놓으려고 애를 썼다. 그야말로 열심히 작업을 걸었고, 매켄지는 그 일 분, 일 초를 즐겼다. 아드리아나는 남자 쪽에서 접근을 시도할 때마다 매켄지의 자신감이 점점 충만해지는 것을 보며 자신이 거둔 성과를 자축했다. 보고 있으려니 무척 뿌듯했다. 아드리아나가 방금 매켄지에게 가르친 것보다 더 고급 기술로, 그러니까 쌀쌀맞게 대했다 속눈썹을 깜빡이기를 반복하며 아주 다른 두 남자를 주무르느라 정신없는 상황이었기에 더욱 그랬다.

자정이 조금 지나자 토비가 드디어 집에 가겠다고 했다. 딘은 반드시 얼굴을 내밀어야 하는 친구네 파티가 있다고 거듭 사과하며 조금 전에 빠져나간 뒤였고(젠장!), 매켄지는 어두컴컴한 한쪽 구석의 2인용 의자에 앉아 잭에게 관심 없는 척하고 있었다. 아드리아나는 또다시 하품이 날 정도로 심심했다. 토비와 춤을 추려고 책에서 읽은 모든 수법을 동원했지만 소용없었다. 그는 일과 여행으로 지쳐 있었다. 그래서 호텔로 직행할 생각이었고, 여자친구도 함께 가주길 바랐다.

토비가 코트를 입는 아드리아나를 도와주면서 계속 뭐라고 종알거렸지만, 아드리아나는 한 귀로 듣고 한 귀로 흘릴 수 있었

다. 하지만 서른 살밖에 안 됐는데―아직 어린데!―쉰 살은 된
듯한 기분을 떨쳐버리기란 쉽지 않았다. 적어도 오늘밤에 허송
세월을 하지는 않았다. 잭과 스킨십을 주고받으며 웃고 있는 매
켄지는 조금 전의 매켄지가 아니었다. 아드리아나는 그녀와 눈
이 마주칠 때까지 기다렸다 살짝 손을 흔들었다.

　매켄지는 잠깐 기다려달라는 신호를 보내더니 연애의 달인처
럼 잭의 입술을 손끝으로 살짝 건드리고 나서 아드리아나 쪽으
로 당당하게 걸어왔다.

　"벌써 가게요?" 매켄지가 아드리아나의 코트를 슬쩍 쳐다보
며 물었다.

　"열두시가 넘었잖아요. 피곤해요." 아드리아나는 거짓말을 했
다. 피곤한 게 아니라 따분했다. "어쨌든 아주 잘하고 있는 것 같
네요?"

　"당신. 정말. 대단해요!" 매켄지는 아드리아나 쪽으로 몸을 기
울이더니 팔을 잡으며 속삭였다. "저 사람이 벌써 자기 집에 가
서 한잔하자고 했어요. 나는 생각해보겠다고 했고요."

　아드리아나는 감동받았다. 애매한 대답만큼 효과 좋은 무기는
없었다. 딱 잘라 거절하는 게 아니라 좀더 열심히 작업을 해보라
는 메시지를 담고 있는 게 애매한 대답이었다.

　"이걸 알아둬요. 같이 자더라도 아침까지 있으면 안 돼요. 새
벽 다섯시가 됐건 몇 시가 됐건 일어나서 집으로 가요. 섹스를

하는 동안에만 같이 있어요. 잘 때가 되면 집으로 가고요." 아드리아나는 새로운 학생에게 조언하며, 자기 말투가 어머니와 똑같다는 생각을 애써 떨쳐버렸다.

매켄지는 고개를 끄덕이며 한 마디, 한 마디 새겨들었다. "만약 저 사람이……"

"예외는 없어요."

다시 고개를 끄덕끄덕.

"재미있는 시간 보내요!" 아드리아나는 명랑한 목소리로 외쳤다. 그러고는 사람들에게 둘러싸여 있는 토비의 손을 잡아끌었다. "토비, 우리 이제 그만 가야 할……"

"잠깐, 한 가지만 더요." 매켄지가 조그맣게 속삭였다. "우리 다음 호 특집으로 당신을 취재하고 싶어요. 어떤 식으로 다룰지 확실하지는 않지만, 당신이 지닌 그 천부적인 재능을 우리 독자들도 배우고 싶어할 것 같거든요."

오호. 이거야말로 흥미진진한—그리고 생각지도 못했던—발전이었다. 아드리아나를 이국적인 미인이라고 생각한 관광객들이 사진을 찍고 싶다고 하는 건 늘 있는 일이고, 미모에 반한 잡지 기자가 자기 잡지에 싣고 싶다고 하는 것도 오늘 처음 겪는 일은 아니었다. 하지만 남자를 다루는 그녀의 천부적인 재능과 남자를 유혹하는 방법을 가르칠 줄 아는 능력을 다루고 싶다니! 이건 날마다 있는 일이 아니었다.

아드리아나는 관심 없는 척했지만, 흥분한 탓에 목소리가 살짝 떨렸다. "뭐, 괜찮겠네요." 그녀는 심드렁하게 대답했다.

"생각해보고 꼭 해주세요. 두 페이지에 걸쳐 심층 인터뷰와 고급스럽고 멋진 사진을 여러 장 실으면 되겠어요. 근사하게 꾸며드릴게요. 약속해요." 매켄지는 흥분한 목소리로 떠들어댔다. 아까 봤을 때는 이렇게 수다스럽지 않은 것 같더니. 하긴 그때는 남자를 그렇게 능수능란하게 낚을 줄 아는 사람처럼 보이지도 않았지.

아드리아나는 좋아서 비명이 나오려는 것을 애써 참았다. "음, 캐서린이 제 연락처를 알고 있으니까…… 아니면 토비 연락처를 알고 있으니까…… 아무래도……"

하지만 매켄지는 이미 잭 쪽으로 걸어가고 있었다. "다음주에 전화할게요! 만나서 반가웠어요. 그리고 고마워요…… 여러 가지로." 매켄지는 손을 흔들며 어둑어둑한 2인용 소파 쪽으로 당당하게 걸어갔다.

"재미있었어?" 토비가 밖에서 택시를 잡으며 물었다.

"재미있었던 정도가 아니라 아주 환상적이었어요." 매켄지의 제안을 듣기 전에는 아드리아나도 이렇게 대답하리라곤 생각 못했다. "놀랍고 근사하고 환상적이었어요."

문을 두드리는 소리에 리는 깊은 잠에서 깨어났다. 밤에도 이렇게 깊이 잠들기 쉽지 않은데 잘 생각도 없던 오후에 숙면을 취하다니, 좀처럼 없던 일이었다. 리가 병에 담아 간직해야 할 무언가가 공기 중이나 물속에 있는 게 분명했다. 소형 렌터카로 새 그하버에 들어설 때마다 긴장이 풀리면서 온몸이 나른해졌다.

"들어오세요." 리는 옷을 입고 있는지, 얼굴이 침 범벅은 아닌지 확인한 다음 말했다. 놀랍게도 밖은 벌써 어둑어둑했다.

제시가 문을 열고 고개를 빼꼼 내밀었다. "나 때문에 깬 건가? 미안. 당신은 하루 스물네 시간 내내 열심히 일하는 줄 알았더니."

리는 코웃음을 쳤다. "설마요. 점심 먹기 전 블러디메리 두 잔은 생산성에 별로 도움이 안 된다는 걸 몸소 체험했네요."

"사실 그렇긴 하지. 하지만 기분은 좋지?"

"아주 좋아요." 리는 솔직히 인정했다. 꿈이 단편적으로 되살아나기는 했지만—알몸으로 벌벌 떨며 복도를 걸어가는 꿈이었다—마음이 편안하고 평화로웠다.

"잠깐." 제시가 세 걸음에 방을 가로질러 오더니 리가 베개 대여섯 개로 등을 받치고 이불 위에 옷을 입은 채 앉아 있는 침대 가장자리에 걸터앉았다. "이게 뭐지?"

그의 시선을 따라가보니 리의 배 위에 펼쳐진 채 놓인 책을 가리키는 말이었다. 예쁘게 포장된 선물 사진이 있는 하늘색 표지로, 그녀가 얼마 전에 재미있게 읽은 『섬싱 바로우드』* 속편이었다. "이거요?" 그녀는 보던 페이지를 접고 그에게 책을 건넸다. "『섬싱 블루』예요. 전편은 절친의 약혼자와 사랑에 빠져 어쩔 줄 몰라하는 여자가 주인공이었어요. 그러다 둘이 사귀게 되는데, 속편에서는 약혼자를 빼앗긴 그 절친의 관점에서 이야기를 풀어 나가요. 이 여자도 예전 약혼자의 들러리와 잔 적이 있으니 아무 죄가 없다고 볼 수는 없죠."

제시는 고개를 저으며 뒤표지를 읽었다. "믿을 수가 없군." 그는 중얼거렸다.

"뭐가요?"

"당신이 이런 책을 읽는다는 게."

"그게 무슨 말씀이세요?"

"이거 왜 이러시나. '코넬 대학교 영문학 전공, 나는 진지한 순수문학만 취급해'라고 이마에 써 붙인 편집자가 여가시간엔 『섬싱 블루』를 읽는다. 재미있지 않아?"

리는 책을 홱 낚아채 가슴에 꼭 끌어안았다. "얼마나 재미있다고요." 그녀는 화난 표정을 지으며 말했다.

"어련하겠어."

리는 적어도 지금 이 시점에서는 『섬싱 블루』가 제시의 초고보다 훨씬 낫다고 말하고 싶었다. 『섬싱 블루』는 그나마 구성이 탄

---

* 한국에서는 『러브 앤 프렌즈』라는 제목으로 출간되었다.

탄하고 표현이 일관적이라고. 대단히 지적인 주제를 파고들지는 않지만, 그럼 뭐 어때? 위트 넘치고 기발하고 재미있으니 문학의 대가께서도 지금 당장 흉내 내보는 게 어떠실지?

물론 그렇게 말할 수는 없었다. "제가 재미 삼아 뭘 읽든 선생님 앞에서 변명할 필요는 없을 것 같은데요."

제시는 졌다는 듯 두 손을 들었다. "좋을 대로. 하지만 이것 때문에 모든 게 달라졌다는 건 자네도 인정해야 할걸. 이건 마치 나치 스타일의 일중독 편집자도 인간이었다는 실질적인 증거를 내가 발견한 셈이거든."

"제가 칙릿을 읽어서요?"

"그렇지. 『브리짓 존스의 일기』를 읽고 공감하는 사람이 터프할 리가 있겠어?"

리는 한숨을 쉬었다. "저는 그 책 좋아해요."

제시는 빙긋 웃었다. "그럼…… 『내니의 일기』는 어때?"

"확실한 고전이죠."

"흠." 제시가 중얼거렸다. 급속도로 흥미를 잃고 있다는 뜻이었다. 리는 이제 그의 몸짓과 표정에 대해 손바닥 보듯 훤했고, 찌푸린 미간과 희미한 미소가 무얼 의미하는지 알았다. 지난 석 달 동안 햄프턴스에 네 번 왔고, 올 때마다 어색함이 줄어들었다. 두번째로 왔을 때에도 아메리칸 호텔에 묵었는데, 거기서 지낸 시간은 몇 시간뿐이었다. 그때가 어떤 인간과도 접촉하지 않는 월요일이었으니 시사하는 바가 컸다(그날 하룻밤만 원칙을 깼다). 세번째와 네번째로 왔을 때는 조카들을 위해 만든 별채에서 지내라는 제시의 권유를 받아들였는데—그쪽이 훨씬 편리했다—어제, 다섯번째로 찾아왔을 때는 본채의 2층 손님방을 쓰면 어떨까 하는 생각이 들었다. 밤늦게까지 일하는 경우가 많았는데 별채로 가는 길은 구불구불하고 컴컴했다.

순수한 의도에서 한 생각이었고, 리로서는 놀라운 일이었지만 그러는 게 너무나도 자연스럽게 느껴졌다. 리는 둘이 지척에서 잠을 자도 환상적인 호흡을 자랑하며 줄곧 공적인 관계로 거리를 유지하고 있다는 게 뿌듯했다. 헨리는 더이상 호텔에 묵지 않겠다는 리의 말을 듣고도 이상하게 생각하지 않았다. 다른 편집자들도 저자를 찾아가—햄프턴스보다 더 먼 곳도 있었다—저자의 집에서 종종 신세를 졌다. 리가 지난주에 아버지와 저녁식사를 하면서 일주일에 두세 번씩 제시의 집을 찾아가 작업을 한다고 말했을 때 아버지는 "이상적인 방법은 아니지만 작가들이 오지 않겠다면 찾아가는 수밖에"라고 했다. 리는 아버지의 무덤덤한 태도를 보고, 러셀한테는 알릴 필요가 없다는 확신을 더욱 굳혔다.

"저녁으로 뭘 먹고 싶은가 해서." 제시가 말했다. "여섯시가 다 돼가고 있고 요즘은 비수기라 빨리 움직이지 않으면 까딱 잘못하다 밥을 못 먹는 수가 있거든. 어디 가서 햄버거 먹을까, 아니면 내가 뭘 만들어줄까?"

"뭘 만들어주신다는 게 그릇에 시리얼을 부어서 준다는 뜻인가요? 그럼 나가서 햄버거 먹을래요."

"아, 우리 사랑스러운 리, 매력적인 아가씨. 자네는 '고맙습니다, 선생님. 집에서 만든 음식을 좋아하는데, 워낙 고고한 여자라 제 입으로 말하기 쑥스럽네요'를 그런 식으로 말하나?"

리는 웃음을 터뜨렸다. "네."

"그럴 것 같았어. 좋아, 그럼 집에서 먹기로 하지. 시아보니스에 재료 사러 다녀올게. 부탁할 건?"

"럭키 참스요. 아니면 시나몬 토스트 크런치*. 그리고 저지방 우유 부탁드려요."

제시는 역겨운 척 두 손을 들고 방에서 나갔다. 리는 현관문이 닫히고 차가 출발하는 소리가 들릴 때까지 기다렸다 전화기를 집어들었다.

러셀은 신호가 가자마자 전화를 받았다. "여보세요."

그는 문명사회에 사는 사람이라면 누구나 그렇듯 발신자 번호 표시 서비스를 받고 있으면서도 리가 전화를 걸면 누구인지 모르는 척했다.

"안녕." 리가 말했다. "나야."

_____

* 둘 다 시리얼의 일종이다.

"응, 잘돼가? 그 정신병자는 요즘 어때? 정신 차리고 일 제대로 하고 있어?"

리가 소문하고는 다르더라고, 그 사람도 거만하다 싶을 정도로 자신만만해하다가 금세 못나 보일 만큼 불안해하는 평범한 저자일 뿐이라고 몇 번을 이야기해도 러셀은 틈날 때마다 제시를 깔아뭉갰다. 그러거나 말거나 상관없었다. 리가 제시를 변호할수록 러셀은 화를 냈다. 질투하는 거였지만—러셀이 다른 여자와 붙어 있는 시간이 그렇게 많으면 리도 질투가 날 것이다—리는 그를 달래지 않았다. 제시가 부인 이야기를 절대 입에 올리지 않더라도(리 쪽에서 부인이 존재한다는 증거를 아직 발견하지 못했더라도) 제시는 유부남이고 리는 약혼자가 있었고, 두 사람은 좋은 파트너이자 좋은 친구였다. 짜증 나게 러셀은 남녀 간에 그런 관계는 있을 수 없다고 주장했지만, 두 사람은 정신적인 친구였다.

리는 한숨을 쉬었다. "그런 사람 아니야, 러셀. 술에 취해 정신 없는 사람이 아니라 그냥…… 우리랑 달라. 우리처럼 조직에 길들지 않은 사람이라고."

젠장. 이건 올바른 대응이 아니었다. 화제가 제시 쪽으로 옮겨가기만 하면 반드시 말다툼으로 이어졌고, 리가 아무리 애를 써도 요즘 들어 이런 일이 잦았다.

"조직에 길들어?"

"어떤 뜻으로 하는 말인지 알잖아."

"그 작자는 아주 완벽하고 군더더기 없이 깔끔한 스타일인데, 나는 스트레스 덩어리고 그리고…… 그리고…… 조직에 길든 인간이라는 뜻으로 들려."

"우리하고 다른 사람이라는 뜻이야, 러셀. 그리고 내가 보기에 책임감 있는 성인답게 사는 쪽이 우리고, 그 사람은 목적 없이 갈팡질팡 살고 있어. 됐어?" 한 달 전까지만 해도 이렇게 생각했지만, 이제 보니 제시의 생활방식도 괜찮은 구석이 있는 것 같다는 말은 하지 않았다. "우리가 왜 그 사람 이야기를 하고 있어야 해? 그 사람이 무슨 상관이야? 나는 당신이 뭐 하고 있나 궁금해서 전화했어. 오늘 제작회의는 어떻게 됐어?"

"잘 끝났어. 평소처럼."

"러셀, 화내지 마. 당신답지 않게 왜 그래?"

"에티켓 강의 고마워. 머릿속에 담아둘게."

"당신 왜 이래?" 리는 한숨을 쉬었다. 안부를 묻고 일상적인 대화를 나누고 다시 책을 읽고 싶은데, 러셀은 두 사람의 관계에 대해 이야기를 하려고 단단히 벼르고 있었다. 그것이 그의 장기였고, 그녀의 입장에서는 악몽이었다.

"리, 우리 왜 이럴까?" 그의 목소리가 부드럽고 다정하게 변했다. "진지하게 얘기 좀 해보자."

리는 숨을 깊이 들이마셨다 조용히 내뱉었다. 속에서 싫어, 싫

어, 싫어! 그 얘기라면 이제 지긋지긋해. 미주알고주알 속속들이 이야기할 필요 없잖아. 우리 그냥 일상적인 대화만 하고 넘어가면 안 될까? 이러지 마! 하는 울부짖음이 터져나왔지만, 애써 침착하게 물었다. "무슨 소리야, 러셀? 우리 사이에는 아무 문제 없어."

러셀은 잠깐 아무 말 없었다. "당신은 그렇게 생각해? 난 우리 둘 사이가 서먹해진 것 같은데. 주위에서 왜 아직 약혼파티 안 하느냐고 물으면 나는 뭐라고 대답해야 해? 약혼한 지 다섯 달이나 됐는데, 약혼녀가 시간이 없다고?"

제발! 또 이 얘기야? "지금 내가 얼마나 중요한 일을 맡았는지 알잖아. 당신이 좀 이해해주면 안 돼?"

"그래야겠지. 그런데, 나더러 제정신이냐고 해도 좋아, 결혼도 중요한 일 아닌가?"

"당연하지. 그래서 완벽하게 치를 수 있을 때까지 기다리고 싶은 거야."

사실 그렇지는 않았다. 리는 일부러 늑장을 부리고 있었다. 결혼과 관련된 일에 대체로 관심이 없기 때문이기도 했고—리는 열두 살 때 웨딩드레스를 골라놓고 그러는 성격이 아니었다—양가 어머니를 상대할 생각을 하니 끔찍하기 때문이기도 했지만, 솔직히 말하면 그게 전부는 아니었다.

처음 얼마 동안은 모든 게 너무 정신없이 진행되고 있다는 생각이 들었다. 유니언스퀘어 벤치에서 처음으로 입을 맞춘 게 마치 어제 같았다. 그 당시에도 그녀는 러셀을 무척 좋아했다. 다정하고 잘생겼다고 생각했고, 그런 그가 자신에게 관심을 보이니 기분이 좋았다. 시간을 두고 만나면서 관계가 자연스럽게 발전하는지 붕괴되는지 지켜볼 수 있길 바랐다. 둘의 관계가 점점 가까워져서 꽃을 피울지 아니면 천천히 멀어져 헤어질지. 러셀과 함께 보내는 시간을 즐기며, 미래에 대해 심각하게 고민하지 않을 생각이었다. 처음에는 아주 순조로웠다. 그런데 그가 프러포즈를 했다. 프러포즈를 한 정도가 아니라 충격으로 얼어붙은 리의 손에 반지를 끼웠고, 놀라서 떡 벌어진 그녀의 입에 키스를 했다. 난생처음 이렇게 예상하지 못한 일을 겪었고, 지난 몇 달 동안 누가 봐도 알 수 있을 만큼 의구심에 시달렸다. 그런데 문제는 러셀에게—혹은 모든 이에게—뭐가 잘못됐는지 설명할 방법이 없다는 것이었다. 달라진 건 아무것도 없었다. 그는 여전히 다정하고 친절하고 이해심이 많았다. 리는 사랑에 눈이 머는 날을 아직도 기다리고 있는데, 모두들—친구들, 부모님, 가장 심각하게는 러셀마저—그녀가 이미 그런 줄 안다는 게 문제였다. 이런 관점에서 볼 때 리가 숨 좀 돌리고 싶어하는 게 그렇게 이상한 걸까?

이번에는 러셀이 한숨을 쉴 차례였다. "알았어. 나는 그저, 모르겠다, 당신이 조금 더 신나하는 목소리였으면 좋겠어. 친구들하고 의논은 하는 거야?"

"당연하지." 리는 거짓말을 했다. 사실 에미와 아드리아나가 결혼 일정에 대해 끊임없이 물어볼 때마다―바비큐파티 계획을 세우고 싶어서 난리였다―리는 화제를 돌렸다. 일이 너무 급속도로 진행되고 있는데, 두 친구는 왜 모를까? 하지만 이런 생각만으로도 죄책감이 들었기 때문에 리는 목소리를 부드럽게 바꿔서 말했다. "나도 얼마나 신난다고. 결혼하면 몰디브나 뭐 그런 이국적이고 아주, 아주 먼 데로 가서 푹 쉬면서 재미있게 놀다 오자. 알았지? 약속할게."

"내가 좋아하는 그 비키니 입을 거야? 양쪽 골반이랑 가슴 한 가운데 금속 링이 달려 있는 그거."

"물론이지."

"노트북이나 원고도 안 들고 갈 거지? 비행기에서 읽는 용도로도 안 돼."

"절대 안 들고 갈게." 리는 잠시 망설였지만, 딱 잘라 말했다. "완벽한 여행이 될 거야."

"좋았어." 러셀이 말했다. 문제가 완전히 해결됐다는 투였다.

"나중에 잘 시간 되면 전화할게."

"내일은 오는 거지? 양가 부모님이 만나는 추수감사절을 앞두고 최소한 하룻밤이라도 같이 보내야지."

"당연하지. 무슨 일이 있어도 내일 밤에는 갈 거야." 리는 억지로 대답했다. 코네티컷에서 보내게 될 추수감사절은 별로 걱정스럽지 않았다. 그녀의 가족과 명절을 보내려고 러셀의 온 가족이 찾아오는 것이니 걱정해야 마땅한 일이었지만, 당장은 얼른 전화를 끊고 싶은 마음만 간절했다.

"뽀!" 러셀이 수화기에 대고 키스하는 소리를 크게 냈다. 떨어져 있을 때 항상 하는 둘만의 은밀한 습관이었다.

리도 똑같이 따라 했지만 실없는 짓을 하는 것 같아서 조금 짜증이 났고, 그런 다음에는 실없는 짓을 하는 것 같아서 조금 짜증이 난 데 죄책감이 들었다. 전화를 끊자 마음이 놓였고, 책을 다시 펼 수도 없을 만큼 피로가 몰려왔다.

리는 누군가 자신을 쳐다보는 듯한 뒤숭숭한 기분을 느끼며 잠에서 깼다. 창밖을 내다보니 흩날리는 눈가루가 현관 불빛에 환히 비쳐 보였다. 방 안이 거의 칠흑처럼 어두웠지만, 누군가 있는 게 느껴졌다.

"선생님이세요?"

"응. 미안. 놀랐어?"

어둠에 적응되고 나서 보니 제시가 맞은편의 마호가니 흔들의자에 앉아 있었다. 가슴 위로 팔짱을 낀 채 머리는 의자 등받이에 기대고 있었다. 어디에선가 신선한 마늘과 빵 굽는 냄새가 흘러들어왔다.

"여기서 뭐 하세요?"

"당신이 자는 걸 감상하고 있었지."

"제가 자는 걸요?"

"저녁 먹으라고 깨우러 올라왔더니 너무 평화롭게 자고 있지 뭐야. 나는 제대로 잠을 자는 경우가 거의 없어서 누가 자는 걸 보면 그렇게 좋을 수가 없거든. 당신 입장에서는 섬뜩할지도 모르겠지만, 이해해줘."

"이상한 게 저도 여기 말고 다른 데서는 잠을 잘 못 자거든요. 여기에 뱀비언보다 더 좋은 뭔가가 있는 모양이에요." 리가 말했다.

"앰비언* 아닌가? 뱀비언이 아니라."

"목욕의 첫 글자 B에 앰비언을 더해서 뱀비언이에요. 하지만 그 효과도 어쩌다 한 번이에요."

제시가 웃음을 터뜨리자 리는 행복이 밀려드는 기분을 느꼈다. 그래서 삼십 년 만에 처음으로 결과나 반응에 대해 전혀 아무 생각도 하지 않고 어떤 짓을 저지르고 말았다. 머리를 완전히 비운 채 아무런 고민 없이 침대에서 내려와 흔들의자 쪽으로 걸어간 것이다. 그의 앞에 서도 불안하지 않았다. 리가 손을 내밀자 제시는 살짝 당황한 표정을 지으며 손을 잡았고, 그녀의 손에 이끌려 의자에서 일어섰다. 얼굴을 마주보고 서자 왠지 기분이 이상했다. 그가 러셀보다 키가 한참 작기 때문이었다. 그의 손

---

* 수면제의 일종.

과 맞잡은 자기 손을 내려다보는데, 누가 뭐래도 틀림없는 친밀감이 느껴졌다. 그가 잡은 손을 놓고 그 손으로 그녀의 목 뒤 머리카락을 꼬았고, 두 사람의 입술이 닿으며 열렸다. 그녀에게 와닿는 제시의 혀는 짜릿하거나 이상하거나 낯설기보다 초현실적이었다.

그 순간부터 모든 게 순식간에 진행됐다. 두 사람은 침대 위로 쓰러졌고, 눈 깜짝할 사이에 알몸이 되었다. 리가 이제껏 경험한 적 없는, 격렬하고 굶주린 섹스였다. 제시는 리의 머릿결을 만지작거리고 손으로 얼굴을 감싸고 코끝에 입을 맞추고 등을 쓰다듬기는 했지만, 조금도 주저하지 않고 리의 두 팔을 머리 위로 올린 채 그녀를 꼼짝 못하게 했다. 그가 이불 위에 누워 있는 리를 바짝 끌어당겨 손끝으로 어깨를 훑자 그녀의 팔에 소름이 돋았다. 그가 괜찮으냐고, 불편한 데는 없느냐고, 물을 마시겠느냐고 물었다. 리가 아무 대답도 하지 않자 그녀의 턱을 들고 입을 맞추었다. 이대로 죽어도 좋다는 생각이 들 만큼 달콤했다. 두 사람은 한참 동안 그렇게, 느리고 나른하게 입을 맞추었다. 제시가 혀를 그녀의 아랫입술에 대고 누르자 리는 그의 입속으로 녹아들어가는 듯한 기분을 느꼈다. 두 사람 다 베개에서 고개를 들지 않았다. 고개를 옆으로 돌린 채 따뜻하고 부드럽게 입을 맞추었다. 그러다 뭔가 번쩍하면서 더이상 견딜 수 없을 만큼 절박해지자 두 사람의 이가 서로 부딪쳤고, 손톱이 어딘가를 파고들었고, 다시 맞잡은 손이 서로를 끌어당겼다.

모든 게 끝난 뒤, 리가 제시의 가슴에 고개를 묻고 반쯤 감은 눈으로 훔쳐보니 그가 그녀를 쳐다보고 있었다. 하지만 호기심이나 애정이 담긴 눈빛은 아니었다. 모든 부분을 하나도 남김없이 기억하려고 애를 쓰는 것 같았다. 사랑을 나누는 도중에 시선을 맞추는 것이야말로 친밀감의 절정이고, 영혼을 들여다볼 수 있는 기회고, 뭐 그러저러하단다. 하지만 러셀이나 그전의 남자들과는 아무리 가까운 사이처럼 느껴져도, 마치 사랑을 나눌 때는 시선을 맞추어야 한다는 기사를 양쪽 모두 읽고 따라 하기라도 하는 것처럼 부자연스럽고 어색했다. 그러고 있으면 불편해서 집중할 수가 없었다. 그런데 이번에는 달랐다. 제시와 눈이 마주치면 숨을 쉴 수가 없었다. 그런 눈빛으로 그녀를 쳐다보는 사람은 처음이었다. 영화의 한 장면 같았고, 영화배우가 된 듯한 기분이 들었다. 새 로션에 알레르기 반응을 일으켜 배에 생긴 두드러기도, 시커먼 가슴 털에 비해 너무 새하얀 제시의 피부도, 둘 다 시뻘게진 얼굴로 땀을 흘리며 헐떡이고 있는 것도 아무 상관 없었다. 이 순간 두 사람은 이 세상에서 가장 섹시한 남녀였다. 그들은 진정으로 천생연분을 찾은 것이다.

어느 순간 둘 다 잠이 들었는지 리가 눈을 떠보니 날이 밝아오고 있었다. 그녀는 제시가 덮어준 담요를 걷고 까치발로 복도 맞은편 화장실로 걸어가 후회와 죄의식과 자책감이 파도처럼 밀려오길 기다렸다. 하지만 아무것도 느껴지지 않았다. 볼일을 보면서 요로감염 특유의 따끔한 통증에 대비해 마음의 준비를 하고 있었는데, 신기하게도 괜찮았다. 리는 얼굴에 물을 좀 뿌리고 거울 속에 비친 자기 모습을 흘끗 보았다가 기절할 뻔했다. 까칠한 턱과 뺨은 수염에 긁혀 군데군데 살짝 피가 났고, 입술은 통통 부었고, 목은 잇자국으로 얼룩덜룩했고, 머리는 까치집을 지었고, 제시에게 눌렸던 허벅지 안쪽은 멍이 들어 있었다. 머리는 침대 머리판에 부딪힌 것 때문에 욱신거렸고, 골반은 혹사당한 것 때문에 아팠고, 다리 사이 민감한 부분은 사포에 문댄 것 같았다. 하도 오랫동안 발가락을 오므리고 있었더니 심지어 발까지 아팠다.

엄청나다는 게 아주 끝내주게 환상적이라는 뜻이라고 가정했을 때 이렇게 엄청난 기분은 처음이었다. 손님방으로 돌아가보니 제시가 담요로 알몸을 가린 채 침대에 앉아 있었다. 침대 옆 창문을 통해 들어온 햇살이 그의 얼굴을 비췄고, 리의 눈에 이제 시계가 보였다. 오전 일곱시 이십삼분이었다. 제시가 고개를 들자 리는 몇 시간 만에 처음으로 수줍음을 느꼈다. 환한 햇살이 비치는 가운데 잘 알지도 못하는 남자, 아니 그 정도가 아니라 저 자 앞에 알몸으로 서 있다니. 이게 혹시 꿈은 아닐까?

"리."

리는 억지로 그를 똑바로 쳐다보았다. 방 안은 서늘했고, 다리에 소름이 돋기 시작했다.

"리. 우리 예쁜이. 이리 와." 제시는 담요 한쪽을 들고 들어오라고 손짓했다.

리는 그의 옆자리로 올라갔다. 제시는 그녀를 감싸안고 담요로 둘의 몸을 덮었다. 그러고는 아프면 아버지가 해주었던 것처럼 이마에 입을 맞추었다. 아버지가 알면 뭐라고 하실까…… 평범한 남자였더라도 용납할 수 없는 일인데, 저자와 잠을 자다니…… 그리고 러셀은 어쩌면 좋지…… 내 약혼자는…… 다섯 달 전에 러셀이 끼워준 아름다운 반지를 아직 끼고 있는데. 난 이 모든 게 아까운, 추잡하고 역겨운 걸레야.

"지독한 공황 발작을 일으킨 사람 같은 표정이네?" 제시가 리의 귀에 대고 속삭였다. 그러면서 더욱 세게 끌어안았는데, 성적인 의미가 담겨 있다기보다 보호해주는 느낌이었다.

"저는 추잡하고 역겨운 걸레예요." 리는 무심결에 이렇게 내뱉곤 바로 후회했다.

그런데 아니라고 위로해주거나 최소한 다시 한번 꼭 끌어안고 혀를 차며 위로해줄 줄 알았던—러셀의 주특기였다—제시가 껄껄 웃음을 터뜨리자 리는 경악했고, 잠시 후에는 짜증이 솟구쳤다.

리는 제시에게 안겨 있던 몸을 빼며 망연자실한 얼굴로 그를 똑바로 쳐다보았다. "웃기세요? 제 인생이 엉망이 됐는데 그게 재미있으세요?"

제시는 그녀를 더욱 세게 끌어안았다. 평소 같으면 숨이 막혔을 텐데, 이번에는 긴장이 풀렸다. 그는 그녀의 입술과 이마와 양쪽 뺨에 입을 맞추고는 말했다. "당신을 보니까 내 모습이 생각나서 웃은 거야."

"하, 영광이네요." 리는 중얼거렸다.

"하지만 리, 우리는 잘못한 게 아무것도 없어."

"그게 무슨 말씀이세요? 잘못한 게 아무것도 없다니요? 뭐부터 지적할까요. 저한테 약혼자가 있다는 사실? 선생님이 유부남이라는 사실? 우리가 같이 일하는 사이라는 거?"

리는 같이 일하는 사이라는 부분을 강조했지만, 이렇게 나열하고 나서 속으로 인정했다. 제시가 결혼에 대해 제대로 설명해 줬으면 했다. 사실은 이혼했다든지, 사실은 유부남이 아니라든지. 그럴 가능성이 낮다는 건 알았다. 그래도 그녀는 희망을 접지 않았다.

제시는 리의 입술에 손가락을 갖다 대 아무 말도 못 하게 만들었다. 이러면 화가 나야 마땅한데, 놀랍게도 그가 귀엽다는 생각이 들었다. "우리 둘 사이에 있었던 일은 자연스럽게 벌어진 거야. 둘 다 원하던 일이라고. 그게 뭐 잘못인가?"

"그게 뭐 잘못이냐고요?" 리는 사납고 심술궂은 목소리로 날카롭게 쏘아붙였다. "사모님은 어쩌실 건데요?"

제시는 팔꿈치를 대고 몸을 일으켜 위에서 그녀의 눈을 똑바로 바라보았다. "우리는 불행한 결혼생활을 하고 있다는 둥, 아내는 나를 이해 못한다는 둥, 조만간 헤어질 생각이라는 둥 하는 상투적인 대사로 당신을 달랠 생각은 없어. 그건 사실이 아니고 나는 당신한테 거짓말하기 싫으니까. 하지만 그렇다고 해서 정상을 참작할 만한 사유가 없는 건 아니야. 내가 지금 당신을 간절히 원하지 않는 것도 아니고."

리가 듣고 싶던 말은 이게 아니었다. 나는 아내가 질색이고, 아내는 나를 이해 못한다는 식의 상투적인 대사였으면 차라리 나았을 것이다. 그런 대사도 들을 수 없다는 사실 때문에 지금 얼마나 큰 잘못을 저지른 건지 더욱 뼈저리게 느껴졌다. 그러면서도 지극히 당연한 수순을 밟는 듯한 기분이 드니 어리둥절했다. 당연한 수순이라고? 내가 지금 무슨 헛소리를 하고 있는 거야? 정신이 나갔지…… 러셀을 배신하고 같이 일하는 사람과 바람을 피웠는데 당연한 수순이라니. 변명의 여지가 없는 끔찍한 판단 착오였고, 두 사람이 이후에 아무렇지 않게 지낼 수 있다면 그건 기적이었다. 더이상 제시의 책을 맡아서는 안 된다는 것만큼은 확실했고, 자신이 저지른 엄청난 실수에 비하면 그 정도 대가는 아무것도 아닌 듯했다.

떠나야 한다. 지금 당장.

"뭐 하는 거야?" 리가 그의 품에서 빠져나와 담요로 몸을 둘둘 감자 제시가 물었다. 그녀는 작은 여행가방을 집어들고 알몸이 보이지 않게 다른 한 손으로 담요를 움켜쥔 채 화장실로 절뚝절 뚝 달려갔다. 그러고는 화장실 문을 잠근 다음에야 비로소 담요 를 바닥에 떨어뜨렸다. 하지만 이번에는 거울을 들여다볼 자신 이 없었다. 샤워라는 사치를 누렸다가는 눈물이 나올 게 뻔했기 때문에 리는 깨끗한 속옷과 청바지와 버튼다운 셔츠를 꺼내 입 고 산발한 머리를 동그랗게 말아서 묶었다. 그리고 양치만 하고 서 울음이 터지지 않게 턱에 힘을 주며 문을 열었다.

제시가 티셔츠와 사각팬티를 입고 슬픈 얼굴로 문 앞에 서 있 었다. 리는 그를 끌어안고 싶은 마음이 간절했지만—혐오스러 우면서도 솔깃한 욕구였다—팔을 스치지도 않은 채 그 옆을 지 나갔다.

"리, 이러지 마." 제시는 복도로, 그다음에는 계단으로 그녀를 따라왔다. "잠깐 앉아서 나랑 얘기 좀 해."

리는 서류와 공책을 챙기려고 주방에 들어갔다가 손도 대지 못하고 고스란히 남은 저녁을 보았다. 핫플레이트 위 냄비 속에 서 굳은 라자냐와 2인용 세팅과 레드와인 두 잔. 그리고 녹아내 린 상아색 촛농으로 뒤덮인 수수한 은촛대 두 개.

"얘기하고 싶지 않아요. 그냥 떠나고 싶어요." 리는 높낮이가 전혀 없는 목소리로 조용히 말했다.

"알아. 하지만 조금만 있다가."

홀끗 제시를 훔쳐보니 짧은 수염이 희끗희끗했고, 눈 주위가 멍이 들었나 싶을 정도로 시커멨다.

"선생님, 이러지 마세요." 리는 한숨을 쉬며 그에게 등을 돌린 채 파일을 가방에 넣었다.『섬싱 블루』를 손님방에 놓고 온 게 생각났지만, 이제 와서 그걸 가지러 갈 수는 없었다.

제시는 리의 어깨에 손을 얹고 조심스럽게 돌려세웠다. "나를 봐, 리. 나는 간밤의 일을 전혀 후회하지 않아."

침대를 빠져나온 이래 처음으로 둘은 눈을 마주쳤다. 리는 차갑게 실눈을 뜨고 제시를 쳐다보며 말했다. "어머, 정말 다행이네요! 선생님께서 간밤의 일을 후회하지 않으신다니 오늘밤에 제가 푹 잘 수 있겠어요. 그건 그렇고, 제 몸에서 손 떼시죠."

그는 손을 거두었다. "리, 그런 뜻으로 한 말이 아니야. 잠깐만 시간을 내주면 좋겠는데……" 말끝을 흐리는 품이, 잠깐만 시간을 내달라는 게 진심이기는 하지만 정말 그러고 싶어서 하는 말은 아님을 알 수 있었다. 그는 정사 후 히스테리를 부리는 여자를 또다시 상대할 생각을 하니 진저리가 나는 사람처럼 피곤하고 지쳐 보였다.

리는 처음 만난 순간부터 그녀를 사랑했다고, 그 유명한 제시 채프먼이 또 바람을 피운 상대가 아니라 그녀만은, 리 아이스너만은 달랐다는 소리를 들을 수 있다면 무엇이든 포기할 수 있었지만, 그걸 바랄 만큼 어리석지는 않았다. 리는 가방을 어깨에 걸치고 고개를 꼿꼿하게 든 채 당당하게 현관을 걸어 나왔다. 제시가 뒤따라 나오지 않은 것은 놀랍고 슬픈 일이었다.

세 남자와 잔다고
팜프 파탈이 되지는 않는다

누군가의 전화를 이렇게 간절히 기다린 게 도대체 얼마 만의 일인지 아드리아나는 기억조차 나지 않았다. 사춘기가 오기 전 중학교 시절, 댄스파티에 같이 가자고 하는 남자아이가 있을지 다른 여자아이들처럼 마음 졸일 수밖에 없었던 그때가 마지막이었던가? 가끔 임신 테스트를 했을 때 학교 보건소의 연락을 기다린 적도 있었고, 이비사에서 약물로 사소한 문제가 생기는 바람에 유능한 변호사를 불러들인 적도 있었고…… 그때도 기다리는 게 쉽지는 않았다. 하지만 이번은 차원이 달랐다. 〈마리 클레르〉에서 희소식이 전해지길 얼마나 간절히 바랐던지 다른 생각은 아무것도 나지 않을 정도였다.

물론 희소식이 기대되기는 했지만—어제 편집장과 한 면담을 어떤 징조로 해석할 수 있다면, 아드리아나는 좋은 인상을 남겼다고 자신할 수 있었다─잡지 기자는 예측할 수 없는 존재였다. 아드리아나가 불안한 이유는 옷차림 때문도 아니었고(찰랑거리는 클로에 원피스와 시거슨의 에나멜 구두, 허리를 살짝 잡은 오래된 느낌의 완벽한 시어링 코트의 대조를 보고 감탄하지 않을 여자가 어디 있을까), 면담 분위기 때문도 아니었다(두 사람은 '산 펠레그리노'를 마시며 뉴욕 최고의 성형외과에 대해 의견을 주고받았다). 일레인 타일러가 왜 보자고 한 건지 그게 궁금했다.

약속했던 대로 매켄지는 디너파티 며칠 뒤에 전화해 섹스와 남녀관계에 대해 샘플로 칼럼을 하나 써주면 자기가 기획안으로 내놓으며 남자를 다루는 아드리아나의 천부적인 재능에 대한 설명을 곁들이겠다고 했다. 모든 게 잘되면 일레인의 허락 아래 칼럼을 〈마리 클레르〉 홈페이지에 시범 게재해 독자들의 반응을 보겠다고 했다. 아드리아나는 '섹스는 예스, 하룻밤 같이 보내는 건 노' '사근사근하게 대하려고 했을 뿐이라는 등 기타 바보 같은 핑계들'과 같은 제목 아래 오후 반나절 만에 대여섯 편을 뚝딱 만들어냈다. 어렵게 터득한 지혜를 가볍고 재미있게 전달했다고 자신했는데, 왜 일레인이 만나자고 한 걸까? 게다가 그래놓고 왜 아직 전화가 없는 걸까? 일레인의 비서가 연락처를 물어보았을 때 아드리아나는 멍청하게 집 전화번호를 알려주었고, 나중에 휴대전화 번호를 다시 가르쳐주려고 했을 땐 이미 비서가 잘 가라고 손을 흔들고 있었다. 여섯시 직전인 데다 금요일이었으니! 아드리아나는 몇 시간 후 좋아하는 밍크 담요에서 나와 토비를 만나러 갈 준비를 해야 했다. 설마 그쪽에서 내가 하루 종일 앉아서 전화벨이 울리길 기다리고 있을 거라고 생각하진 않겠지?

"심심-해!" 오티스가 깍깍거렸다. "진짜 심심-해!" 녀석은 담요로 덮인 아드리아나의 발목에 앉아 TV만 노려보고 있는 그녀를 쳐다보았다.

"알았어, 알았어, 그냥 광고야. 봐. 다시 시작하고 있잖아." 오티스는 TV 쪽으로 홱 고개를 돌리고 〈더 힐스〉* 속으로 다시 빠져들어갔다.

아드리아나는 손을 뻗어 녀석의 반질반질한 등을 쓰다듬었다. 오티스는 그 손에 등을 기대고 그 안에 담긴 뜻을 음미했다. 아드리아나는 녀석이 여기까지 발전한 게 기뻐서 혼자 빙그레 미소를 지었다. 끊임없이 고함을 지르고, 며칠 잠을 설치고, 에미에게 몇 번씩 국제전화를 걸어 지금 당장 데리고 가지 않으면 오티스를 불구로 만들어버리겠다고 협박하는 과정을 거쳐 오티스와 아드리아나는 끈끈한 관계로 발전했다.

놀라운 직관력을 발휘하지 않았더라면 가여운 오티스가 지금 어떻게 됐을지 아무도 모르는 일이었다. 그 뜻밖의 고마운 사건

* MTV의 리얼리티 쇼.

이 벌어진 건 지난주였다. 아드리아나가 잠옷을 벗고 물을 받아놓은 욕조에 목욕 소금을 뿌리는데 오티스가 변기 옆 횃대에서 "뚱녀!" 하고 외쳤다. 그녀는 하룻밤 사이에 몸이 풍선처럼 부풀었나 싶어 당장 거울로 확인했다. 허벅지가 여느 때와 다름없이 탱탱했다. 뿌듯해하며 이번에는 오티스 쪽으로 고개를 돌렸더니, 녀석이 새장 속 가로대에 앉아서 고개를 숙이고 부리로 슬퍼보이는 표정을 짓고 있었다. 거울을 쳐다보는 게 분명했다. 아드리아나가 이 상황의 의미를 알아차린 순간, 오티스가 길고 슬픈탄식을 내뱉으며 체념 어린 쉰 소리로 "뚱보"라고 말했다.

오티스가 뚱뚱하다고 말한 건 아드리아나가 아니라 자기 자신이었던 것이다.

녀석이 지금껏 외친 "뚱녀"와 "뚱보"는 도와달라는 신호였다. 자기 입을 막으려고 에미가 모이를 너무 많이 먹인다는 사실을 알고 있었던 게 분명했다. 가여운 것! 애완동물 용품점에서 파는 가공된 새 모이를 끊임없이 주는데 무슨 수로 식욕을 조절할 수 있겠는가? 아드리아나는 당장 인터넷에 접속해 회색 앵무의 올바른 식생활에 대해 검색했고, 가공된 모이를 먹이면 병적인 비만과 신장병으로 조기 사망할 수 있다는 사실을 발견하고는 경악했다. 오티스가 겪은 정신적인 고통은 또 어떻고! 날마다 거울에 비친 자기 모습을 보며—거울 앞에 놓인 새장 속에 갇혀—살아야 하다니, 자신이 뚱뚱하다는 걸 알면서도 아무것도 할 수 없다니…… 아드리아나는 이대로 놔둘 수 없다는 결론을 내렸다.

이로써 모든 게 달라졌다. 오티스의 분노와 욕설이 향한 곳을 알게 되자 아드리아나는 이 뚱뚱한 녀석이 가여워서 견딜 수가 없었다. 그녀는 그날 오후 앵무새의 대가 아이린 페퍼버그에게 당장 전화를 걸어, 미국의 평범한 중학교 2학년짜리보다 더 많은 어휘를 구사하는 회색 앵무로 유명한 알렉스에게 무얼 먹이느냐고 물었다. 그런 다음에는 새로 터득한 지식과 누군가를 돕고 싶은, 너무나도 낯선 욕구를 원동력 삼아 당장 홀 푸드 마켓과 유니언스퀘어 농산물 직판장과 고급 애완동물 숍과 외래 품종의 조류를 전문적으로 관리하는 동물병원을 순례했다. 일주일 가까이 지속적인 노력을 기울인 끝에 오티스의 생활습관 개조는 거의 완성 단계에 이르렀다.

뭐가 가장 효과가 좋았는지는 알 수 없지만 아드리아나 생각에는 새집이 아닐까 싶었다. 냄새나고, 중동의 감방처럼 험악한 철창으로 둘러싸이고, 삐걱거리던 알루미늄 새장을 없애고 대신 제대로 된 집을 마련해주었다. 뉴욕에서 가장 훌륭한 건축가가 설계하고, 유명한 도급업자가 건축가의 비전을 완벽하게 구현해 수공예로 만든 장식장 크기의 나무 상자였다. 단단한 참나무 뼈대는 거실 가구에 맞춰 에스프레소 색으로 칠을 부탁했다. 바닥과 천장은 화강암이었고, 옆면은 고급 스테인리스스틸 철망이었다. 앞면은 바닥부터 천장까지 유리처럼 생겼지만 깨지지 않는 아크릴이었다. 아드리아나는 세계적으로 유명한 〈내셔널 지오그 래픽〉 사진작가가 촬영한 고화질의 정글 사진을 주문한 다음 코 팅해 오티스가 자연을 느낄 수 있게 배경으로 넣어주고, 낮과 밤 을 쉽게 구분할 수 있게 풀 스펙트럼 조명을 설치해주었다. 그리 고 앵무새 행동 연구 전문가의 조언을 받아 일광욕 바위, 그네, 선반, 모이통, 횃대도 넣었다가, 너무 어수선하다 싶어 나중에 몇 개는 치웠다. 오티스는 그곳을 보자마자 말 그대로 착 달라붙 어, 8000달러가 아깝지 않게 했다. 아드리아나는 녀석이 대나무 횃대에 앉아 정글 파노라마를 보며 빙긋 웃는 것을 두 눈으로 똑 똑히 목격했다고 장담할 수 있었다.

영양이 풍부한 전곡류와 과일, 야채로 이루어진 식단도 녀석 의 신체 상(像)을 개선하는 데 많은 영향을 미친 듯했다. 아드리 아나는 영양가 높은 명아주씨를 대용량으로 구입해 유기농 베 리, 당근과 함께 먹였고, 여기에 칼슘 공급을 위해 일주일에 두 번씩 그리스 요거트를 추가했다. 오티스가 에비앙이나 폴란드 스프링보다 피지 샘물을 더 좋아한다는 사실을 알고 난 다음에 는 몸 안의 독소가 모두 빠져나올 수 있게 하루에 세 번씩 물통 을 이 물로 채워주었다. 조류 전문 미용사가 목욕을 시키고 컨디 셔닝 미스트를 뿌리고 발톱을 깎아주자 활력 증진 프로그램이 완성되었다.

약간의 사치가 얼마나 큰 차이를 만드는지! 아드리아나는 이렇게 흥청망청 살아도 되나 의구심이 들 때마다(그럴 일은 거의 없겠지만) 이 사실을 떠올리기로 했다. 오티스는 전혀 다른 새가 되었다. 노래하고 짹짹거리고 아파트에 계속 흐르는 보사노바 리듬에 맞춰 고개를 까딱였다. 일주일 만에, 너무 공격적이라 화장실로 추방당했던 짐승에서 소파에 파묻혀 있기 좋아하는 귀여운 친구로 변신한 것이다. 오늘 아침만 해도 아드리아나의 무자비한 가르침에 드디어 제대로 된 반응을 보임으로써 얼마나 달라졌는지를 몸소 입증했다.

"좋아, 오티스. 이제 집중해봐, 케리도." 아드리아나는 오티스를 살살 구슬리며 협탁에서 손거울을 꺼냈다. 그런 다음 함께 거실로 건너가 바닥에 앉아서 즐겁게 당근을 쪼아 먹는 오티스에게 새로운 단어를 가르쳤다.

"자, 이제 거울을 보여줄 테니까 누가 보이는지 말해보는 거야, 알았지? 기억해. 너는 부끄러워할 게 아무것도 없는 똑똑하고 예쁜 새야. 준비됐니?"

오티스는 계속 우적거렸다.

아드리아나는 오티스 앞에 거울을 대고 숨을 참았다. 고지가 바로 눈앞인 게 느껴지기는 했지만, 지금까지 오티스는 자기 모습을 보고 "뚱보!"라고 소리 지르던 단계에서 더 발전하지 못했다. 아드리아나는 녀석이 적절한 단어를 선택해주길 간절히 바라며 가만히 거울을 들고 기다렸다.

녀석은 날개 깃털을 부풀리고 부리를 살짝 벌린 채 넋을 잃은 듯 자기 모습을 쳐다보았다. 좋은 징조였다. 장담할 수는 없지만, 자기 모습이 마음에 드는 눈치였다. 자, 오티스! 아드리아나는 속으로 외쳤다. 할 수 있어! 그러자 과연 오티스가 고개를 외로 꼬고 눈을 반짝이더니 "예쁜 아가씨!" 하고 외쳤다.

너무 기뻐서 기절할 것 같았다. "아유, 착해라!" 아드리아나는 신이 나서 아기 같은 말투로 외쳤다. "그래야 우리 착한 오티스지! 우리 착한 오티스, 맛있는 거 줄까?"

오티스가 성별을 헷갈리는 부분은 당분간 그냥 놔두기로 했다. 시간은 앞으로도 많았고, 가장 염려했던 부분은 바닥을 치던 오티스의 자존감이었으니까.

"포도!" 오티스가 좋아하며 깍깍거렸다. "예쁜 아가씨! 포도! 예쁜 아가씨! 포도!" 녀석은 이렇게 외치며 아드리아나의 장딴지를 오르락내리락 춤을 추었다.

"살충제를 쓰지 않은 포도 대령이요. 누가 먹을 거지? 누가 포도 먹을 거지? 우리 멋진 남자가 포도 먹을 거지?" 아드리아나는 오티스를 소파 팔걸이에 올려놓고 주방으로 걸어갔다. 냉장고에서 포도 통을 꺼내려는데 전화벨이 울렸다.

"여보세요?" 아드리아나는 살짝 짜증이 난 목소리로 전화를 받았다. 그녀는 무선 수화기를 어깨와 턱 사이에 끼우고 애피타이저용 접시에 포도를 몇 개 담았다.

"아드리아나?" 어떤 여자가 수화기 너머에서 숨을 헐떡이며 물었다.

아드리아나는 먼저 자기 이름을 밝히지 않는 사람의 전화를 받으면 불쾌했지만, 그래도 최대한 예의를 갖추었다. "맞는데요. 누. 구. 시. 죠?"

"아드리아나, 매켄지예요. 잘 지냈죠? 엄청난 소식이에요. 지금 앉아 있어요?"

엄청난 소식이라니 기대되는데? 아드리아나는 두근거리는 가슴을 진정시키며 생각했다. 일레인이 그녀의 칼럼을 한 편(혹은 여러 편!) 〈마리 클레르〉 홈페이지에 게재하기로 결정했다는 걸까? 아니면 아드리아나가 무척 마음에 들어서 매달 고정으로 칼럼을 게재하고 여기에 그녀의 홈페이지 링크와 고상한 포즈의 저자 사진까지 싣겠다고 한 걸까? 필자라니! 아드리아나 데소자가 필자가 될 줄 어느 누가 상상이나 했겠어? 그것도 매일 수천 아니면 수백 건의 조회수를 기록하는 필자가 될 줄! 여자들은 친구들에게 읽어보라는 둥, 진짜 맞다는 둥, 재미있다는 둥 하며 그녀의 칼럼을 이메일로 전할 테고, 남자들은 저자 사진을 훔쳐보고 적진에서 노하우를 슬쩍하기 위해 몰래 사이트에 접속할 것이다.

"앉아 있어요, 앉아 있어요." 아드리아나는 비명이 터져나오려는 걸 겨우 참았다.

"방금 전에 일레인하고 회의를 마치고 나오는 길이에요." 잠시 침묵. "그런데 당신이 아주 인상 깊었대요."

"그래요?"

"그랬대요. 내가 지금 여기에서 일한 지 거의 구 년이 다 되어가는데, 일레인이 직접 프레젠테이션하는 건 처음 봤어요."

"정말요? 그래서 내 칼럼을 홈페이지에 올리겠대요?" 그럴 게 분명하지만, 대답을 확실히 듣고 싶었다. 아드리아나는 누구한테 이 소식을 제일 먼저 전할지 벌써 그 궁리를 하고 있었다. 친구들? 토비? 어머니?

또다시 침묵이 이어졌다. 아드리아나의 불안감이 폭발하기 직전에 매켄지가 말했다. "음, 사실 그건 아니에요."

그건 아니라고? 하지만 내가 마음에 든다며! 아드리아나는 고함을 지르고 싶었다. 당신 입으로 그렇게 말했잖아! 내가 어쩌다 착각을 한 거지? 아드리아나는 오티스가 있는 소파로 건너가 무릎 위에 포도 접시를 올려놓았다. 그러고는 즐겁게 포도를 공격하는 녀석의 등을 쓰다듬으며 어리석었던 생각을 해체하기 시작했다. 미국 여자들은 변하지 않을 텐데—능력 있는 여자 운운한 지 벌써 수십 년이었다—뭐하러 쓸데없는 짓을 해? 그리고 누가 그렇게 신상명세를 노출하고 싶대? 유명해지는 거야 좋지만, 인터넷은 그 싸구려 같은 디자인하며, 꼴 보기 싫은 죽돌이들하며…… 우엑. 생각만 해도 소름 끼쳐. 이제는 이 한심한 시도를 정리할 때였다.

"아, 그래요? 안타까워라." 아드리아나는 마음에도 없는 말이라는 걸 전혀 감추지 않았다. "아무튼 전화 고마……"

"아드리아나! 잠깐 아무 말 말고 내 얘기 좀 들어요. 일레인이 홈페이지 쪽을 탐탁지 않게 생각한 건 사실인데…… 이제 내가 전하려는 소식 들을 준비 됐어요?…… 그건 당신을 피처난 고정 칼럼니스트로 영입하고 싶기 때문이에요. 못 믿겠죠?"

"뭐라고요?"

"피처난 고정 칼럼니스트라고요!"

"칼럼니스트?" 아드리아나는 다시 한번 물었다. 머리에서 그게 무슨 말인지 흡수하기를 거부했다.

"네! 오프라인 매장판에요."

"어느 글을요?"

"아드리아나, 아직 내 말 이해 못한 거예요? 일레인이 다 좋다고 했다니까요? '사근사근하게 대하려고 했을 뿐'부터 시작할 것 같지만 차근차근 전부 다 실을 거예요."

"전부 다요?"

"한 달에 한 편씩 매달요. 독자들 반응에 따라 달라지겠지만, 일레인도 그렇고 나도 그렇고 반응이 폭발적일 거라고 생각해요. 매달 정기적으로 소개할 거예요. 제목은 '브라질 아가씨가 전하는 남자 다루는 법'이라고 할 거고요."

"어머나, 세상에. 세-상-에." 아드리아나는 쿨한 여자가 되는 걸 포기했지만 상관없었다.

"그러니까요! 엄청난 소식 맞죠? 나는 지금 회의가 있어서 뛰어가야 하니까 후배한테 사진 촬영 일정 잡으라고 할게요. 3월호 마감이 두 주 남았으니까 서둘러야겠지만, 그 정도면 지금까지에 비하면 아무것도 아니에요. 괜찮죠?"

"완벽해요." 아드리아나가 중얼거렸다.

"아, 그리고 아드리아나. 잭이 어젯밤에 전화해서 이번 주말에 만나자고 했는데……"

이 소리를 듣고 아드리아나는 몽상에서 깨어났다. "어젯밤? 목요일에요? 그 사람, 당신을 어떻게 생각하는 거예요? 앉아서 그 사람 전화나 기다리는 할 일 없는 인간으로 생각하는 모양이네? 절대……"

매켄지는 웃음을 터뜨렸다. "잠깐 더 들어봐요. 할 일이라고는 토요일에 엄마랑 점심 먹는 것뿐이지만 주말 내내 약속이 꽉 차 있다고 했어요. 그랬더니……" 그녀는 여기서 말을 멈추고 심호흡을 했다. "다음주에 시간 된다는 말을 들을 때까지 그 사람이 전화를 안 끊더라고요. 결국 화요일에 만나기로 했어요. 벌써 예약까지 했대요."

"케리다! 당신이 정말 자랑스러워요. 나 대신 칼럼을 써도 되겠어요!" 아드리아나는 발전한 매켄지의 모습에 진심으로 기뻐

했다. 자신의 솜씨와 노하우에 대해 시사하는 바가 많았을 뿐 아니라, 매켄지에 대해 아는 건 별로 없지만 그녀를 아껴주는 믿음직한 남자를 만날 자격이 있는 것 같았기 때문이다. 이래저래 희소식이었다.

웃음을 터뜨리는 매켄지가 어찌나 행복하고 신이 난 것처럼 들리는지 조금 질투가 나려고 했다. 새로운 남자가 나타났을 때의 흥분이 떠올랐다.

"아니에요, 그건 전문가한테 맡길게요. 하지만 첫번째 칼럼의 도입부로 괜찮을 것 같아요. 맨해튼에서 가장 적개심으로 불타오르던 완강한 독신의 잡지 기자를 당신의 마법이 어떻게 변화시켰는지 실화를 섞어서 아주 근사하게 소개하는 거죠."

"적개심으로 불타올랐지만 조만간 독신 세계에서 탈출할 잡지 기자라고 해야겠죠?" 아드리아나가 지적했다.

"맞는 말이네요. 자, 이제 나는 달려가야겠어요. 나중에 통화해요."

"그래요. 저어엉말 고마워요, 케리다. 챠오!"

아드리아나는 소파에 주저앉아 손짓으로 오티스를 불렀다. 녀석은 쩩쩩거리며 순순히 아드리아나의 무릎 위로 깡총 올라왔다. 그러고는 포도를 달라는 듯 손을 살짝 밀었는데, 아드리아나는 이미 전화를 걸고 있었다.

"리 아이스너 사무실입니다." 목소리에서 지겨움이 묻어나는 보조 편집자가 받았다.

"안녕, 애넷. 나 아드리아나예요. 리 좀 바꿔줄래요?"

"지금 연결 안 되는데요. 이따 연결해드릴까요?"

아드리아나는 보조 편집자 특유의 전문용어에 보조를 맞출 기분이 아니었다.

"얼른 찾아내서 바꿔줘요. 비상사태니까."

"잠시만 기다리세요." 애넷은 무뚝뚝하게 대답했다.

잠시 후 리의 짜증 섞인 목소리가 수화기 너머에서 들렸다. "비상사태라고?" 리가 물었다. "네가 좋아하는 몰턴 브라운 바디워시가 또 어딜 가도 품절이라는 얘기를 하려고 전화한 건 아니지? 그건 지난주 '비상사태' 아니었니?"

"내가 깜짝 뉴스 알려줄게." 아드리아나는 리의 말을 무시하고 노래를 부르듯 종알거렸다. "내가 진짜 깜짝 뉴스 알려줄게."

"어머! 향초도 전부 다 품절인 거니? 그럼 어떡해?" 리는 우는 소리를 했다.

"제발 조용히 좀 해줄래? 나는 지금 좌절한 쇼핑객이 아니라 친구로서 너한테 전화를 건 거야. 내가 〈마리 클레르〉 3월호에 소개될지 모른다고 하면 네가 관심을 보일 거라고 생각한 내가 바보구나."

리는 수화기를 통해 들릴 만큼 큰 소리로 하품했다. "음, 그래? 축하해. 네 모델 사진이 선택을 받은 게, 어디 보자, 이번이

천백번째쯤 되나? 아니면 파티난에 소개되는 거야? 그럼 만천번째고."

"너 진짜 못됐다?" 아드리아나가 말했다. "네가 그렇게 종알대지 않으면 얼굴이나 파티 사진이 실리는 게 아니라 내가 칼럼니스트로 데뷔하는 거라고 알려주려고 했는데."

리는 보조 편집자에게 조그맣게 지시사항을 내리다 말고 무려 이십 초 동안 아무 소리도 내지 않았다. "뭘로 데뷔한다고?" 마침내 리가 입을 뗐다.

"못 들었어? 칼럼니스트로 데뷔한다고. 오프라인 매장판의 고정 칼럼니스트로. 제목은 '브라질 아가씨가 전하는 남자 다루는 법'이 될 거야."

"남자 다루는 법이 아니라 유혹하는 법이겠지."

"당연히 유혹하는 법이지! 여자들이 알고 싶어하는 게 다른 거겠니? 쉬운 작업은 아니겠지만, 여기에 나보다 더 적임자는 없을 거야."

"나도 그렇게 생각해." 리는 중얼거렸다. 진심으로 깜짝 놀란 목소리라 아드리아나는 미소가 절로 나왔다. "아드리아나, 섣부른 판단이 아니라 내 평생 이보다 더 확신한 적은 없었어. 스타 탄생이다."

에미는 발로 물을 잠그고 눈을 감은 채 한숨을 쉬며 가슴과 다리를 푹 담갔다. 졸다 책을 읽다 하며, 뜨거운 물을 몇 분마다 비우고 다시 채운 호텔 욕조에 벌써 삼십 분째 몸을 담그고 있었다. 손가락이 쭈글쭈글해졌고, 이마에 맺힌 땀이 옆으로 흘러내리기 시작했고, 환경에 해로운 짓이었지만 상관없었다. 술을 마시고 사랑을 나누며 길고 근사한 밤을 보내고 평화롭고 느긋하게 맞이한 새해 첫날인데 아무려나 상관없었다.

그의 이름은 라피인가 그랬고 환상적이었다. 에미는 십오 년 전 마지막으로 봤을 때와는 너무나 달라진 이스라엘을 보고 충격을 받았지만, 다행히도 남자들의 위용은 예나 지금이나 변함없었다. 오히려 더 멋있어졌다. 군복 차림의 젊은 군인들은 건장했고, 잘생기고 그들보다 좀더 나이가 많은 남자들은 삼십대나 심지어 사십대에도 미국 남자들보다 훨씬 탄탄한 체격을 자랑했다. 어디로 고개를 돌리건 올리브색 피부에 까만 머리를 자랑하는 근육맨들이 있었고, 이 당황스러운 호사 중에서도 라피가 최고였다.

두 사람은 이틀 전인 목요일, 요트바타라는 텔아비브의 음식점에서 만났다. 요트바타는 텔아비브의 바닷가 산책로에 있는 떠들썩한 분위기의 격의 없는 이스라엘 음식점으로, 푸짐하고 독특한 샐러드와, 과일과 요거트를 섞어 만든 맛있는 스무디가 전문이었다. 요르단과 이스라엘 접경의 아라바밸리에 음식점 이름과 똑같은 키부츠*가 있었고, 이곳에서 식재료를 공수해 왔다.

셰프 매시가 런던에 고급 런치 레스토랑을 새로 계획 중인데, 여기에 영감을 줄 만한 덜 알려진 지역과 요리를 알려달라고 했을 때 에미는 고민할 필요가 없었다. 요트바타에서 음식을 먹은 건 예전에 이스라엘에 갔을 때—열세 살 때 그녀의 바트 미츠바**를 위해, 그리고 이 년 뒤 이지의 바트 미츠바를 위해—가 마지막이었지만, 그때까지 먹어본 중에서 가장 신선하고 맛있다고 느꼈던 기억이 아직도 남아 있었다. 에미는 유제품에 중점을 두고 유기농으로 재배한 과일과 채소만 고집하는 요트바타의 정책을 대강 이야기했다.

셰프 매시는 마음에 든다며 에미에게 이스라엘 출장에 동행해달라고 부탁했다. 시저, 그리스, 믹스드 그린, 이렇게 발사믹 식초 삼총사에 국한된 샐러드 메뉴의 종류를 늘리고, 중동의 다른 요리를 조사하는 것이 이번 출장의 목적이었다. 에미는 새해 전날 뉴욕을 벗어날 수만 있다면 어디든 환영이었는데, 목적지가 이스라엘이라면 엄청난 보너스나 다름없었다. 그런데 셰프 매시가 막판에 배신을 때릴 줄이야. 한 해의 마지막 날을 가족과 함께 보내야 한다는 핑계였지만, 생바르텔르미에서 파키스탄 출신

---

* 이스라엘의 농업 및 생활 공동체.
** 유대교에서 하는 소녀의 성인식.

의 모델 여자친구를 만나려는 것이 그의 속셈이라는 것은 누구나 아는 바였다. 에미는 출장이 아예 무산될까봐 불안에 떨었는데, 셰프 매시가 그녀는 보내주었다.

에미는 미국의 전형적인 홍보 담당자 같은—완벽한 옷차림을 자랑하고 말이 빠르며 짜증이 날 정도로 명랑한—이스라엘 여자와 늦은 점심을 먹을 각오를 하며 요트바타 안으로 들어갔다. 그런데 창가 테이블로 안내되었을 때 에미를 맞이한 사람은 초록색 눈과 이스라엘 남자 특유의 섹시한 허세가 가미된 조시 더 하멜*의 판박이였다. 에미는 삼 초 만에 그가 결혼반지를 끼지 않았음을 간파했고—의무적으로 체크해야 할 부분이기는 했지만 의미는 없었다—여자친구가 없다는 것은 오 분 만에 알아냈다.

"여자친구가 없어요?" 에미는 달콤한 목소리로 되물었다. 연하남 킬러처럼 들릴 수도 있었지만 신경 쓰지 않았다. "키부츠에 가면 젊고 예쁜 아가씨들이 막 뛰어다니잖아요?"

라피는 웃음을 터뜨렸고, 에미는 그와 함께 밤을 보내리라는 것을 직감했다.

그 직감은 적중했다. 그날 밤에도, 그다음날 아침에도, 그다음 날 저녁에도. 두 사람은 지난 하루 반 동안 정확히 여섯 번 사랑을 나누었다. 어찌나 빈번하고 열정적이었던지 에미가 라피의

---

* 미국 배우. 〈트랜스포머〉에 출연했다.

운전면허증을 확인하겠다고 나설 정도였다.

"맙소사, 정말이잖아? 1978년생. 스물한 살도 아닌데 이렇게 정력적인 남자는 내 평생 처음이야."

라피는 또다시 웃음을 터뜨리며 에미의 배에 입을 맞추었다. "특별한 능력이죠." 그가 영화에나 나옴직한 억양으로 말했다.

"인정." 에미는 둘 다 알몸이라는 사실은 까맣게 잊은 채 폭신폭신한 이불 위에서 기분 좋은 고양이처럼 기지개를 켰다. "룸서비스로 아침 주문할래요? 내가 출장비로 쏠게요."

그는 가짜로 경악하는 표정을 지으며 나무라듯 손가락을 흔들었다. "단 호텔이 여러모로 좋긴 하죠. 카펫, 베개, 예쁜 수영장…… 하지만 요트바타가 지척인데 룸서비스로 아침을 시켜 먹겠다고요?"

"알아요. 하지만 그 몇 걸음을 가려면 샤워하고 옷 입고 사람들 앞에 나서야 하잖아요." 에미는 아랫입술을 내밀고 눈을 크게 뜨며 최대한 뾰로통한 표정을 지었다. "나를 침대 밖으로 끌어내고 싶어요?"

"아니, 아니. 그대로 기다려요." 그는 욕실로 사라졌다.

물소리가 들렸고, 에미는 라피가 같이 하자고 부르지 않는 것에 살짝 실망했다. 수화기를 들고 룸서비스를 주문하려는데 라피가 밖으로 나왔다.

그는 푹신푹신한 목욕가운을 든 손으로 에미를 끌어안아 가운으로 폭 감싼 뒤 욕실로 안내했다.

"아가씨를 위해 준비했습니다." 그가 두 팔을 넓게 벌리며 말했다. 뜨거운 김이 모락모락 나는 물과 바닐라 향 거품이 욕조에 가득했고 대여섯 개의 촛불이 대리석 욕조 주변을 밝히고 있었다.

에미는 조금도 머뭇거리지 않고 바로 가운을 바닥으로 떨어뜨리고 욕조 안으로 들어갔다. 그런 다음 발부터 담가 온도에 적응하고 천천히 몸을 숙여 욕조에 앉았다. 마침내 뜨거운 물에 온몸을 담갔을 때 그녀는 눈을 감고 기쁨의 신음 소리를 냈다. "기분 끝내준다. 같이 있어줘요."

"안 돼요, 안 돼." 라피는 손가락을 흔들고 고개를 숙여 그녀의 입술에 살짝 입을 맞추었다. "당신만을 위한 거예요. 맛있는 식사를 들고 삼십 분 있다 다시 올게요." 그는 다시 한번 입을 맞추고 어디론가 사라졌다.

에미는 그렇게 빈둥빈둥 목욕을 했다. 물속에 몸을 담갔다. 물을 다시 채웠다. 삼십 분이 지나도 그는 나타나지 않았지만, 상관없었다. 덕분에 호텔 측에서 제공히는 바닐라 로션을 듬뿍 바르고, 그 전날 셰인켄 가의 조그만 란제리 숍에서 산 슈미즈로 예쁘게 갈아입을 시간이 생겼다. 섹시하기는커녕 귀여운 속옷이라도 사본 게 언제인지 기억이 가물거렸지만 쇼윈도에 진열된 이 슈미즈를 보고는 그냥 지나칠 수가 없었다. 핑크색 저지 소재가 몸에 붙는 순간 놀라울 만큼 부드러웠고, 네크라인에 구불구불 달린 초록색 레이스 덕분에 편안하고 캐주얼한 동시에 섹시해 보였다. 아드리아나가 봤으면 아주 자랑스러워했을 텐데. 에미는 이렇게 생각하며 빙긋 웃었다. 섹시한 낯선 남자와 새해를 맞이하게 되다니, 기분이 끝내주게 좋았다. 라피가 봉투를 들고 다시 등장했을 때 놀랍게도 에미는 또 한바탕 치를 준비가 되어 있었다.

"침대로 와요." 에미는 봉투를 내려놓은 그를 잡아당기며 교태 섞인 목소리로 말했다.

"에미, 속부터 채워야죠." 그는 이렇게 말하면서도 키스에 응했다.

두 사람은 다시 사랑을 나누었다. 너무 지쳐서 끝을 보지 못했지만 그래도 기분이 좋았다. 라피는 에미가 침대 밖으로 나와 포장 벗기는 것을 돕는 것도 못하게 했다. 때문에 그녀는 다시 베개에 기대고 누워서—침대가 너무 푹신해서 거의 해먹 수준이었지만 그걸 가지고 투덜거릴 수는 없었다— 그가 각종 샐러드와 빵과 요거트를 조심스럽게 접시로 옮겨 담는 모습을 바라보았다. 그는 침대 위에 상을 차리고, 과일을 섞어 만든 스무디와 커피를 협탁에 놓은 다음 냅킨에 싼 은수저와 포크와 나이프를 에미에게 건넸다.

"보나페티*." 그가 에미를 향해 커피잔을 들며 말했다.

"브타야본**." 에미는 씩 웃으면서 대답했다.

라피가 놀랍다는 듯 눈을 휘둥그레 떴다. "지금까지 이틀이나 함께 보냈는데, 히브리어를 할 줄 안다는 말은 안 했잖아요!"

"할 줄 모르니까 그랬죠. 미국에 사는 다른 유대인 아이들처럼 나도 히브리어 학교에 다녔는데, 어마어마하게 뚱뚱한 여선생님이 기도문 말고 음식에 관련된 단어도 엄청 많이 가르쳐주셨거든요."

"또 무슨 말 알아요?"

"흠, 뭐가 있을까…… 음치차 알아요."

라피는 웃다가 먹던 음식을 뿜을 뻔했다. "히브리어 학교 선생님이 오럴 섹스가 히브리어로 뭔지 가르쳤단 말이에요?"

"아뇨, 그건 맥스 로젠스타인한테 배운 거예요." 에미는 스무디를 한 모금 마셨다. "그런데 어쩌면 그렇게 영어를 잘해요? 외국어를 안 배우는 종족은 미국인밖에 없다는 둥 그런 대답은 말고요."

"하지만 사실이 그렇잖아요." 라피가 반박하고 나섰다.

"사실 그렇기야 하죠. 하지만 그런 소리는 이제 지긋지긋하다고요. 그래서요? 어디서 이렇게 배웠어요?"

---

* 프랑스어로 식전 인사.

** 히브리어로 식전 인사.

라피는 어깨를 으쓱하며 조금 수줍은 표정을 지었다. "어머니가 미국분이에요. 유학 중에 아버지를 만나서 그대로 눌러앉았죠. 그걸 감안하면 내 영어 실력이 이보다 좋아야 하는데, 어머니가 우리 앞에서 영어를 쓴 적이 없거든요. 아버지가 거의 알아듣지 못한 데다 어머니가 히브리어를 배우고 싶어하셔서요."

"대단하다." 에미가 말했다.

"그렇지도 않아요. 내 동생이 하는 영어를 들어봐야 하는데. 지금 펜실베이니아에 있거든요. 영어, 히브리어, 펜실베이니아 독일계 억양이 몽땅 섞여서……"

라피가 지금 이스라엘에 사는 사람은 가족 중 자기 하나뿐이라는 등 가족사를 속속들이 소개하는 동안 에미는 이불을 끌어다 몸에 둘둘 감았다. 아무리 신중해지려고 해도 그가 한 마디, 한 마디 내뱉을 때마다 그를 좋아하는 마음이 점점 더 분명해졌다. 물론 훌륭한 남편감은 아니었지만—이제는 더이상 여기에 집착하지 않았다—상당히 괜찮아 보였다. 이런 깨달음과 함께 해묵은 불안감이 엄습했다. 이 사람도 나를 좋아할까? 미국에서 다시 만날 수 있을까? 파리에서 그날 밤에 폴이 그랬던 것처럼 이 사람도 갑자기 돌변해 사라져버릴까?

"정말 재미있네요." 에미는 중얼거렸다. "이제 어떻게 된 건지 알겠어요. 그런데 어떻게 상주 홍보 담당이 됐어요? 홍보에 어울리는 타입은 아닌 것 같은데."

"영어를 전공했으니까요."

"그렇구나."

"당신은요?" 라피가 고트 치즈 조각을 뿌린 샐러드를 포크로 찍으며 물었다.

"행정학이요."

라피는 그만 좀 하라는 표정으로 에미의 옆구리를 찔렀다.

"나는 뭐 그렇게 재미있는 이야기가 없어요." 진짜 그랬다. 에미는 지금까지 어떻게 살았는지 들려달라는 말이 싫었다. 할 만한 이야기가 별로 없기 때문이었다. "완벽하게 쾌적한 근교라 할 수 있고 훌륭한 공립학교, 축구, 뭐 그런 걸로 유명한 뉴저지에서 태어나 자랐어요. 아빠는 내가 다섯 살 때 돌아가셔서 기억도 안 나고 그 뒤로 엄마는 무심한 사람이 됐죠. 몸은 우리 옆에 있는데, 마음은 없는 그런 사람이요. 몇 년 전에 재혼을 하셔서 그나마도 자주 못 봐요. 여동생은 지금 첫아이를 임신 중이고, 마이애미에서 의사로 일하고 있어요. 어디 보자…… 또 뭐가 있을까? 코넬 대학교를 졸업하고 요리사가 되고 싶어서 요리학교에 입학했는데, 요리사가 되기 싫어서 중간에 나와버렸어요. 어때요, 흥미진진하죠?"

"그렇네요."

"거짓말."

"어쨌거나 일은 아주 재미있는 것 같은데요?" 라피가 말했다.

"그건 그래요. 맡은 지 여섯 달밖에 안 됐는데 아직까지는 정말 좋아요."

"전 세계를 돌아다니면서 근사한 호텔에 묵고 외국 남자들을 만나는데 안 좋을 게 뭐가 있어요?"

"아니에요!" 에미는 발끈했다.

"거짓말."

"호텔이 다 근사하지는 않다고요."

라피는 호탕하게 껄껄 웃더니 다시 한번 그녀의 옆구리를 찔렀다. "뭐, 투덜대지 않을게요. 요즘은 몇 번까지 갔는지 모르겠지만, 육백십이번째 남자라도 영광입니다."

여섯번째예요. 에미는 생각했다. 던컨이 세번째였던 걸 감안하면 엄청난 성과였다. 지난 6월에 남자 사냥을 시작한 이래, 거의 삼십 년에 걸쳐 달성한 숫자를 두 배로 만들었으니 말이다. 그녀는 약간의 노력을 기울인 끝에 말하자면 고비를 넘긴 셈이었고, 조지가 결정적인 역할을 했다. 지난주에 만난 오스트레일리아 남자는 사파리회사를 경영하는 부모님 때문에 짐바브웨에서 자랐고 지금은 런던에 산다고 했다. 그는 거칠고 활동적인 타입이었는데, 보드카 토닉을 몇 잔 걸치자 〈블러드 다이아몬드〉에 출연한 디캐프리오 비슷하게 보였다. 금발도 아니었고 그만큼 귀엽지도 않았지만. 에미는 그곳에서 기나긴 주말 동안 해야 할 엄청난 일에 치여 죽기 일보 직전이었지만, 그래도 믹 던디*를 만

났는데 그냥 지나칠 수는 없었다. 이제 추가된 라피는 명단을 빛
내는 인물이었다. 세 명 모두 그녀를 대놓고 떠받들지는 않았지
만 충분히 예의를 갖추었고, 에미는 그 어느 때보다 섹시하고 자
신만만한 여자가 된 듯한 기분을 느꼈다. 안전하게만 하고—피
임약과 콘돔을 동시에 동원했으니 안전했다—나중 일을 지나치
게 기대하지 않으면—전혀 기대하지 않았다—누릴 수 있는 즐
거움이 넘쳐났다. 화끈한 즐거움을 적극 권장하던 리와 아드리
아나가 갑자기 도도하게 구는 것이 신경에 거슬리는 이유가 그
때문이었다.

에미가 오스트레일리아 남자 이야기를 했을 때 두 친구는 깔깔
웃으면서 그녀의 대담한 모험에 찬사를 보냈다. 리는 그녀가 한
방을 노리던 시대가 끝났다고 공식적으로 선언했다. 아드리아나
는 늘 그러듯 '크기, 체위, 애무'에 대한 상세한 정보를 요구했고,
에미가 자랑스럽게 늘어놓자 대놓고 부러워하는 표정을 지었다.
남자 사냥은 공식적으로 계속 진행 중이었다. 전날 아드리아나
의 전화를 받았을 때에도 라피에 대해 그와 비슷한 혹은 그보다
더한 반응을 기대했는데, 친구는 심드렁한 반응을 보였다.

"안녕, 해피 뉴 이어!" 에미는 휴대전화에 대고 외쳤다. "고향
에 가니까 어때?"

---

* 오스트레일리아 영화 〈크로커다일 던디〉 시리즈의 주인공.

아드리아나는 한숨을 쉬었다. "상파울루도 근사하고 다들 얼굴 보니까 좋긴 한데, 크리스마스부터 새해 첫날까지 일주일 동안 있겠다는 건 너무 과한 게 아닌가 싶어."

"그래도 아버지는 좋아하시지?"

"구름 위를 걷고 계시지. 아빠가 자식들을 한자리에서 볼 수 있는 때가 일 년에 지금 한 번뿐인데 어쩌겠니? 어전 연극 같은 거긴 하지만, 다들 납득하고 한자리에 모여 웃고 있으니 참을 수 없을 정도는 아니야."

에미는 참을 수 없을 정도는 아니라는 아드리아나의 말에 속으로 웃었다. 열대기후, 평범한 호텔보다 도우미 수가 더 많은 으리으리한 대저택, 먹고 마시고 옛날 친구들 만나는 것 말고는 아무 할 일 없이 보낼 수 있는 일주일. 에미는 자기 입에서 퉁명스러운 말이 튀어나오기 전에 화제를 얼른 바꿨다. "어젯밤에 완전 섹시한 이스라엘 남자 만났다? 오늘밤을 같이 보내고 있어."

아드리아나는 휘파람을 불었다. "와우, 케리다. 진도 빠르다. 빛의 속도인데."

"나라면 군인이랑 침대로 뛰어들지 않겠다는 둥, 그런 말은 하지 마."

"당연하지. 그런데 크로커다일 던디를 만난 게 지난주 아니었니? 내가 착각했나? 에미, 네가 언제 누굴 만났는지 기억을 더듬다 헷갈릴 날이 올 줄은 꿈에도 몰랐어."

아드리아나의 말투에서 짜증이 느껴지는데 맞는 걸까? 나를 비난하는 걸까? 설마 질투하는 건가?

"라피는 귀엽고 똑똑하고 애인으로 제격이야. 같이 있으면 정말 재밌어."

"유대인이라는 걸 잊지 마." 아드리아나가 말했다. 에미는 그녀가 집게손가락을 흔드는 모습이 눈에 선했다. "그게 무슨 뜻이겠니? 남편감이라는 뜻이잖아!"

에미는 큰 소리로 한숨을 쉬었다. "여섯 달 전에 너하고 리, 둘이서 남편 사냥은 그만하라고, 섹스 전적을 늘려야 한다고 그렇게 난리를 쳤잖아. 내가 너희 말대로 하니까 이제는 결혼 얘기야?"

"알았어, 케리다. 진정해. 나야 물론 네가 재미있게 지내길 바라지. 다른 얘기 하자. 내 얘기 하면 어때?"

에미는 웃으면서 무음으로 해놓은 호텔 TV의 채널을 이리저리 돌렸다. "그래. 배런 씨는 어때? 여전히 멋져?"

"좋아. 촬영하러 토론토로 돌아갔어. 그것 말고 새로운 소식이 있어."

"혹시 너희……"

"아냐, 약혼했다는 거 아니야. 그게 아니라……" 아드리아나는 극적인 효과를 위해 잠시 뜸을 들였고, 에미는 그녀의 목을 조르고 싶었다. "내가 쓴 칼럼이 〈마리 클레르〉에 실리게 됐어!"

"네가 쓴 칼럼이라고?" 에미도 자기 목소리가 조금 김빠지게 들린다는 건 알았지만, 이런 소식은 처음이었다.

"응. 못 믿겠지? 11월에 토비한테 끌려간 디너파티에서 기자를 만났는데, 남자 낚는 법을 가르쳐줬더니—제대로 효과를 발휘해서 그날 밤에 만난 남자랑 지금도 사귀고 있어—내 노하우를 잡지에 싣고 싶다는 거야!"

에미는 충격을 감출 수가 없었다. 아드리아나가 칼럼을 쓴다고? 아드리아나가 일을 하고 돈을 번다고? 너무 엄청난 소식이라 현실감이 없었다. "축하해, 애디! 요즘 젊은 여자들한테 네 노하우를 전달할 수 있겠네? 잘됐다."

"내 노하우가 얼마나 필요한지 아니? 미국 여자들이란…… 정말이지…… 그래도 내가 노력해볼 거야. 이제 점심 먹을 준비하러 가야겠다. 아빠가 올해 마지막 날이라고 온 동네 사람들을 초대했거든. 오늘밤에는 이스라엘 남자랑 어디 갈 거야?"

"텔아비브에 있는 레스토랑 갔다가, 아마 곧장 호텔 방으로 돌아오지 않을까 싶어."

아드리아나는 한숨을 쉬었다. "이게 지금 내 친구 에미가 하는 말 맞니? 듣고 있으니까 가슴이 다 훈훈해진다, 케리다, 정말로. 하지만 조심해, 알았지? 남자를 만나는 족족 자야 하는 건 아니니까."

"방금 뭐라고 했어? 그게 무슨 뜻이야? 깜빡한 모양인데……"

아드리아나가 단조로운 웃음소리로 말허리를 잘랐다. "이제 끊어야겠다! 오늘밤 재밌게 보내고 해피 뉴 이어! 내년에 얘기하자!"

전화를 끊고 나자 에미는 기분이 이상해졌다. 중학교 때 친구들이 K마트에서 립스틱 훔치는 걸 보았을 때처럼 심란했다. 죄책감이 느껴진다기보다 불안하고 조금 부끄러웠다. 그녀는 친구들이 주문한 대로 하고 있었다. 어느 누구하고도 결혼하는 상상을 하지 않았다(몇 달째 결혼하는 꿈도 꾸지 않았다!). 그런데 친구들이 못마땅하게 생각하는 듯한 느낌이 들었다. 어이가 없어서 정말. 천사 같은 리도 러셀을 만나기 전에 같이 잔 남자가 열두 명인가 열다섯 명쯤 되지만, 그걸 대단하다고 생각하는 사람은 아무도 없잖아. 그리고 아드리아나는 어떻고! 하느님 맙소사! 파티를 마치고 집으로 돌아가는 택시 안에서 처음 만난 남자와 정사를 벌이곤 했던 애가(그것도 한두 명이 아니었다) 일 관계로 만난 남자와 멀쩡하게 제정신으로 성숙한 여자답게 좀 놀아보려고 한다는 내 말에 감히 충격을 받은 척해? 얘디, 미안하지만 이건 정사거든? 에미는 눈을 부라리며 속으로 중얼거렸다. 더 할 나위 없이 예의바르고 인물 훤한 세 남자와 잔다고 팜므 파탈이 되는 건 아니었다.

에미는 웬일로 고상한 척하는 친구들 생각에 심란해하지 않으리라 다짐하며 접시를 옆으로 치우고 라피의 울퉁불퉁한 품속으로 파고들었다.

"오늘밤에 영화 볼래요?" 에미는 라피의 팔뚝에 키스를 퍼부으며 나지막이 중얼거렸다. "아니면 유료로 뭐 볼까요?"

라피는 그녀의 머릿결을 쓰다듬으며 고개를 숙여 이마에 입을 맞추었다. "그러고 싶지만 집에 가야 해요." 그는 협탁에 놓인 시계를 흘끗 쳐다보았다. "사실 지금 출발해야 해요."

"지금요?" 에미는 벌떡 일어나느라 어깨로 그의 턱을 강타할 뻔했다. 오후 내내 침대에서 뒹굴면서 사랑을 나누고 목욕을 하고 요거트 스무디를 마시는 거 아니었나? 에미는 해가 질 때까지 그러다, 아무 옷이나 손에 집히는 대로 주워 입고 이 지방 사람들만 아는 별미를 파는 조그만 술집으로 갈 거라고 생각했다. 팔라펠*과 후무스**와 저렴한 레드와인을 실컷 먹다 두 손을 맞잡은 채 웃고, 서로 부딪쳐가며 호텔로 비틀비틀 돌아올 거라고 생각했다. 배부르고 지친 몸을 시원한 시트에 눕혀 열 시간을 내리 잔 다음 일어나 사랑을 나누고, 공항까지 바래다준 그가 그녀의 눈물에 입을 맞추면서 명절 때 뉴욕으로 만나러 가겠다고 말할 거라고 생각했다. 그때 그의 부모님도 만날 텐데, 너무 이르긴 하지만 그는 이스라엘에서 날아온 사람이고 부모님은 필라델

---

* 병아리콩과 야채를 으깨 경단 모양으로 만들어 튀긴 것.

** 이집트콩을 삶아 으깨 양념한 것.

피아에 살고 있으니 만나서 가벼운 점심이라도 같이하는 게 당연한 수순일 테고 장소는……

"에미? 오늘 남부로 내려간다고 어제 내가 얘기했잖아요. 기억 안 나요?" 라피는 걱정스러워하는 목소리였지만, 희미한 짜증의 흔적이 분명 배어나왔다.

물론 오늘 떠난다고 한 말은 분명히 기억하고 있었다. 믿지 않았을 뿐이다.

에미는 그의 목에 대고 코를 비볐다. "기억해요, 라피. 하지만 그건…… 어제 얘기잖아요. 정말 가야 해요?" 에미는 조금 애처롭게 애원하는 것처럼 들리는 자기 목소리가 듣기 싫었다. 방금 전까지만 해도 아무나 붙잡고 애정 따위 전혀 없이 그저 즐긴다고 해놓고, 생판 남이라고 할 수 있는 남자에게 진드기처럼 들러붙으려고 하다니. 또 폴 때처럼 그러려고? 그녀는 다급하게 속으로 중얼거렸다. 정신 차려, 정신 차려, 정신 차려.

라피는 살짝 몸을 떼고 묘한 표정으로 에미를 쳐다보았다. 그러고는 "가야 해요"라고 말했지만 에미 귀에는 "지난 스물네 시간이 황홀하기는 했지만, 계획을 바꿔서 당신 옆에 있고 싶을 만큼 황홀하지는 않았어요"에 가깝게 들렸다.

자존심이 상한 에미는 팔 밑에 시트를 끼우고 몸을 굴려 속살을 최대한 감췄다. 알몸을 너무 드러낸 것처럼 느껴진 것도 사실이지만 단순히 그것 때문만은 아니었다. 다시는 라피를 볼 수 없다는 뼈저린 깨달음이 문득 찾아왔기 때문이다. 그가 떠나는 것이 둘이 그저 즐기는 사이였다는 사실을 말해준들 무슨 상관일까. 어쨌거나 에미가 원한 건 그게 전부였다. 라피는 다정다감하고 잘생겼지만 그녀는 그에 대해 아는 게 거의 없었고, 솔직히 말하면 둘이서 함께 보낼 날들이 그려지지 않았다. 그러니 남부로 내려간다고 했던 그가 떠난다고 해서 심란해할 필요가 없었다. 이건 지구상의 모든 여자들이 본능적으로 이해할 수 있을 만큼 단순하지만, 남자들은 절대 이해하지 못할 상황이었다. 그러니까 지금 에미가 바라는 건 라피가 머물러주는 게 아니라 머물고 싶어하는 것이었다. 너무 지나친 욕심일까? 에미가 따라나설 리 절대 없겠지만—솔직히 말하면 혼자 있을 시간도 필요했고 밀린 일도 처리해야 했다—예의상 물어봐주면 안 되는 걸까? 같이 가겠느냐고 그냥 말이라도 해주면 안 되는 걸까? 그 정도도 너무 무리한 바람일까?

라피는 침대에서 나와 욕실로 향했다.

"얼른 샤워 좀 할게요." 그가 서둘러 문을 닫으며 말했다. "생각 있으면 같이 해도 돼요."

뭘 같이 하자는 걸까? 샤워? 남부로 내려가는 거? 사랑하는 반려자로 평생을 함께하는 거?

피곤했다. 이런 식으로 감정적인 투자를 하려면 적어도 상대가 명실상부한 남자친구 정도는 되어야 했다. 잠깐 만난 남자한테 그랬다가는 정신병에 걸릴 수 있었다. 물음표가 그녀의 머릿속에서 마구 소용돌이쳤다. 솔직히 인정해. 이런 생활방식 너한테는 안 어울려. 너는 원래 일부일처주의자잖아. 아직 정신 못 차린 파티걸인 척하지 마. 어쩌고저쩌고.

생각을 정리하자. 에미는 속으로 다짐하며, 믿음직한 면 팬티와 패드가 두툼하게 들어 있는 풀컵 브래지어를 결연한 표정으로 걸쳤다. 뒤이어 감색 팬츠슈트와 하얀색 버튼다운 셔츠를 입고, 샤워 소리가 끊기는 순간 지난 몇 주 동안 신었던 굽 높은 펌프스 대신 고전적인 로퍼를 선택했다. 라피가 깨끗한 청바지와 파란색 셔츠를 갖춰 입고 밖으로 나왔을 때 에미는 새침하게 침대 위에 앉아서 무관심하게 다른 데 정신 팔린 척하며 다이어리를 넘기고 있었다.

라피가 앞에 서더니 에미의 머리카락을 하나로 그러모으고 목덜미에 입을 맞추었다. 오랫동안 사귄 사이처럼 느껴지는 친밀한 분위기에 잠깐 동안 에미는 기분이 좋아졌다. 하지만 라피가 머리카락을 잡았던 손을 놓고 아버지처럼 이마에 입을 맞추더니 시계와 지갑과 캔버스 배낭을 챙기기 시작하자 이야기가 달라졌다. 그는 순식간에 소지품을 챙겼고, 에미가 아무 말 없이 일정을 짜는 데 열중해도 아랑곳하지 않는 것처럼 보였다.

"바쁠 테니까 구구절절 길게 작별 인사 하지 않을게요." 라피가 협탁에 있던 선글라스를 집어 머리 위에 얹으며 말했다.

"네." 에미가 할 수 있는 말은 그게 전부였다. 정말 이렇게 떠나려는 걸까?

"이리 와요. 한번 안아보게." 라피는 일어나라는 듯이 에미의 팔을 붙잡았다. 그녀는 순순히 응했다. 서먹서먹한 대부님이나 친한 헤어스타일리스트를 안는 것처럼 뜨뜻미지근하고 심드렁한 포옹이었다.

"흐음." 에미는 다시 중얼거렸다. 라피는 알아채지 못했든지, 상관하지 않는 것 같았다.

라피는 아버지 같은 입맞춤과 의무감에서 하는 또 한 번의 포옹으로 대미를 장식하고 문을 향해 걸어갔다. "내일 잘 가요. 당신 생각 할게요."

"나도요." 에미는 아무 감정 없이 반사적으로 대답했고, 이 대답을 듣고 그는 안심한 듯 미소를 지었다. 일을 필요 이상으로 복잡하게 만들지 않아줘서 고맙다는 뜻이 담긴 듯한 미소였다.

잠시 후 그는 사라졌다. 그리고 또 잠시 후 에미는 그가 형식적으로나마 이메일 주소나 전화번호조차 묻지 않았다는 사실을 깨달았다. 두 번 다시 서로 만나지 못할 텐데…… 그러거나 말거나 그는 전혀 관심이 없었던 것이다.

지금 당장은 완벽한 관계

관리사의 손길이 뭉친 어깨를 감각적으로 주물렀지만, 잔잔한 음악과 어두운 조명과 라벤더 아로마테라피 오일을 동원해도 리는 진정이 되지 않았다. 제시와 자고 난 뒤 하루하루가 고문 같았는데, 강박적인 생각과 신경증적인 증상이 습관인 사람이 고문 같았다고 하면 더이상 설명이 필요 없는 거였다. 제시와 있었던 일을 돌이켜보고 또 돌이켜보거나, 러셀과 앞으로 어떻게 해야 할지 고민하거나 이 두 가지 생각을 번갈아 하며 보내지 않은 시간이 단 일 초도—정말 단 일 초도—없었다. 처음에는 러셀에게 모든 걸 당장 고백할 작정이었지만, 차를 타고 햄프턴스에서 집으로 가는 동안 생각이 바뀌었다. 이별의 신호탄이 될 가능성이 농후한 폭탄선언으로 양가 부모님은 물론이고 모두의 추수감사절을 망칠 필요는 없었다. 집에 돌아와보니 다음날 인도네시

아로 여행을 떠나서 내년에나 돌아올 예정이라는 제시의 메시지가 녹음돼 있었던 것도 많은 도움이 되었다. 그가 은 쟁반에 무임승차권을 얹어서 준 것이나 다름없었다. 양심은 짐을 덜어달라고 애원했지만, 리는 죄책감을 감수하며 추수감사절, 크리스마스, 새해로 이어지는 끔찍한 시간을 무사히 넘길 때까지 아무 문제 없는 척하기로 마음먹었다.

리는 지난 몇 주 동안 신경쇠약으로 무너지지 않고 잘 버텼지만, 평소보다 더 심각한 폐인으로 지냈다. 에미는 이스라엘에, 아드리아나는 브라질에 가 있으니 무슨 짓을 저질렀는지 친구들에게 말할 수도 없었다. 가슴에 손을 얹고 고백하자면 한편으로는 그게 다행스럽기도 했지만. 심지어 러셀 동료의 아파트에서 열린—위치만 소호일 뿐 러셀의 아파트와 쌍둥이 같았다—너무나 괴로웠던 새해 전날 파티도 견뎠지만, 출근해야 하는 1월 2일이 다가오자 더는 견딜 수가 없었다. 리는 그날도, 그다음날도 아프다고 결근했다. 하도 이례적인 일이라 헨리가 수상해하며 전화를 했을 정도였다.

"아이스너, 정말 아픈 건가, 아니면 내가 알아야 할 무슨 일이 생긴 건가?" 헨리가 물었다. 리는 헨리의 자동응답기에 메시지를 남기려고 새벽 여섯시에 전화를 걸었는데, 신호가 떨어지자마자 그가 전화를 받았다. 그는 평생 일요일 밤마다 불면증에 시달렸기 때문에 월요일이면 늘 새벽 네댓시에 출근하곤 했다. 일주일 중에서 제대로 일을 할 수 있는 때가 아무도 없는 그 몇 시간뿐이라는 게 이유였다. 그런데 다른 고민거리가 생기는 바람에 리가 그 사실을 깜빡한 것이다.

"그게 무슨 말씀이세요?" 리는 짜증이 난 것처럼 그럭저럭 속여 넘길 만한 연기를 했다. "정말로 아파서 그러죠. 왜 다른 이유가 있다고 생각하세요?"

"왜일까? 자네가 여기서 일하는 동안 한 번도 병가를 낸 적이 없었고, 제시 채프먼이 아시아에서 비행기를 타고 와서 내리자마자 어제 세 개, 오늘 새벽에 벌써 두 개의 메시지를 남겼기 때문이랄까? 어떤 직감이 온단 말이지."

"뭐라고 메시지를 남겼는데요?" 리가 물었다. 두 사람의 공적인 관계가 본질적으로 끝났다는 건 알고 있었지만, 마음의 준비가 됐을 때 헨리에게 직접 말할 수 있는 기회가 찾아오길 기다리던 차였다.

헨리가 뭔가를 홀짝이다 내려놓는 소리가 들렸다. "아무 말도 안 했어. 그냥 '확인차' '별일 없나 싶어서' '안부 인사를 전하러' 전화를 했다더군. 전화한 게 채프먼이니 '엿 같은 일이 일어났는데 당신이 아는지 모르는지 확인하고 싶다'는 뜻이겠지."

리는 심호흡을 했다. 헨리의 날카로운 직관력이 존경스러운 한편, 제시의 빤한 수작에 화가 났다. "글쎄요? 제가 채프먼 씨 대변인도 아니고, 제 쪽에서는 보고할 만한 일이 아무것도 없는

데요. 원고가 아직 제 기대에는 못 미치지만, 걱정할 정도는 아니고요." 리는 속마음과 다르게 침착한 목소리로 대답했다.

헨리는 잠깐 동안 뜸을 들이더니 무슨 말을 하려다 생각을 바꾸었다. "그러니까 자네 주장은 그렇고, 계속 그렇게 밀고 나가겠다는 거지? 알았네. 믿기지는 않지만 믿기로 하지. 당분간은. 하지만 출간 일정에 차질이 생길 경우에는 꼭 알려주기 바라네. 밤이건 낮이건 택배로 알리건 빌어먹을 비둘기를 보내건 상관없어. 알겠지?"

"당연하죠! 사장님, 이게 얼마나 중요한 일인지 누차 강조하지 않으셔도 돼요. 제가 잘 알아서 관리할게요. 그런데 말을 끊어서 죄송하지만 제가 지금 유리 조각을 삼키는 기분이라서요."

"유리 조각?"

리는 보는 사람이 아무도 없는데도 고개를 끄덕였다. "네, 패혈성 인두염에 걸린 것 같아요. 그래서 내일도 출근 못 하겠어요. 하지만 집에 노트북도 있고 휴대전화도 항상 켜놓고 있으니까 걱정 마세요."

"그래, 얼른 낫길 바라. 자네하고 이렇게 통화할 수 있어서 반가웠어."

리는 목을 관통하는 아픔이 느껴지는 순간, 헨리와 통화를 마친 후 예약했던 마사지의 세계로 되돌아왔다. 그녀는 움찔했다.

"죄송해요." 관리사가 말했다. "너무 셌나요?"

"아뇨, 괜찮아요." 리는 거짓말을 했다. 마사지를 받는 중간에 느낌을 이야기해도 되고 거금을 지불해놓고 한 시간 동안 마사지를 즐기기는커녕 아픔을 견디는 게 얼마나 바보 같은 짓인지도 알지만, 몇 번이고 자기 자신을 세뇌시켜도 리는 늘 아무 말도 할 수가 없었다. 솔직히 이야기하겠다고 매번 다짐하지만, 마사지가 너무 아프거나 음악이 너무 시끄럽거나 방 안이 너무 추워도 번번이 이를 앙다물고 참았다. 관리사가 마음 상할까봐? 그렇다면 아이러니한 일이었다. 약혼자는 아무렇지도 않게 속이면서 돈을 주고 고용한 누구인지 모를 사람에게는 좀더 살살해달라는 이야기조차 못하다니! 리는 역겨운 마음에 고개를 저었다.

"제가 너무 아프게 하는 건 아니죠?" 리가 고개를 젓는 것을 보고 관리사가 물었다.

"아픈 정도가 아니에요. 권투 선수한테 두들겨 맞는 것 같아요." 리는 아무 생각 없이 내뱉었다.

관리사가 몇 번이고 거듭해서 사과했다. "어머, 몰랐어요. 정말 죄송해요. 좀더 살살 할게요."

"아니에요, 아니에요, 미안해요. 그런 뜻에서 한 말이 아니에요. 그러니까, 말이 잘못 나왔어요. 다 좋아요." 리는 황급히 변명했다. 나는 왜 입단속을 못할까?

그날 아침까지만 해도 마사지를 받는 게 좋은 생각인 듯했는데—쉬어야 하는 때가 있다면 바로 지금이었고, 저자 한 명이 크리스마스 선물로 상품권을 보냈기 때문에 돈을 쓰는 데 죄책감을 느낄 필요도 없었다―이렇게 조용한 곳에 혼자 있으니 생각하는 것 말고는 할 수 있는 게 없었다.

그날 러셀과 저녁을 먹으면서 결혼식에 대해 의논하기로 했는데, 그보다 더 끔찍하게 느껴지는 일이 없었다.

"목이 전체적으로 단단히 뭉쳤네요. 요즘 스트레스 많이 받으세요?" 납작한 손바닥을 절처럼 빙글빙글 아프게 돌려 근육을 주무르며 관리사가 물었다.

"네." 리는 수다를 떨 마음이 없다는 걸 알아주길 바라며 애매모호하게 중얼거렸다.

"느껴지네요. 어디를 잔뜩 긴장하고 사는지 어떻게 아느냐고 다들 궁금해하는데, 저희가 받는 교육이 그런 거 아니겠어요? 기분 좋게 등을 주물러주는 거야 아무나 할 수 있지만, 특정 지혈점을 찾아서 풀어주는 건 전문가만 할 수 있는 일이잖아요. 무슨 일 때문에 그러세요?" 관리사가 물었다. 목소리가 나지막해서 딱히 귀에 거슬리지는 않았지만, 이야기하는 속도 때문에 불안해하는 사람처럼 들렸다.

"뭐가요?" 리는 억지로 수다에 동참시키려는 관리사에게 짜증이 났다.

"무슨 일 때문에 스트레스를 받으시나 해서요."

속마음을 지나치게 드러내야 한다는 이유로 정신과 상담을 중단한 리로서는 이런 식의 심문이 전혀 달갑지 않았다. 심문이라면 누가 어떤 식으로 하건 질색이었다. 그런데도 "머리가 좀 아파서 조용히 누워 있고 싶어요. 양해 부탁할게요" 이런 간단한 몇 마디를 하지 못하고, 회사 마감 일정이 너무 빡빡하다는 둥, 그리니치에서 할 결혼식을 완벽하게 준비하려니 스트레스를 받는다는 둥 하며 바보 같은 이야기를 지어냈다. 관리사는 이해가 된다는 듯 혀를 찼다. 리는 스트레스의 진짜 원인을 밝히면, 즉 저자랑 같이 자놓고(그냥 잔 정도가 아니라 열 시간 동안 넋을 잃고 온갖 체위와 변화를 시도해가며 지금까지 한 중에서 가장 짜릿한 섹스를 해놓고) 자상하고 든든하며 아무것도 모르는 약혼자 앞에서는 계속 사랑이 넘치고 신이 난 동반자처럼 연극을 해야 하기 때문이라고 말하면 관리사가 어떤 반응을 보일지 궁금해졌다.

마사지가 끝났을 때 리는 전보다 조금 더 불안해졌고 전보다 아주 많이 몸에 힘이 들어갔다. 리는 옷을 입으며—샤워로 오일 냄새를 없애지도 않았다—자신이 만든 난장판에 대처할 정신적인 준비를 했다. 어렸을 때 살던 집으로 돌아가 담요를 뒤집어 쓴 채 넋을 놓고 티브이 보고 싶은 심정이었다. 그 마음이 어찌나 간절한지 절절하게 느껴질 정도였다. 그런데 러셀의 차를 몰고 부모님 집으로 달려가는 생각을 하던 찰나, 또다른 광경이 머릿속을 스치고 지나갔다. 집 안에 푹신한 의자와 그녀가 좋아하는 소설들이 갖추어져 있기는 한데, 그곳으로 양가 부모님이 들이닥쳐 질문을 퍼붓는 광경이었다. 주말도 아닌데 어쩐 일이니? 러셀은? 일은 잘돼가니? 피로연 메뉴는 언제 정할까? 제시의 책은 어떻게 되고 있니? 혼인 신고는 어디서 할 생각이야? 왜 이렇게 안색이 안좋아? 왜? 언제? 어디서? 얘기를 해봐, 리, 얘기를 해보라고! 묵직하던 두통이 이제는 특유의 날카로운 통증으로 바뀌었고, 피부와 옷 사이에 남은 끈적끈적한 마사지 오일이 문득 너무나 불쾌하게 느껴졌다.

리는 얼른 요금을 지불했고, 마사지와 관련해서 설문지를 작성해달라는 요청을 받았을 때 거절의 뜻을 분명히 밝혔다.

"정말요?" 접수계 직원은 짜증 나게 계속 껌으로 풍선을 불었다 터뜨리며 말했다. "작성해주시면 다음번에 쓸 수 있는 15퍼센트 할인 쿠폰을 드리는데."

"고맙지만 바빠서요." 리는 거짓말을 했고, 오늘 한 말 중에 새빨간 거짓말이 절반은 된다는 데 생각이 미치자 슬그머니 웃음이 나오려고 했다. 그녀는 상품권에 아무도 알아볼 수 없는 서명을 하고, 관리사가 원하는 수다에 응하지 않은 죄책감 때문에 25퍼센트가 넘는 팁을 현금으로 지불한 다음, 다시 한번 풍선이 터지는 순간 살인을 저지르기 전에 얼른 밖으로 나왔다.

엄청난 교통체증에 시달렸지만 어퍼이스트사이드에 있는 스파에서 트라이베카까지 겨우 삼십 초밖에 걸리지 않은 느낌이었다. 러셀의 아파트에 도착해 택시에서 내리려는데 휴대전화가 울렸다.

"나야." 전화를 받자 러셀이 말했다. 목소리가 왠지 전과 다르고 좀더 차갑게 느껴졌지만, 리는 혼자만의 착각이라고 속으로 중얼거렸다.

"안녕! 지금 막 아파트에 도착했어. 집에 있어?"

"아니. 최소한 한 시간은 더 걸릴 것 같은데 기다려줄래? 집에 들어가서 먹을 것 좀 주문해줘. 얼른 당신 만나고 싶다."

"나도." 리는 이렇게 대답했고, 순전히 거짓말은 아니라는 데 위안을 얻었다.

요금을 내고 택시에서 내리는 순간 다시 전화벨이 울렸다. 리는 누군지 확인하지도 않은 채 전화를 받았다.

"깜빡하고 안 물어봤다. 초밥 먹을래, 이태리 음식 먹을래?"

"나는 이태리 음식에 한 표." 어떤 여자가 웃으며 말했다.

"에미! 이스라엘에서 전화하는 거야? 잘 지내고 있어?" 누구하고도 통화하고 싶지 않은 기분이었지만, 일주일 넘게 통화하지 못한 절친의 전화를 그냥 끊어버릴 수는 없었다.

"아니, 지금 막 도착했어. JFK 공항에서 택시 타고 집으로 가는 중이야. 오늘밤에 뭐 해? 너 끌고 나가서 저녁 같이 먹었으면 좋겠는데. 친구들 보고 싶어!"

"러셀이랑 헤어질 생각이야." 리는 아무 감정 없는 목소리로 나지막이 대답했다. 그러고 나서 자기가 무슨 말을 했는지 잠시 후에야 깨달았는데, 에미의 반응을 보니 정말 그런 말을 한 게 맞는 모양이었다.

"뭐라고? 전화국 완전 짜증이야. 내가 잘못 들은……"

"잘못 들은 거 아니야. 제대로 들었어." 리는 지난 일흔두 시간을 통틀어 가장 침착한 목소리로 말했다. "러셀이랑 헤어질 생각이라고 했어."

"너 지금 어디니?" 에미가 따져 물었다.

"에미, 나 아무렇지 않아. 고맙지만……"

"이런, 망할. 너 지금 어디냐고!" 에미가 빽 소리를 지르는 바람에 리는 귀에 대고 있던 휴대전화를 멀찌감치 떨어뜨렸다.

"러셀 아파트로 들어가는 길이야. 러셀은 아직 퇴근 안 했는데, 저녁 주문해놓고 해치우려고. 에미, 뜬금없게 들리겠지만……" 목소리가 갈라지기 시작했고, 울음이 터질 것처럼 목이 메었다.

"당장 갈게. 내 말 잘 들어, 리 아이스너. 내가 당장 달려간다고. 알았지?" 에미가 택시 기사에게 러셀의 집이 있는 교차로로 가달라고 목적지를 변경하는 소리가 들렸다. "아직 전화 안 끊었지? 터널 이미 지났고 FDR 타고 남쪽으로 가고 있어. 십 분에서 십이 분이면 도착할 거야. 알았지?"

리는 고개를 끄덕였다.

"리? 뭐라고 말 좀 해봐."

"알았어." 리는 흐느끼는 목소리로 대답했다.

"그래, 꼼짝 말고 기다려. 꼼짝. 말고. 기다리라고. 알았지? 금방 갈 테니까."

에미가 전화를 끊는 소리가 들렸지만, 리는 전화를 끊지 못했다. 왜 러셀이랑 헤어질 거라고 했을까? 지난 며칠 동안도 그렇고, 마사지를 받을 때도, 택시를 타고 다시 시내로 들어오는 중에도 그런 생각은 한 적이 없었다. 어떻게 해서라도 제시와 있었던 일을 솔직하게 고백해야겠다는 결론을 내렸을 뿐이다. 죄책감을 덜기 위한 이기적인 발상일지 몰라도 거짓말로 결혼생활을 시작할 수는 없었고, 러셀은 진실을 알 권리가 있었다. 그래도 제대로 안심시키기만 하면 러셀은 다시 한번 기회를 줄 것이다. 양쪽 모두의 입장에서 기분 나쁘고 불쾌한 일이 되겠지만, 제시하고 있었던 일은 실수였다고(사실이 그랬다) 두 번 다시 그런 실수는 없을 거라고 열심히 설득하면 없었던 일처럼 그냥 넘어갈 수 있을 것이다. 그런데 미처 몰랐던 사실이지만 방금 전에 그런 말을 불쑥 내뱉고 보니…… 없었던 일처럼 그냥 넘어가고 싶지가 않았다.

리는 커피에 우유와 크림 반씩 섞은 것도 없고 인공감미료도 없는 길모퉁이 조그만 건강식품점에서 커피를 한 잔 사고—망할 놈의 던킨 도너츠는 찾으면 꼭 안 보였다—스카프를 좀더 단단히 동여맸다. 그러고는 러셀의 아파트 로비로 들어가려는데 뒤에서 에미가 부르는 소리가 들렸다. 고개를 돌려보니 끼익 소리와 함께 택시가 멈춰 섰고, 까무잡잡하게 탄 에미가 겁에 질린 얼굴로 뒷유리창에 매달려 있었다.

친구가 기사에게 20달러짜리 지폐를 던지고 잔돈을 거슬러 받은 다음 택시 트렁크에서 바퀴 달린 여행가방을 꺼내는 동안 리는 아파트 입구에 서서 침착하게 기다렸다.

"왜 이렇게 징글맞게 춥니?" 에미가 가방 손잡이를 잡아당기며 씩씩댔다.

"전화 끊고 금세 달려왔네?" 리는 친구를 도와줘야 한다는 것을 알고 있었지만 내키지가 않았다. 그 순간 정도는 그 자리에 가만히 서서 싸늘한 공기 속으로 흩어지는 입김을 바라봐도 되지 않을까 싶었다. 리는 러셀과 헤어지려 하고 있었다. 러셀과 헤어지려 하고 있었다. 정말 그렇게 끝낼 수 있을까? 약혼을 취소하고 반지를 돌려주고 다시 싱글이 될 수 있을까? 예스, 예스, 그럴 수 있었다.

"어휴, 야만적이야! 도대체 살 수가 없어! 우리 왜 이렇게 사는 거니?" 에미는 리의 뺨에 입을 맞추었다. "러셀 아직 퇴근 전이라고 했지? 그러니까 같이 올라가도 되는 거지?"

리는 문을 연 채 에미에게 들어오라고 손짓했다. 그런 다음 자기 열쇠를 이용해 꼭대기 층을 통째로 쓰는 러셀의 아파트와 직접 연결된 엘리베이터를 호출하고, 에미를 도와 여행가방을 옮겼다. 엘리베이터 문이 열리고 스테인리스스틸과 까만 옻칠이 파노라마처럼 펼쳐지자 그 충격 때문에 리는 현실로 돌아왔다. 러셀이 수집한 금속 조각품과 인테리어 전문가가 고른 흑백 판화를 보는 순간, 손톱이 손바닥을 파고드는 낯익은 기분이 느껴졌다.

"어서 와!" 리는 명랑한 척 큰 소리로 외쳤다. "이 집을 보니까 가슴이 따뜻해지지 않니?"

에미는 여행가방을 입구에 두고 오리털 점퍼를 식탁 의자에 걸친 다음 더할 나위 없이 시크하고 돌덩이처럼 딱딱한 소파 위로 어색하게 털썩 주저앉았다. "이 아파트에서 하룻밤만 보낼 수 있다면 죽어도 여한이 없다는 여자 이름을 서른 명은 댈 수 있어."

리는 경고하는 눈빛으로 에미를 노려보았다.

"아니, 그냥……"

"네 말이 맞아. 그런데 나는 그 서른 명에 포함이 안 되니 얄궂은 노릇이지." 나지막하고 진지한 목소리로 리는 말했다. 문득 왜 눈물이 나지 않는지 이상하다는 생각이 들었다.

에미가 자기 옆자리를 툭툭 치자 찰싹찰싹 소리가 났다. "어머, 진짜 딱딱하나." 그녀가 중얼거렸다. "여기 앉아서 어떻게 된 일인지 얘기해봐. 내 입장에서는 얼마나 뜬금없는 소리인지 알아?"

리는 에미 쪽으로 걸어갔지만, 맞은편 리네로제 침대 겸용 소파에 앉았다. "아마 그럴 거야. 그렇게 느껴질 거야. 하지만 솔직하게 모든 걸 털어놓으면 그렇게 뜬금없는 일은 아니야." 리는 목이 메어오는 게 느껴지자 드디어 정상적인 반응을 경험하는구나 싶어 안심이 됐다.

"무슨 일이야? 둘이 싸웠어?"

"싸웠느냐고? 그럴 리가. 러셀은 변함없이 자상하고 든든해. 모르겠어, 그냥, 모르겠어……"

"맞다!" 에미는 자기 머리를 때렸다. "내가 왜 몰랐을까? 러셀도 결국은 남자잖아. 러셀이 바람 피웠구나?"

리는 자기도 모르게 눈이 휘둥그레졌지만, 아무 말도 하지 못했다.

"와, 이런, 이런, 망할! 그렇게 징글맞게 완벽한 척하던 인간이 널 두고 바람을 피워? 리, 우리 둘을 생각하면 안된 일이지만 네가 지금 어떤 심정인지 나도 알아. 젠장, 그 인간이 바람을 피우다니 믿어지지가……"

"그 사람이 바람을 피운 게 아니야, 에미. 내가 그랬어."

이 말 한마디로 족히 삼십 초 동안 침묵이 흘렀다. 에미는 한 대 얻어맞기라도 한 것처럼 놀라서 일그러진 얼굴로 방금 전에 들은 말이 무슨 뜻인지 이해하느라 애썼다.

"네가 러셀을 두고 바람을 피우고 있다고?"

"응. 아니. 지금은 아니고. 예전에 잠깐."

"누구랑?"

리는 한숨을 쉬었다. "그건 중요한 문제가 아니잖아. 다 끝난 일이지만, 그런 일이 벌어진 데에는 이유가 있지 않을까? 지금 관계에 환상적으로 만족하는 사람들은 바람을 피우지 않잖아."

에미는 조용히 해달라는 듯 손을 들었다. "그건 중요한 문제가 아니라고?" 그녀가 물었다. "리, 이 세상에서 나하고 제일 친한 친구 두 명 중 한 명이 너야. 지금 나를 이해해달라고 하기는 싫지만, 안 되겠다. 네가 다른 남자랑 자는 걸 전혀 몰랐던 것만으로도 기가 막힌데―그리고 지금 그걸 가지고 이러쿵저러쿵 말할 상황도 아니고―그렇게 바보 같은 짓을 저지르고 나서 상대가 누군지조차 말을 안 하겠다는 거니? 너 정말……"

"제시였어. 제시 채프먼."

에미는 졌다는 듯 두 손을 들었다. "이런, 젠장, 어떻게 알았는지 모르겠네. 이런 걸 귀신같이 알아내는 직감 같은 것도 있나? 아니면 하도 여러 남자하고 그 짓을 하다보니 누가 그러고 있으면 그냥 느낌이 오는 건가? 입이 안 다물어진다. 진짜 걔 때문에 입이 안 다물어져!"

"무슨 소리야? 누가 그렇다는 거야?"

에미는 리의 목소리를 듣고 현실로 돌아왔다. "아, 미안. 아드리아나가 몇 주 전부터, 어쩌면 몇 달 전부터 네가 제시랑 바람 피우고 있다고 우겼는데 나는 그럴 리 없다고 했거든. 위에서 보나, 아래에서 보나, 옆에서 보나 말도 안 되는 이야기잖아. 너는 러셀하고 약혼까지 했고……"

에미는 말을 하다 멈추고 손으로 입을 가렸다. "미안해, 리. 정말 미안해. 아무 생각 없이 나온 말이야."

리는 어깨를 으쓱했다. "정확히 짚고 넘어가는 차원에서 이야기하자면 나는 제시하고 바람 피운 적 없어. 딱 한 번 같이 잔 거고, 두 번 다시 그런 일 없을 거야. 그러니까 다음번에 아드리아나를 만났을 때 이 이야기가 나오면 걔가 착각한 거라고 말해도 돼."

에미의 전화벨이 울렸다. 에미가 발신자 번호를 확인하면서 짓는 표정으로 보건대 아드리아나였다.

"뭐니, 걔 너한테 도청장치 달아놓은 거 아니야?" 리는 고개를 저으며 말했다.

"자기 말로는 라틴계 여자 특유의 직감이래." 에미는 휴대전화 전원을 끄고 다시 핸드백 안으로 쑤셔넣었다. "그러니까 뭐랄까, 조금 잔인하게 들릴 수도 있겠지만 러셀이랑 끝내야겠다고 생각하는 이유를 물어봐도 될까? 딱 한 번으로 끝난 일인데…… 그리고 앞으로 다시 그럴 생각도 없는데…… 잊어버릴 수도 있지 않느냐고 하면 내가 너무 못된 사람이 되는 거니?"

"그렇게 단순한 문제가 아니야."

"제시한테 무슨 감정이 있는 거야?"

"무슨! 그게…… 사실은 맞아. 조금 있어. 하지만 제시는 아무 상관 없어. 러셀하고 나 사이의 문제야."

에미는 핸드백에서 물병을 꺼내 한 모금 마시고 리에게 내밀었다. 리는 됐다고 고개를 저었다.

"알았어." 에미는 조심스럽게 말했다. "누구한테 뭔가를 말하는 건 네 마음의 짐을 덜자고 하는 일인 거 알지? 알아봐야 별 도움이 안 되는 일은 모르는 게 좋지 않을까?"

리는 꼭 쥐었던 주먹을 풀고 어깨에 들어간 힘을 풀려고 애썼다. 에미한테 짜증을 내고 싶지 않았지만, 참고 있기가 점점 힘겨웠다. 당연한 얘기지만 이미 모든 고민을 거친 뒤였고, 당연하게도 상황은 에미가 짐작하는 것보다 훨씬 더 복잡했다. 리는 모든 일이 엉망이 된 것에 대해 러셀에게 용서를 받고자─에미가 뭐라고 했더라?─마음의 짐을 덜려는 게 아니었다. 만약 그게 목적이었다면 이성적인 판단 아래 에미가 말한 대로 했을 것이다. 약혼자를 배신한 데 죄책감을 느끼고 두 번 다시 그런 일이 없을 거라고 맹세하며 잊어버렸을 것이다. 문제는 그럴 수 있다 치더라도 그러고 싶지 않다는 것이었다.

리는 심호흡을 했다. "나는 러셀을 사랑하지 않아."

"리." 에미가 소파에서 벌떡 일어나 침대 겸용 소파 쪽으로 걸어갔지만, 리가 손을 들었다.

"아냐, 하지 마."

에미는 뒤로 물러서서 리의 팔에 손을 얹는 것으로 만족했다.

"'러셀을 좋아하지만 사랑하지는 않는다'는 어이없고 한심하고 진부한 대사가 딱 어울리는 상황이지?" 리는 웃음을 터뜨리며 아래 속눈썹에 달린 굵은 눈물방울을 옆으로 닦았다. "젠장, 죄다 엉망이야. 이런 일이 벌어질 줄 누가 상상이나 했겠니? 모두들 그 남자를 좋아하니까 자기도 시간이 좀 지나면 그럴 수 있을 줄 알고 사랑하지도 않는 남자와 결혼하겠다고 한 완벽한 여자, 마르샤, 마르샤, 마르샤. 자초한 상황을 어른답게 합리적으로 해결하지 못하고 일하는 관계에 있는 사람하고 정사나 벌이는 여자. 그것도 유부남하고! 이로써 일과 사랑을 한 방에 날려버렸지. 이렇게까지 한심하지 않았으면 재미있을 수도 있었을 텐데."

"한심하지 않아." 에미가 반사적으로 말했다.

"나는 지금 제삼자의 관점에서 내 이야기를 하는 거야. 뭐가 한심하지 않다는 거니?"

"리." 에미는 한숨을 쉬었다. "미안해. 이 정도로 심각한 줄 정말 몰랐어. 아무도 몰랐을 거야. 하지만 내키지 않는 걸 가지고 자책할 필요는 없지 않을까? 러셀이 좋은 남자이기는 해. 그래, 겉보기에는 완벽한 남자지. 하지만 네가 느끼기에 완벽하지 않다면 다 소용없는 거야."

리는 고개를 끄덕였다. "너무 갑작스러웠어! 얼마 전까지만 해도 우리는 로맨틱하게 유니언스퀘어를 산책하는 사이였는데 어느 순간 러셀이 내가 거절할 수도 있다는 건 선택지에 아예 없다는 얼굴로 내 손에 다이아몬드 반지를 끼운 거야. 우리가 어쩌다 그렇게 전혀 다른 길을 걷게 됐는지 아직도 궁금해. 나는 그냥 가볍게 만나서 재미있는 시간 보내고, 지금 당장은 완벽한 관계라고 생각했거든. 헤어질 이유도 없지만, 아주 떠들썩한 연애도 아닌 그런 관계 말이야. 그런데 약혼이라니? 결혼이라니? 에미, 이렇게 말하면 세상에서 가장 지독한 바보처럼…… 아니면 세상에서 가장 아무것도 모르는 사람처럼 들릴지 모르겠지만, 그냥 확신이 안 서. 그날 이후로 매순간 확신이 느껴지길, 이게 옳은 길이라는 느낌이 오길 기다렸는데, 안 와. 러셀한테서 단 한 번도 그런 느낌을 받은 적이 없어. 이제는 앞으로 영원히 그럴 일이 없다는 걸 인정할 때가 된 것 같아."

엘리베이터가 올라오는 소리가 들리자 리와 에미는 얼어붙었다. 둘 다 무슨 말을 할 겨를도 없이 문이 열리고, 러셀이 현관에서 주방으로 걸어가 냉장고 문을 얼른 열었다 닫은 다음 거실로 어슬렁어슬렁 걸어오는 소리가 들렸다.

"어? 안녕, 에미. 여기 있는 줄 몰랐어요." 러셀이 당황한 표정으로 말했다. 오늘밤 다른 사람과 함께 있을 기분이 아니라는 걸 언뜻 보기만 해도 알 수 있었다. 그건 리도 마찬가지였다.

기특하게도 에미는 눈치가 빨랐다. 그녀는 소파에서 벌떡 일어나 먼저 러셀에게, 그다음에는 리에게 입을 맞추고 업무상 꼭 참석해야 하는 저녁식사가 있다는 말로 둘러대며 문밖으로 튀어나갔다. 에미가 하도 순식간에 사라지는 바람에 리는 앞으로 하려는 말을 준비할 겨를이 없었다. 언제, 어떤 식으로 하면 좋을지에 대해서도.

"왔어?" 리는 어물쩍 인사를 건네며 혹시 두 사람의 대화를 들었는지 러셀의 표정을 살폈다. 로비에서 엘리베이터가 움직이는 소리를 들은 순간부터 둘이서 한마디도 하지 않았으니 물론 그럴 리 없었지만, 조금이나마 들었으면 얼마나 좋을까 싶기도 했다. 앞으로 어떤 일이 벌어질지 러셀이 손톱만큼이라도 눈치채고 있으면 좀더 수월하게 해결할 수 있을 텐데.

"응. 두 사람 오붓한 시간 보내는데 내가 방해한 거야? 에미가 아주 순식간에 사라지던데?" 러셀은 넥타이를 조금 풀더니(작년 생일 때 리의 부모님에게 받은 선물이었다) 그것만으로는 숨 쉴 공간이 부족했는지 아예 머리 위로 벗어 루사이트 커피테이블 위로 던졌다.

"응, 그런데 뭐, 에미가 어떤 애인지 잘 알잖아. 항상 뛰어다니는 거."

"먹을 것 주문했어?"

"미안. 에미가 공항에서 집으로 가는 길에 얼굴 좀 보겠다고 들렀는데, 둘이서 얘기하느라 깜빡했어. 뭐 먹고 싶어?" 리는 이렇게 말했다. 뭐라도 할 일이 생겼다는 게 감사했다. 그녀는 휴대전화를 꺼내 전화번호를 검색하기 시작했다.

"초밥? 베트남 음식? 그리니치에 있는 거기 스프링롤 맛있던데."

"리."

"아니면 밖에 나가서 먹을까? 치즈 오믈렛이랑 바삭하게 구운 감자튀김? 지금 먹기 딱 좋겠다."

"리!" 목소리 크기는 조금 전과 같았지만 이번에는 좀더 날카롭고 집요했다.

리는 얼른 고개를 들어 러셀이 집 안으로 들어온 이래 처음으로 눈을 맞추었다. 러셀은 지금까지 단 한 번도 짜증을 낸 적이 없었다. 오늘 회사에서 무슨 일이 있었으면 어떡하지? 전부터 어벙하게 굴던 그 보조 PD랑 싸웠나? 아니면 방송국 측에서 프로그램 방영시간을 또 바꾸겠다고 했나? 전부터 개편 이야기가 있었고, 러셀은 황금시간대 밖으로 밀려날까봐 걱정했잖아. 생각해보니 오늘 아침에 나한테 할 얘기가 있다고 했다. 그보다 훨씬 더 끔찍한 일이 벌어졌으면 어떡하지? 불분명하고 아무도 예측하지 못했던 완전 황당한 이유로 러셀이 잘렸으면? 잘린 그날에 이별을 통보하면 안 되는 거 아닐까? 인간으로서 양심이 있다면 잘린 그달에도 이별을 통보하면 안 되는 거 아닐까? 이런 생각만으로도 몸서리가 쳐졌다.

"리, 왜 그래? 지난 몇 주 동안 당신 정신 나간 사람처럼 구는

데, 대체 왜 그러는지 이유를 모르겠어."

"회사에서 잘린 거 아니야?"

"뭐? 도대체 무슨 소리야?"

"당신이 회사에서 잘렸다고 말하려는 줄 알았어."

"잘리긴 왜 잘려. 오늘밤에 우리 결혼에 대해 의논해야 하는 거 알지만, 당신 이야기를 듣는 게 더 중요한 일 같아. 왜 그러는 거야?"

그보다 더 수월할 수가 없었다. 러셀은 가장 완벽한 기회를 제공한 셈이었다. 리는 심호흡을 하고 손톱이 손바닥을 파고들 만큼 다시 한번 주먹을 세게 쥐며 이야기를 시작했다.

"러셀, 충격적인 일이 되겠지만…… 나도 이런 말 하기 얼마나 힘든지 몰라…… 솔직하게 말할게." 리는 바닥으로 시선을 떨어뜨렸지만, 자신을 쳐다보는 러셀의 시선을 느낄 수 있었다. "아무래도 우리, 휴식기를 갖는 게 좋겠어."

100퍼센트 솔직했다고 볼 수는 없었지만—휴식기를 갖자는 말은 결국 문제를 해결하고 싶다는 뜻을 내포하고 있으니까—이야기를 꺼냈다는 데 의의가 있었다.

"뭘 갖는다고?" 러셀이 되물었다. 리가 고개를 들어보니 어떤 경우에도 흔들림 없는 러셀이 넋이 나간 표정을 하고 있었다. 이 때문에 리는 한층 불안해졌다.

"저기, 그러니까 우리, 시간을 좀 갖자고. 생각할 시간을."

이 말에 러셀은 소파에서 벌떡 일어나 그녀를 감싸안았다. "리, '시간을 좀 갖자'니 그게 무슨 말이야? 우리, 결혼을 약속한 사이잖아. 앞으로 남은 모든 시간을 둘이서 함께 보낼 거잖아. 그런데 그걸 미루고 싶단 말이야?"

러셀에게 안겨 있는데, 버스에 치이면 이런 느낌일까 하는 생각이 들었다. 산소가 부족하고, 눈앞에서 별이 번쩍거리고. 하지만 견뎌야 했다.

"러셀, 나는 결혼을 하고 싶지 않아." 리는 최대한 부드러운 목소리로 이렇게 잔인한 말을 내뱉었다.

러셀이 정말로 아무 소리도 내질 않아서, 그가 포옹을 풀고 다시 소파에 앉지 않았더라면 리가 한 말을 들었는지 알 방법이 없었을 것이다.

리는 그의 옆에 앉았다. 바짝 다가가 앉기는 했지만, 몸이 닿을 정도는 아니었다. "러셀, 나를 사랑해? 정말로, 정말로 나를 사랑해? 평생을 나하고만 보내고 싶을 만큼?"

그는 계속 냉정하게 침묵을 지켰다.

"그래?" 리는 집요하게 물었다. 대답은 '아니'일 게 분명하다고 생각했다. 내가 그렇게 오래전부터 뭔가 잘못됐다고 생각했다면 러셀도 그래야 하잖아. 난 그저 솔직하게 인정할 기회를 주는 것뿐이야.

러셀은 심호흡을 하더니 손을 내밀어 리의 손을 잡았다. 그러고는 미소를 지었다. "당연히 그만큼 사랑하지. 그러니까 결혼해달라고 한 거고. 리, 당신은 내 동반자이자 약혼녀이자 사랑이야. 그리고 나는 당신 거야. 이렇게 좋은 일이 생기면 겁이 날 수도 있지만 리, 그건 당연한 거야. 당신이 그런 걱정을 하고 있는 줄은 생각도 못했어. 겁이 나서 그런 거잖아? 이렇게 오랫동안 당신 혼자서 끙끙 앓고 있었다니 내가 다 미안해진다."

러셀은 다시 한번 끌어안으려 했지만, 리가 밀쳐냈다. 그녀의 말을 똑똑히 들으려 하지 않는다는 데 화가 났다. 그와 결혼하기가 싫다는데, 그게 그 정도로 상상하기 불가능한 일일까?

"러셀, 당신 지금 내 말 안 듣고 있어. 내가 당신을 사랑하는 거 당신도 알 거야. 하지만 주변 상황 때문에 너무 갑작스럽게 일을 진행하는 게 아닐까 하는 생각이 머리에서 떠나질 않아. 이 나이에 누굴 만나는데, 그 사람은 똑똑하고 잘나가고 매력적이고 그 외에도 모든 기준을 만족시키고, 주변에서는 다들 결혼하고, 만나는 사람마다 언제 좋은 소식 들려줄 거냐고 물어. 둘이 잘 맞기도 하고. 스물다섯 살 때라면 재미있게 일 년 정도 만날 사이인데, 서른 살, 서른두 살이 되니까 갑자기 의미가 전혀 달라지기 시작해. 그러다 정신을 차려보니 약혼을 하고 잘 알지도 못하는 사람과 평생을 함께하겠다는 약속을 하고 있어. 젠장, 설명을 잘 못하겠는데……"

조금 전까지만 해도 연민과 애정이 뚝뚝 묻어나던 러셀의 눈빛이 점점 차가워졌다. "잘하고 있는 것 같은데."

"그러니까 내가 무슨 말을 하는지 알겠다는 거지?"

"전부 다 잘못됐다는 생각을 한 지 꽤 됐는데 용기가 없어서 나한테 말을 못했다는 거잖아."

이제는 러셀에게 진실을 밝히고 싶었다. 제시와 어떤 일이 있었는지, 그와 함께 있을 때 얼마나 행복하고 편안했는지, 둘이 한 침대에서 보낸 그 하룻밤이 러셀과 함께 보낸 일 년 반보다 얼마나 더 단단하게 그녀의 머릿속에 자리 잡고 있는지.

하지만 모든 이야기가 봇물처럼 터져나오려는 순간, 다행스럽게도 리 스스로 제동을 걸었다. 러셀에게 제시 이야기를 할 이유가 없었다. 그게 과연 잘하는 짓일까? 러셀이 그녀의 경솔한 판단을 증오하는 데 모든 에너지를 쏟아부으면 그녀에게 차인 것을 덤덤하게 받아들일 수 있을 것이다. 그에게 굳이 불필요한 상처를 줄 이유가 없었다. 티끌 한 점 없이 정직하고 솔직한 것을 미덕으로 간주하는 게 사회 관습이기는 하지만, 그 말만은 자제하는 게 과연 나쁜 짓일까? 리는 혼란스럽고 피곤해서 더이상 아무 말도 하지 않았다. 마지막에 내뱉은 차가운 말과 눈빛으로 보건대 러셀도 이야기할 기분이 아닌 듯했다. 왜 이렇게 일이 필요 이상으로 힘들어지는 걸까?

갑자기 러셀이 리의 얼굴을 잡고 그녀의 눈을 똑바로 바라보았다.

"리, 당신은 지금 단순히 겁이 난 거야. 당신이 말한 것처럼 혼자 시간을 좀 갖고 생각해보는 게 어때? 열심히 고민해보는 게 어때?"

리는 속으로 한숨을 쉬었다. 애원하는 그의 눈빛이 화를 내는 것보다 더 견디기 힘들었다. "러셀, 있잖아…… 내가…… 내가……" 말해. 그녀는 속으로 외쳤다. 반창고를 얼른 떼어버리라고. "내가 보기에는 그래봐야 시간 낭비일 것 같아. 이대로 끝내는 게 좋겠어."

그게 맞는 말이기는 했다. 불쾌한 순간을 뒤로 미루면 충격을 덜 수는 있겠지만, 질질 끌어봐야 아무 소용 없었다. 리는 이제 모든 게 끝이라고 확신할 수 있었지만, 그래도 그렇게 말하고 나니 스스로도 깜짝 놀랐다.

러셀은 자리에서 일어나 문 쪽으로 걸어갔다. "좋아." 그는 시청자들 사이에서 반응이 좋은 그 침착한 목소리로 말했다. "그럼 더이상 할 말이 없는 것 같네. 사랑해, 리. 앞으로도 당신을 잊지 못할 거야. 하지만 이제 그만 나가줬으면 좋겠어."

리는 처음으로 러셀의 아파트에서 나와 직접 택시를 잡았다. 그리고 뒷좌석에 앉아 집으로 향하며 그가 마지막으로 한 말을 되뇌었다. 리와 러셀의 관계는 시작될 때 그랬던 것처럼 순식간에 끝났고, 그와 동시에 몇 달 동안 리를 괴롭히던 불안감도 사라졌다. 그녀는 길게 심호흡을 했다. 택시가 6번가를 빠르게 달

릴 무렵에는, 방금 전에 벌어진 일이 아주 유감스럽기는 하지만
다행이라고 마침내 솔직히 인정하게 되었다.

그 수박만 한 가슴 때문에
서른 살이 되면 요통에 시달릴 거야

"에미, 우리 병원을 처음 찾은 날부터 내가 계속 이야기했잖아요. 시간은 많다고."

"잡지에서는 안 그렇다고 하잖아요!" 에미는 이렇게 말하면서 손으로 문 쪽을 가리켰다. "저더러는 시간이 많다고 하면서 제 난소가 쭈그러들고 있다는 기사로 환자 대기실을 도배하는 건 앞뒤가 안 맞는 거 아니에요?"

닥터 김은 한숨을 쉬었다. 그녀는 마흔둘이라는 실제 나이에 비해 최소 열다섯 살은 어려 보이는 아시아계 미녀였다. 하지만 에미를 심란하게 만드는 부분은 이게 아니었다. 훌륭한 의사답게 에미가 찾아갈 때마다(그리고 그 중간에도) 아직 아이를 낳는 데 아무 문제 없다고 안심시켜주는 닥터 김은 정작 아들 둘, 딸 하나, 이렇게 흠잡을 데 없는 세 아이의 출산을 서른한 살 생일이 되기 전에 완료한 것이다. 에미가 닥터 김에게 일주일에 나흘 근무하고 사흘에 한 번씩 그리고 격주로 주말에 당직을 서면서 남편과 의과대학 공부와 레지던트 생활과 모두 다섯 살 미만인 세 아이를 무슨 수로 건사했느냐고 재차 삼차 물어볼 때마다 그녀는 웃으며 어깨를 으쓱했다. "그냥 하게 돼요. 가끔 도저히 못 하겠다 싶을 때도 있지만, 어찌저찌 해결이 돼요."

서른 살 생일 바로 전날, 에미는 두 다리를 벌린 채 검사대에 누워 있었다. 그녀는 기운 나는 소식을 다시 한번 청하기로 마음 먹었다. "평균적인 임산부의 이야기를 듣고 싶어요." 장갑을 낀 닥터 김의 손가락이 몸속으로 들어오기도 전에 에미가 말했다. 팹 테스트*용 면봉이 살에 닿는 게 느껴지자 에미는 숨을 참고 움직이지 않았다.

"에미! 이미 다 외우지 않았어요? 벌써 백 번은 들었잖아요."

"한 번 더 듣는다고 해로울 거 없잖아요."

닥터 김은 손가락을 꺼내고 장갑을 벗었다. 그러고는 다시 한 번 한숨을 쉬었다. "내가 여기에서 근무하면서 맡은 환자가 이백 오십 명 정도예요. 그 환자들의 평균 초산 연령이 서른네 살이 요. 이게 무슨 뜻인가 하면……"

"그보다 훨씬 많은 나이에 첫아이를 낳은 여자도 있다는 뜻이

---

* 자궁암 검사법의 일종.

죠." 에미가 뒷부분을 마무리 지었다.

"맞아요. 그리고 확대 해석은 안 했으면 좋겠지만…… 그런 통계 수치가 적용되는 곳은 이 나라를 통틀어 아마 여기, 어퍼이스트사이드 한 곳뿐일 테니까요…… 대다수가 아이를 갖는 데별 어려움은 없었어요."

"그러니까 이십대 임산부는 없었단 말씀이죠?" 에미가 따져 물었다.

닥터 김은 에미의 환자복을 열고, 왼쪽 가슴을 꾹 누른 채 빙빙 돌리며 검사를 했다. 벽을 물끄러미 쳐다보며 집중하는 얼굴이었다. 닥터 김은 양쪽 검사를 모두 끝낸 뒤 에미의 환자복을 다시 여며주고, 에미의 팔에 한 손을 얹었다.

"몇 명 안 돼요." 닥터 김은 걱정스러운 눈빛으로 에미를 쳐다보며 말했다.

"몇 명 안 된다고요? 지난번에는 '거의 없다'고 하셨잖아요."

"마운트시나이 병원으로 파견 나온 유타 출신의 모르몬교 의사와 결혼한 어린 여자들 말고는 없어요."

에미는 안도의 한숨을 내쉬었다.

"피임약은 아직 아무 문제 없어요?" 닥터 김이 에미의 차트에 뭔가를 적으며 물었다.

"좋아요." 에미는 어깨를 으쓱하고, 양말을 씌운 스터럽에 얹었던 발을 내려놓으며 똑바로 앉았다. "부적처럼 효과가 좋아요."

닥터 김은 웃음을 터뜨렸다. "그게 중요한 거잖아요. 안내 데스크에 여섯 달 치 처방전 전달할게요. 검사 결과는 일주일 안으로 알려드릴 텐데, 아무 문제 없을 것 같아요. 모든 게 완벽하게 건강해 보이거든요." 닥터 김은 에미의 차트를 간호사에게 넘기고, 에미가 옷을 완전히 입고 있는 것을 확인한 다음 진료실 문을 열었다. "반년 뒤에 만나요. 그리고 담당 의사로서 얘기하는데, 걱정할 거 아무것도 없어요."

선생님이야 아이가 셋이나 있으니 그렇게 말하기 쉽겠죠. 에미는 예의바르게 미소를 짓고 고개를 끄덕이며 생각했다. 선생님이나 이지같이 주위에서 빽빽거리거나 배 속에서 운동선수처럼 발길질을 해대는 아이가 있는 산부인과의사들이야 걱정 말라고 하겠죠. 이지는 이제 만삭이었지만—사실 예정일이 사흘이나 지났다—괴롭게도 수축이 전혀 없었고 자궁문이 0.1센티미터도 열리지 않았다. 에미는 하는 수 없이 이지가 입원할 때까지 기다렸다 플로리다행 비행기에 오르기로 했지만(이지가 말하길 첫아이는 예정일보다 한 주 심지어 두 주 늦게 태어나기도 하니 확실하지도 않은데 허둥지둥 올 필요 없다고 했다) 조만간 태어날 조카 생각이 머릿속에서 떠나지 않았다.

에미는 옷을 갈아입은 다음 4호선을 타고 유니언스퀘어로 향했다. 곧장 집으로 걸어가서 샤워를 할 생각이었는데—K-Y 젤을 잔뜩 바르고 검사를 받고 나면 매번 왠지 샤워를 해야 할 것 같았다―정신을 차리고 보니 14번가와 브로드웨이 가 쪽으로 나와 리와 아드리아나가 사는 아파트로 향하고 있었다. 리는 러셀과 헤어진 지 얼마 안 됐고 아드리아나는 난생처음 일에 대한 의지를 불태우기 시작했으니 최소한 둘 중 한 명은 집에 있지 않을까 싶었다. 하지만 도어맨은 고개를 저었다.

"두 분이 함께 나가셨어요." 그는 시계를 보며 말했다. "한 시간쯤 전에요."

에미는 두 친구에게 똑같은 문자 메시지를 보냈다. 뭐야? 너희 집 로비인데. 어디야? 거의 똑같은 내용의 답문이 도착했다. 리가 보낸 문자는 30번가에서 애디랑 쇼핑 중. 나중에 전화할게였고, 아드리아나가 보낸 문자는 이보다 더 간결했다. 생일선물 받고 싶으면 집에 가. 에미는 한숨을 쉬고 도어맨에게 감사의 뜻을 전한 다음 페리 가를 향해 진창길을 터벅터벅 걷기 시작했다. 춥고 비가 오는 2월의 금요일 저녁이었고 샤워하고픈 마음이 간절했지만, 13번가의 매 블록마다 발걸음을 멈출 핑계를 찾아가며 두 시간 가까이 집 밖을 배회했다. 유니버시티 대로의 그레이 도그에서 뜨거운 커피를 한 잔 마셨고, 웨트 노즈 쇼윈도에서 놀고 있는 강아지들에게 반해 한참 동안 구경했고, 예약도 안 하고 찾아갔는데 따뜻하게 맞아준 실크 데이 스파에서 충동적으로 매니큐어와 파라핀 페디큐어를 받았다. 시계가 열두시를 알리는 순간 홀로 이십대와 작별하는 것밖에 할 일이 없는데 집으로 달려갈 필요가 없었다. 에미는 신나는 밤을 보내자는 친구들의 제안을 단칼에 거절했다. 친구들이 밥보에서 우아하게 저녁을 먹자고 해도(그 집의 매콤한 양 소시지를 곁들인 민트 파스타는 죽도록 당겼지만), 컬처 클럽에서 옛날처럼 놀아보자고 해도 모두 거절했다. 친구들에게 몇 주 동안 들들 볶이고 옆구리를 찔린 다음에야 생일 다음날 오후에 일종의 깜짝 생일파티를 여는 데 찬성했다. 그나마도 아드리아나와 리가 어떤 남자건 절대 참석시키지 않겠다고 약속했기 때문에 마지못해 응한 것이었다. 그때까지는 와인 한 병과 고품격 자기 연민으로 시간을 때워야지. 마음이 동하면 컵케이크를 몇 개 배달시킬 수도 있고.

아파트에 도착해 5층까지 터벅터벅 계단을 걸어 올라갈 무렵에는 머리끝에서부터 발끝까지 젖어 있었다. 머리는 뼛속까지에는 비에 젖었고, 발은 지저분한 구정물에 젖었고, 은밀한 부위는 너무 열심히 바른 의학용 젤에 젖어 있었다. 우편함에는 생일 축하 카드 한 장 없었고, 문밖에 놓인 선물상자 하나 없었다. 아무것도 없었다. 진짜 생일은 내일이야, 남들은 몰라도 엄마와 이지는 뭔가 있겠지, 에미는 속으로 이렇게 중얼거렸다. 그녀는 현관 바로 앞에서 젖은 옷을 모조리 벗어 붙박이장 옆 옷 무더기 위로 던지고 욕실로 직행했다. 뜨거운 물로 머리를 푹 적셨을 때 휴대전화 울리는 소리가 들렸다. 그다음으로 집 전화가 울리더니 다시 휴대전화가 울렸다. 라피가 어찌어찌 그녀의 전화번호를 알아내 그렇게 못되게 굴었던 것을 사과하려고 전화한 것이었으면 좋겠다는 생각이 들었다. 물론 휴대전화 번호와 집 전화번호, 양쪽 모두를 입수했을 가능성은 없지만, 그래도 모르는 일이었다. 그는 임기응변에 뛰어나 보였고, 최근—침대에서—만난 남자 중에 그녀를 찾을 만한 정성을 보일 남자는 라피 한 명뿐이었다. 조지는 이미 다른 학부생을 만나기 시작했을 테고 크로커다일 던디의 소식은 두 번 다시 들을 일이 없었다.

에미는 수건으로 머리를 닦고 변기 옆쪽으로 몸을 움직여 문을 연 다음 조그만 원룸을 가로질러 알몸으로 무릎을 꿇고 침대 밑에서 쇼핑백을 꺼냈다. 그녀는 손잡이를 묶은 비단 리본을 조심스럽게 풀고, 티슈페이퍼로 싼 그 안의 꾸러미를 살금살금 꺼냈다. 그러다 더는 참을 수 없는 지경에 이르자 모노그램이 박힌 포일 스티커를 둘로 찢고 티슈페이퍼를 꾸깃꾸깃 뭉친 다음 그녀가 지금까지 소유한 것 중에서 가장 값비싼 물건 속으로 손을 집어넣었다. 4중 캐시미어의 기분 좋은 포근함이 어떤 건지 알려주는, 우아하고 단순한 모노그램 E가 찍힌 그 진한 초콜릿색 옷을 단순히 가운이라고 부르는 건 모욕이었다. 플란넬 파자마를 가리거나 라커룸과 수영장을 오갈 때 예의상 입는 물건이 가운이었다. 하지만 온몸의 굴곡을 섹시하게 감싸주는(에미의 경우에는 얼마 없는 굴곡을 노련하게 강조하는) 이 옷은 실크처럼 가볍지만 오리털처럼 따뜻했다. 그 옷을 입고 바닥을 사뿐사뿐 쓸며 걸어가는데, 허리를 꽉 조이는 넓은 끈 덕분에 모델이 된 듯한 기분이 들었다. 안도감이 파도처럼 밀려왔다. 실수가 아니었다. 에미는 몇 주 전, 소호에서도 제일 비싼 곳이라 몇 센티미터짜리 천 조각이 몇백 달러씩 하는 란제리 숍 쇼윈도에서 그 옷을 처음 보았다. 브래지어, 팬티, 스타킹들이 하나같이 에미가 갖고 있는 그 어떤 옷보다 비싼 곳이었으니 가운이야…… 뭐…… 한 달 집세보다 비싸다는 건 기억하고 싶지도 않았다. 그런 곳에 들어갈 용기가 어디서 생겼을까? 생각이 잘 나지 않았다. 묵직한 비단 커튼이 달린 그 숍의 호사스러운 탈의실에서 입술과 오른쪽 엉덩이를 내밀고, 숍에서 제공하는 킬힐을 신고 가운을 걸쳐보니 무척 예뻤다. 오늘밤 얼핏 거울을 쳐다보니 가운은 이 의미심장한 생일날까지 순결한 몸으로 포장지 속에서 몇 주를 기다리는 동안 아무것도 달라진 게 없었다. 에미는 계속 거울 앞에 서서 세련된 시뇽* 스타일로 머리를 빗고, 입술을 깨물어 도톰하게 만들었다. 그런 다음 화장대 서랍에서 새로 산 새빨간 립글로스를 꺼내 입술에 바르고, 뺨에도 발라 톡톡 두드렸다. 이 정도면 괜찮아. 에미는 뜻밖의 만족감을 느꼈다. 서른 살치고 이 정도면 괜찮아. 이때 갑자기 즉흥적인 변신에 싫증이 나면서 미칠 듯한 허기가 느껴졌다. 에미는 포근한 양가죽 슬리퍼를 신고 캐시미어 가운의

---

* 뒤로 모아 틀어올린 머리 모양.

허리끈을 다시 동여맨 다음 수프를 만들러 주방으로 향했다.

핫플레이트의 전원을 연결하는데, 집 전화가 다시 따르릉거렸다. 발신자 표시 제한이라. 흠.

"여보세요?" 에미는 귀와 어깨로 수화기를 받치고 치킨 누들 수프 깡통을 비틀어 열며 전화를 받았다.

"엠? 나야."

몇 달이 지나든 던컨이 "나야"라고 하면 에미는 누군지 금방 알아차릴 수 있었다. 수만 가지 생각이 머리를 스치고 지나갔다. 생일을 축하해주러 전화한 걸까……그렇다면 내 생일을 기억하고 있었다는 걸까…… 그렇다면 내 생각을 하고 있었다는 걸까…… 그렇다면 치어리더 생각은 더이상 하지 않는다는 걸까…… 아니면 새로운 소식을 전하러 전화를 한 걸까…… 치어리더와 관계된 소식을…… 오늘밤이든 언제든 절대 듣고 싶지 않은 그런 소식을.

에미는 자동 반사적으로 전화를 끊으려 했지만, 무언가가 그녀를 막았다. 무슨 말이든 하지 않으면 약혼했느냐고 단도직입적으로 물을 것 같았기 때문에 단순히 방어적인 차원에서 제일 처음 떠오른 말을 내뱉었다.

"언제부터 발신자 표시 제한이야?"

던컨은 웃음을 터뜨렸다. 재미있기는 하지만 박장대소할 정도는 아닐 때 터뜨리는 던컨식 웃음이었다. "몇 달 만에 하는 통화인데, 한다는 말이 겨우 그거야?"

"뭐 다른 말 기대했어?"

"아니, 그건 아니야. 저기 있잖아, 당신 방금 전에 집에 온 거 알고 있는데, 잠깐 올라가도 될까?"

"올라온다고? 이 집에? 지금 이 근처에 있어?"

"응. 저기, 조금 전부터 기다리고 있었어. 맞은편 복사하는 가게에서, 당신이 올 때까지. 여기 직원들이 나를 이상하게 생각하는 것 같아서 잠깐 올라갔으면 좋겠는데."

"거기 앉아서 이 집을 보고 있었다는 거야?" 이렇게 섬뜩하면서도 기분 좋은 일이 있을 수가.

던컨은 다시 웃음을 터뜨렸다. "응. 당신이 집에 들어가자마자 몇 번 전화했는데 안 받더라. 오래 있지 않을게. 직접 만나서 할 얘기가 있어서 그래."

약혼한 게 맞구나. 이런 개자식! 여기까지 찾아와 직접 알려주는 게 인간의 도리라고 생각하는 모양이지? 그것도 생일 바로 전날에. 에미는 던컨이 그녀의 생일을 잊어버렸다는 데 전 재산을 걸 수도 있었다. 직접 만나서 할 얘기가 있다니 엿이나 먹으라지. 그녀는 주저 없이 자신의 생각을 전했다.

"에미, 잠깐만. 끊지 마. 그런 게 아니야. 그냥……"

"당신이 뭐가 좋고 뭐가 싫고 어쩌고 하는 얘기 듣는 거, 신물나게 지겨워, 던컨. 당신이 없으니까 내 인생이 천 배쯤 좋아졌거든? 그러니까 빵빵한 여자친구한테 달려가서 그 여자나 괴롭혀. 난 당신 얘기 듣고 싶은 마음 없으니까."

에미는 쾅 소리를 내며 수화기를 내려놓았다. 엄청난 만족감이 파도처럼 밀려왔고, 곧이어 엄청난 불안감이 뒤따랐다. 내가 도대체 무슨 짓을 한 걸까?

일 분도 지나지 않았을 때 누군가 문을 두드리는 소리가 들렸다.

"에미? 거기 있는 거 알아. 문 좀 열어줄래? 일 분이면 돼. 약속할게."

던컨이 굳이 돌려줄 생각조차 하지 않은 열쇠로 문을 열고 여기까지 올라왔으니 에미가 펄펄 뛰어야 맞는 거겠지만, 한편으로 궁금했다. 무관심의 화신인 던컨이 명백한 스토킹이라고 할 수 있는 수단을 동원할 만큼 중요한 이야기가 뭘까? 다른 한편으로 마음이 놓이기도 했다. 에미가 아는 던컨은 약혼 소식을 알리기 위해 이런 노력을 기울일 인간이 아니었다.

에미는 털 달린 슬리퍼를 굳이 벗지도 않은 채 문을 열고 기대섰다. "뭔데?" 그녀는 정색하고 물었다. "그렇게 중요한 이야기가 뭔데?"

던컨은 5층까지 걸어 올라오느라 숨을 헐떡였지만 전보다—그러니까 오 년 만나는 동안 세 번인가 네 번 왕림해주신 때에 비하면—훨씬 숨이 덜 차 보였고 아주 보기 좋았다. 에미는 던컨의 긍정적인 변화들(살이 빠진 얼굴, 건강해 보이는 안색, 조그

많게 탈모가 된 부분을 잘 가려주는 헤어스타일)이 그가 아니라 치어리더가 노력한 결과가 아닐까 궁금했다.

"들어가도 될까?" 던컨이 특유의 미소를 지으며 물었다. 추파와 권태의 중간 지점에 자리 잡은 미소였다.

에미는 지독하게 무관심한 표정을 똑바로 보여주며 뒤로 물러서서 집 안쪽을 가리켰다.

에미가 잠깐 동안 문을 닫고 도어록을 건 다음 고개를 돌리자 던컨이 대놓고 감상하는 눈빛으로 쳐다보고 있었다. 솔직히 고백하자면 숭배에 가까운 눈빛이었다. 그녀는 난생처음으로 던컨 앞에서 자신의 외모를 조금도 의식하지 않을 수 있었다.

"이런, 엠, 당신 정말 좋아 보인다." 던컨의 목소리는 에미와 만난 그 어느 때보다 진지했다.

에미는 가운을 내려다보다 샤워를 마치면서 거쳤던 변신 과정을 떠올렸고, 삼십 분 전 모습을 들키지 않은 것에 대해 마음속으로 우주만물에게 감사했다.

"고마워."

던컨의 시선은 에미의 몸을 계속 위아래로 훑었고, 진가를 확인하듯 몇 센티미터마다 멈추었다. "아니, 정말로, 정말로 좋아 보여. 지금까지 본 중에서 최고야. 무슨 수를 쓴 건지 모르겠지만 효과 만점인데?" 던컨의 말투는 전혀 비꼬는 느낌이 아니었다.

아, 잘생긴 남자를 볼 때마다 한 판 뛰는 거, 그거 말하는 거야? 아니면 섹시한 란제리를 사는 거? 당신이 그랬다고 나까지 내 몸을 괄시하지 않는 거? 그러게, 효과가 기가 막히더라.

"고마워." 에미는 이렇게만 대답했다.

던컨은 집 안을 둘러보았다. "오티스는 어디 갔어?" 이렇게 묻는 그의 시선은 빈 새장에 머물러 있었다. "그 녀석 결국⋯⋯"

"하! 그랬으면 좋으련만. 그래도 이 상황이 차선이기는 하지."

던컨은 무슨 소리인지 모르겠다는 눈빛으로 에미를 쳐다보았다.

"얼마 전에 출장 가면서 아드리아나한테 맡겼는데, 마지못해 맡아주면서 며칠 동안 온갖 난리법석을 떨었거든. 그런데 집에 돌아와서, 지금 오티스 데리러 가는 길이라고, 돌봐줘서 너무 고맙다고 전화로 이것저것 얘기했더니—감사와 사과의 뜻에서 100달러짜리 와인까지 사 들고—뜬금없이 며칠 더 데리고 있겠다는 거야."

"데리고 있는다고?"

"응! 못 믿겠지? 둘이 찰떡궁합이라나? 나는 오티스를 무시한다면서 자기가 오티스한테 새 삶을 선물했다 그러더라."

"그래서 뭐라고 했어?"

"뻔한 걸 왜 물어? 네 말이 다 맞다고, 내가 오티스를 무시했고 우리 둘은 절대 찰떡궁합이 아니라고 했지. '며칠 더' 데리고 있겠다면 진심으로 환영이라고. 그게 팔 주 전이야. 오늘 아침에 통화했는데 둘이서 '새 전용 스파'에 가는 중이라고 하더라. 아드리아나가 한 말을 그대로 옮기는 거야. 나는 지금 숨을 참으면서 이게 꿈이 아니길 기도하는 중이지."

던컨은 외투를 벗어 의자 위로 던졌다. 아직도 양복 차림인 것을 보면 퇴근하고 곧장 온 모양이었다. 그의 손에 들린 평범한 갈색 쇼핑백이 에미의 눈에 들어왔다. 혹시 생일선물인가?

"받아. 뭐 좀 사왔어." 던컨은 에미가 쇼핑백을 쳐다보고 있는 것을 보더니 이렇게 말했다.

"그래?" 의도했던 것보다 좀더 기대에 찬 목소리가 나왔다. 그가 건넨 쇼핑백은 부피가 크고 묵직했다. 사진 책이 아닌가 싶었다. 근사한 호텔들을 사진과 함께 소개한 책이든지, 던컨이 어쩌다 한 번 휴가를 내면 둘이 같이 갔던 카리브 섬 여행서든지.

에미는 얼른 쇼핑백을 열어보았고, 그 안에 든 인쇄용지 오백 장을 보고 잠시 할 말을 잃었다.

던컨은 에미의 놀란 표정을 보더니 어깨를 으쓱했다. "그 빌어먹을 가게에 한 시간도 넘게 앉아 있었거든. 뭐라도 사야 했어."

"으응." 그러니까 던컨은 에미의 생일을 기억한 것도, 난생처음 자기 손으로 선물을 고른 것도 아니었다. 이런 데 놀라거나 실망하지 말아야 하는데, 어쩐 일인지 놀랍고 실망스러웠다.

"그러니까 음, 내가 왜 찾아왔는지 궁금할 텐데……" 던컨이 말끝을 흐렸지만, 에미는 아무 말도 하지 않았다. "브리애나하고 있었던 사건 때문에 우리 둘 다 힘들었던 거 나도 아는데, 이제 다 끝났으니까 우리 둘이 잘 해결할 수 있지 않을까 싶어서."

음. 이거였군. 에미는 너무 놀라서 싱크대를 붙잡아야 했다. 어디에서부터 짚고 넘어가야 할지 갈피를 잡을 수가 없었다. 그는 이 한마디로 서로 개별적이지만 위력은 똑같은 폭탄을 세 개 터뜨린 셈이었다. 첫째, 에미가 붙여준 피트니스 트레이너와 바람을 피워 오 년간의 관계를 끝장내놓고 그걸 사소한 '사건'으로 간주한 데다 자기도 그것 때문에 힘들었다고 역겨운 사족을 붙였다. 그러더니 에미도 그 '사건'의 상세한 부분을 알고 있을 거라는 단정 아래, 에미가 모를 리 없다는 단정 아래 그 '사건'이 끝났다고 아무렇지도 않게 선언했다. 그리고 마지막으로 가장 엄청난 폭탄은 던컨이 친구들과 어울려야 할 추운 금요일 밤에 그녀의 집을 찾아와 '잘 해결'해보자고 소심하게 묻고 있다는 사실이었다. 에미는 스스로가 과장하길 좋아하고 허튼 상상을 잘 한다는 사실을 알고 있었지만─그리고 증거가 더 필요하기는 했지만─아무래도 던컨이 다시 만나자고 하는 것 같다는 생각이 들었다.

묻고 싶은 게 수백만 가지였지만(브리애나와 왜 헤어졌는지, 그게 누구 생각이었는지, 가장 중요한 건 왜 다시 나한테 돌아오겠다고 하는 건지) 그에게 만족감을 선물하고 싶지 않았다. 때문에 싱크대에 기대고 팔짱을 낀 채 던컨을 물끄러미 바라보았다.

"하고 싶은 말 없어?" 그는 집게손가락을 입으로 가져가 거스러미를 물어뜯으며 물었다. 다시는 보고 싶지 않은 팔백십팔번째 습관이네. 에미는 생각했다.

"오늘밤에는 별로 얘기할 기분이 아니라서." 에미는 던컨을 가만히 쳐다보며 높낮이 없는 목소리로 대답했다.

던컨은 지금 자신이 얼마나 힘든지 티를 내듯 한숨을 쉬었다. "엠, 내가 바보 같았어, 됐어? 내가 다 망쳐놓았다는 거 알아. 그래서 제대로 돌려놓고 싶어. 브리애나 사건은 순간적인 고장, 길가에 불룩 솟은 돌, 애초부터 벌어지면 안 되는 일이었어. 당신하고 나는 천생연분이잖아. 우리 둘 다 알잖아. 그러니까 당신 생각은 어때? 난 지금 이렇게 모자를 들고 공손하게 당신 앞에 서서……" 그는 이렇게 말하며 모자를 벗어 그녀를 향해 들어 보이는 시늉을 했다. "다시 돌아와달라고 애원하고 있는 거야."

던컨은 다가와 에미의 어깨를 감싸안고 부드럽게 입술에 입을 맞추었다. 에미는 그에게 입술을 맡긴 채 그 익숙함과 편안함을 만끽했다. 이윽고 그가 입술을 뗐다. 그러고는 그녀의 얼굴에 붙은 머리카락을 부드럽게 쓸어넘기며 눈을 바라보고 물었다. "어때? 당신 생각은?"

솔직히 시인하건 안 하건 에미는 열 달 동안 이 순간을 기다려왔다. 드디어 이런 순간이 찾아오다니! 꿈만 같았다. 에미는 가장 달콤한 미소를 지으며 그를 마주보았다. "내 생각이 어떠냐

고?" 그녀는 수줍은 듯 교태 어린 목소리로 물었다. "나 스스로
한테 이 세상에서 가장 멋진 서른 살 생일선물을 하는 의미에서
당신한테 바로 여기서, 지금, 마지막으로 이렇게 말하고 싶어. 이
집에서 당장 꺼지라고. 이게 내 생각이야."

"네가 설마!" 아드리아나가 두 손으로 입을 가리며 비명을 질
렀다.

"진짜야." 에미는 활짝 웃으며 말했다.

"설마!"

"진짜라니까? 얼마나 기분 좋았는지 아니?"

아드리아나는 조그만 테이블이 허락하는 한도 내에서 최대한
에미를 꼭 끌어안았다. 그들은 온갖 연령대의 여자들이 수십 명,
어쩌면 수백 명 빽빽하게 앉아 있는 어퍼이스트사이드의 앨리스
티 컵에서 에미의 의기양양했던 순간을 재연하고 있었다. "진짜
잘했다."

"그렇지?" 에미는 눈을 크게 뜨며 물었다. "단 한순간도 그걸
의심한 적 없어. 그 개자식이 감히 내 서른 살 생일 전날에 집으
로 찾아와서 사과 한마디 없이 자길 받아달라고 했다니 믿기니?
정말 역겨운 인간이야."

"예전부터 그런 식이었잖아." 아드리아나는 고개를 끄덕이다

에미가 묘한 표정으로 쳐다보는 것을 알아차렸다. "얘, 그런 뜻이 아니야. 그냥 이번 일이 특별히 역겹다는 거지." 으이구, 이 예민한 아가씨들 같으니라고!

심하게 발랄하고 귀여운 웨이트리스가 다가왔다. "오늘이 특별한 날이라 축하하고 계신가봐요?" 그녀가 물었다.

에미는 콧방귀를 뀌었다. "어떻게 아셨을까? 눈가의 잔주름을 보고? 아니면 반지 하나 없는 미녀 삼총사가 오십 년 뒤에도 그럴 것처럼 애프터눈 티를 마시러 나온 걸 보고?"

"반지 하나 없는 미녀 삼총사? 그거 처음 듣는 말이다?" 아드리아나는 눈을 부라리며, 아무것도 없는 왼손을 허벅지 밑으로 찔러넣고 딱딱하게 굳은 얼굴로 앉아 있는 리를 흘끗 쳐다보았다. 마음이 안 좋았다. 에미는 리가 그 전날 밤에 러셀에게 반지를 돌려준 것을 모르고 있는 게 분명했다.

"재밌지? 방금 전에 지어낸 거야. 왠지 근사하지 않니?" 에미가 갑자기 깔깔대며 웃었다.

"죄송해요. 저는 그냥……" 웨이트리스는 헛기침을 하며 자기 발치를 쳐다보았다.

아드리아나가 끼어들었다. "아니에요, 우리가 미안해요. 사실…… 이 친구의 서른 살 생일을 축하하는 자리예요. 그런데 보시다시피 그게 잘 안 되네요."

"서른 살이요? 정말요? 그렇게 안 보이세요!" 웨이트리스가 큰 소리로 외쳤다. 그녀는 기껏해야 스물네 살 정도 된 것 같았다.

"저도 그 나이 때 그렇게 젊어 보였으면 좋겠어요."

고맙게도, 에미가 뭐라고 퉁명스럽게 대꾸하기 전에 리가 나섰다. "그렇죠? 젊어 보이죠? 우리 주문할게요."

웨이트리스는 웃는 얼굴로 주문을 받고, 누군가에게 기분 좋은 하루를 선물했다고 확신하며 신나게 사라졌다.

"나쁜 년." 에미가 들릴락 말락 하게 씩씩댔다. "그 수박만 한 가슴 때문에 서른 살이 되면 요통에 시달릴 거야."

아드리아나는 손바닥으로 테이블을 쳤다. "자외선에 피부 다 망가진 거 봤어? 서른 살이면 쭈그렁 할머니가 될 거야. 가슴 걱정할 새도 없을걸?"

"너희는 다른 데 보고 있었나본데, 내 눈엔 머리카락만 보이더라." 리가 말했다.

"머리카락? 머리카락이 왜?" 에미가 물었다.

"지금은 아무 문제 없지만 점점 가늘어지는 타입인 것 같던데. 서른 살이 돼서 이마 벗어지고 가르마 부분이 휑해지기 시작하면 끔찍할 것 같아."

세 친구는 웃음을 터뜨렸다.

"그래, 뭐, 네 말이 맞아…… 이미 오래전에 끝냈어야 하는 일이겠지." 에미는 가여운 웨이트리스가 등장하기 전에 하던 이야기를 이어나갔다. "그런데 이상한 거 아니? 던컨이 돌아와서 죽도록 사랑한다고, 같이 저녁노을 속으로 달아나자고, 얼마나 끔찍한 실수를 저질렀는지 이제 깨달았다고 말해주길 그렇게 바랐는데, 막상 그 순간이 닥치니까 버스가 그 인간을 치고 지나갔으면 좋겠다는 생각밖에 안 드는 거 있지? 이게 정상적인 반응일까?"

"완전히 정상적인 반응이지." 아드리아나가 말했다. "안 그러니, 리?" 아드리아나는 조금 전부터 리를 대화에 끌어들이려고 애쓰고 있었는데, 리는 별말 없이 멍하니 미소만 짓고 앉아서 가끔 "흠" 하고 중얼거리기만 했다.

"물론이지." 이번에는 리가 장단을 맞추며 아드리아나 쪽을 쳐다봤다. "우리 꼬맹이가 다 컸네! 정말……" 리의 휴대전화 울리는 소리가 이야기를 방해했다.

아드리아나는 친구가 핸드백에 든 전화기를 꺼내 발신자 번호를 확인하고 '거부' 버튼을 누르는 것을 지켜보았다. "또 제시야?" 그녀가 물었다.

리는 고개를 끄덕였다. "이 정도면 내가 전하려는 메시지를 알아들었겠지. 인도네시아에서 돌아온 이후에 아무리 전화를 해도 내가 절대 안 받고 있으니까."

"그럴까, 케리다? 네가 전하려는 메시지가 뭔데?" 친구들에게 터놓고 고백할 수는 없는 일이었지만, 아드리아나는 리가 바람을 피웠고 그 이후에 러셀과 헤어졌다는 에미의 전화를 받고 쾌

재를 불렀다. 아드리아나가 러셀을 탐탁지 않게 생각한 건 아니었다. 모두가 러셀을 좋아했다. 하지만 리를 더 좋아했고, 리가 정말로 딱 맞는 상대를 만나길 바랐다. 그런데 바람을 피웠다고? 유부남이랑? 한술 더 떠서 똑똑하고 변덕스러우며 기타 수백만 가지 면에서 부적절한 남자와? 이야말로 우연히 등장한 알맞은 상대였다. 리도 그걸 알아차리면 좋을 텐데……

"둘 사이에 있었던 일은 실수라는 거, 누가 뭐래도 몇 달 전에 딱 한 번 벌어진 일이라는 거, 둘 사이에 할 말이 아무것도 없다는 거. 일을 왜 이렇게 힘들게 만드는지 모르겠어."

에미는 웃음을 터뜨렸다. "이게 보기보다 복잡한 일이라는 걸 알아차려준 사람을 지금 나무라는 거야? 그 사람은 네가 러셀이랑 끝낸 거 알고 있어?"

리는 고개를 홱 들었다. "당연히 모르지." 리는 퉁명스럽게 대답했다. "러셀하고 나 사이에 있었던 일은 제시하고 아무 상관없어."

아드리아나는 콧방귀를 뀌었다. 착각의 늪에 빠져 있군! 언제쯤이면 엉뚱한 남자를 미친 듯이 사랑하게 되었다고 시인하려나? 아드리아나는 다음번 칼럼의 틀을 잡기 시작했다. 완벽하게 정상적이고 이성적인 친구마저 이렇게 앞뒤 분간을 못한다면 다른 여자들도 마찬가지라는 뜻이었다. '착각: 그 첫걸음'. 아니면 '내가 나를 계속 속이는 이유'. 그래, 근사하겠다.

리가 아드리아나를 지그시 보았다. "왜?"

"정말 그렇게 생각해, 케리다?"

"응, 정말 그렇게 생각해. 왜냐하면 그게 사실이니까! 러셀하고 나는……" 리는 말을 멈추고 적당한 단어를 찾았다. "내가 제시를 만나기 훨씬 전부터 문제가 있었어. 백번 양보해서…… 정말로 백번 양보해서…… 내가 제시하고 있었던 일 때문에 러셀과 나 사이의 문제를 인식하게 됐다고 인정하더라도 억지로 갖다붙이는 격이야. 내가 제시랑 잔 건 외롭고, 러셀 일 때문에 조금 겁이 났기 때문이었어. 정신적으로 많이 약해져 있을 때 판단을 잘못한 거였다고. 그 이상도, 그 이하도 아니야."

에미와 아드리아나는 서로 눈짓을 주고받았다.

"뭐야? 너희 둘 왜 그렇게 서로 쳐다보는 건데?"

에미가 달래는 듯한 목소리로 단어의 수위를 조절해가며 총대를 메고 나서준 것이 아드리아나로서는 고마울 따름이었다. "네 생각이 잘못됐다는 건 아니야. 그런데…… 저기…… 제시도 그렇게 생각할까?"

"그리고 굳이 정신과의사한테 물어보지 않아도 알 수 있을 만큼 네가 예전보다 천 배쯤은 편안해 보이거든." 아드리아나도 옆에서 거들었다.

리는 눈을 부라렸다. "얘들아, 내가 너희를 사랑하기는 하지만 이건 좀 많이 아니잖아! 내가 제시에 대해 어떻게 생각하건,

아니 어떻게 생각했건 너희 둘 다 중요한 부분을 간과하고 있어. 내 말 잘 들어. 제시. 채프먼은. 유부남이야. 유부남. 그러니까 다른 여자랑 평생을 약속한 남자라고. 그러니까 나랑 자면 그 사람이 거짓말쟁이에 사기꾼이 되니까 내 친구라면 계속 만나보라고 옆에서 부추기지 말아야지. 그러니까……"

아드리아나가 한 손을 들었다. 리가 늘어놓는 딱딱한 훈계를 듣는 것만큼 괴로운 일은 없었다. "알았어, 알았어, 알아들었다고."

이번에는 남자 직원이 음식이 담긴 쟁반을 들고 나타났다.

"어머나! 저희가 동료 여자분 쫓아버린 건 아니겠죠?" 에미가 물었다. "좀 고약하게 굴었는데."

웨이터는 어리둥절한 표정으로 그녀를 쳐다보며 음식을 내려놓기 시작했다. "랍상소우총* 훈제 닭 가슴살 샐러드에 드레싱은 따로." 그는 리 앞에 샐러드 접시를 내려놓았다. "그리고 주문하신 대로 스콘과 샌드위치가 모두 포함된 매드 해터 세트 두 개. 차는 바로 갖다 드리겠습니다. 더 필요하신 거 있으신가요?"

"남편? 아이? 즐거운 인생?" 에미가 물었다. "이 중에 메뉴로 준비된 거 있나요?"

그는 에미가 사나운 짐승이라도 되는 것처럼 천천히 뒷걸음쳤다. "어, 저기, 알아봐드리겠습니다. 즐거운 시간 되십시오." 그

---

* 중국산 홍차의 일종.

러고는 이렇게 중얼거리며 잽싸게 사라졌다.

"못 산다, 정말. 에미, 정신 좀 차려. 너 때문에 다들 질겁하잖아." 아드리아나는 나무라는 목소리로 말했지만, 속으로는 이런 상황을 즐기고 있었다.

에미는 한숨을 쉬었다. "뭐 새로운 소식 없어?"

"지난주 내내 생각해봤는데 말이야." 리가 맞은편에 앉은 친구들을 쳐다보며 말했다. 아드리아나는 불길한 조짐을 느꼈다. 리는 '생각'을 했다 하면 항상 불행을 자초하는 쪽으로 결론을 내렸다. 아드리아나는 "아무래도……"로 시작될 게 뻔한 말에 대비해 마음의 준비를 했다.

"아무래도 공부를 다시 시작해야 할까봐." 리가 조용히 말했다.

"뭐라고?" 아드리아나는 비명을 질렀다. 이게 어디서 튀어나온 생각이람? 공부라니? "도대체 왜?"

리는 미소를 지었다. "전부터 그러고 싶었으니까."

"그랬어?" 에미가 물었다.

리는 고개를 끄덕였다. "문예창작 석사학위를 따고 싶어. 졸업하자마자 대학원으로 직행하고 싶었는데…… 생각나? 우리 아버지가 브룩 해리스에 보조 편집자 자리를 알아봐놓고, 석사학위 없어도 좋은 편집자—작가도 마찬가지고—가 될 수 있다고, 얼른 현장에서 일을 시작하는 게 최선이라고 계속 그러셨잖아." 리는 쓴웃음을 지었다. "아버지도 그렇고 나도 그렇고 그게 내가 원하는 길이 아니었다는 걸 모른 거지."

"하지만 리, 네 적성에 정말 잘 맞잖아! 엄청난 승진도 눈앞에 있고, 유명한 베스트셀러 작가랑 일도 하고……"

리가 말허리를 잘랐다. "했었지. 과거형으로 해줘."

아드리아나는 한숨을 쉬었다. 어쩔 때 보면 리도 너무 극단적인 걸 좋아한다니까! "그 사람이랑 잤다고 편집자 생활까지 포기할 건 없잖아. 너 나 할 것 없이 같이 잔 사람이랑 일 못 하겠다고 하면 전 세계 경제가 마비될걸?"

"그건 맞아." 리가 말했다. "어쩌면 잘 극복할 수 있을지도 몰라. 헨리는 원고가 제때 완성되기만 하면 이러거나 저러거나 상관 안 할 테니까. 하지만 내가 과거형으로 해달라고 한 이유는 벌써 사표를 냈기 때문이야. 어제."

"잠깐!" 에미가 고함을 질렀다. 중년의 단체 관광객들이 그들을 쳐다보았다. "농담하는 거지?" 에미가 작은 소리로 물었다.

"같이 쇼핑하러 갔을 때 왜 아무 말 안 했어?" 아드리아나가 리의 팔을 잡으며 물었다. "깜빡한 거야?"

"나도 적응하느라 시간이 필요했어. 헨리한테 서두를 필요 없다고, 원활하게 인수인계할 수 있을 때까지 있겠다고, 하지만 확실히 그만두겠다고 이야기했거든."

"이런." 에미가 탄성을 내뱉었다.

"그랬더니 뭐래?" 아드리아나가 물었다. 리한테 밀린 데 살짝 짜증이 났다. 나도 발표할 짜릿한 소식이 있는데.

"깜짝 놀라더라고. 몇 주 동안 제시한테 이상한 전화를 계속 받았대. 자기가 밝힐 수 없는 짓을 저질러서 나를 불편하게 만들었다는 둥, 전적으로 자기 잘못이었다는 둥, 두 번 다시 그런 일 없을 거라는 둥 하면서 편집자를 바꾸지 말아달라고 헨리한테 통사정을 하더래."

"고마운 사람이네. 네가 보기에 헨리는 모르는 것 같지?" 에미가 물었다.

"응. 말하는 걸로 봐서는 제시가 나한테 치근대서 나를 불편하게 만들었고, 그 때문에 내가 이상해진 줄 아는 것 같아. 내가 그래서 그 사람이랑 더이상 일을 못 하겠다고 하는 거라고 생각하는지 심지어 변태 같은 작가도 가끔 있다고, 이 일을 하려면 감수해야 하는 부분이라고 하더라." 리는 씁쓸하게 웃으며 차를 한 모금 마셨다. "내가 제시를 침대로 끌어들인 걸 알면 뭐라고 할까?"

"케리다, 네가 정말 회사를 그만두다니 믿기지가 않는다! 앞으로 어떻게 할 생각이야?"

"글쎄? 내 평생 이런 건 처음인데, 정말로 잘 모르겠어." 리는 차를 한 잔 더 달라고 했고, 별로 걱정하지 않는 얼굴이었다. "서두르지 않을 생각이야. 좀 쉬면서 여행도 하고 그러다 이번 가을 학기에 공부를 시작할 수 있으면 좋겠어. 아직 정확하게는 모르겠지만, 아파트도 팔고 룸메이트를 찾아야 할 것 같아." 리는 잠깐 말을 멈추고 에미를 쳐다보았다. "엠, 절대 부담 갖지 말고 생각해봐. 너 예전부터 지금 사는 집 싫다고, 이사하고 싶다고 했잖아. 지금 당장 대답하지 않아도 되는데, 방 두 개짜리 귀여운 집 구해서 우리 둘이 같이 살면 어떨까?"

리가 모든 걸 망치고 있었다. 아드리아나는 완벽하게 세워놓은 계획이 있었다. 그 계획을 에미에게 말하고 싶어서 입이 근질거릴 지경이었는데, 리가 김빠지게 만든 것이다. 아드리아나는 얼른 중간에 끼어들었다. "얘들아, 있잖아. 내가 할 말이……"

"아우, 너 지금 그걸 말이라고 하니?" 에미는 사실상 비명을 질렀다. "그럼 좋지. 너무, 너무, 너무 좋지. 그 빌어먹을 원룸은 일 초도 더 못 견디겠어. 아무 데나 상관없어. 아무 데나! 내게 필요한 건 오븐이랑 스토브뿐이야. 그 정도는 가능하겠지? 얼른 대답해봐."

"콜!" 리가 말했다. "당장 알아보기 시작하자. 나는 지금 사는 아파트만 팔리면 언제든지 이사할 수 있어."

"여보세요오오? 너희 내 말 들리니? 여보세요!" 아드리아나는 의도했던 것보다 약간 더 토라진 목소리로 둘을 불렀다. "너희 둘 다 깜짝 놀랄 만한 이야기가 있단 말이야."

두 친구는 기대에 찬 눈빛으로 아드리아나를 쳐다보았다.

"아직 확실한 건 아니지만…… 그래서 아무 말 하면 안 되는 거겠지만…… 나, 로스앤젤레스로 이사할 것 같아."

이 말에 둘 다 아무 말도 하지 못했다. 아드리아나는 리가 헉
하며 숨을 내뱉고 에미가 입을 떡 벌리는 모습을 보며 흡족해했
다. 관심을 모으려면 이 정도는 돼야 하는 거 아니겠어? 아드리아나
는 생각했다.

"뭐라고?"

"왜?"

"토비 때문이야?"

"토비랑 같이 살려고?"

"부모님도 아셔?"

"확실한 거야?"

"결혼하니?"

바랐던 것보다 훨씬 유쾌한 광경이었다. 아드리아나는 요란하
게 한숨을 내쉬었다. "알았어, 알았어. 다 말할게. 진정해." 그 말
은 곧 계속 질문을 퍼부어봐. 기분 너무 좋으니까!라는 뜻이었다. 다
행히 친구들은 고분고분 응했고, 아드리아나는 두 친구의 궁금
증을 실컷 음미한 다음 준비한 소식을 공개했다. 평생 이런 소식
을 전할 날이 있을 거라곤 생각 못했는데, 상상할 수 없을 만큼
뿌듯하고 짜릿했다.

"같이 일하고 싶다는 사람이 있어서. 취직하려고." 아드리아
나는 이렇게 말하고, 친구들의 반응을 만끽하기 위해 의자에 기

대고 앉았다. 이야말로 아무 낌새도 못 채던 친구들 앞에서 너무나 유쾌하고 갑작스럽고 짜릿한 소식을 터트린 셈이었다. 두 사람을 주목하게 만들려면 이 정도는 되어야지.

"뭐라고?" 리가 어리둥절한 표정으로 물었다.

"'취직'이라니 그게 무슨 말이야?" 에미도 똑같이 어안이 벙벙한 얼굴이었다.

"너희 왜 이래? 그게 무슨 말이겠니?" 어휴, 짜증 나! 아무리 내가 지금까지 놀고먹었기로서니 일하는 내 모습을 상상하는 게 그렇게 어려운 일인가? 왜들 이러셔. 온 세상 사람들이 너도나도 일을 하잖아. 나도 잘할 수 있다고.

"애디, 감질나게 하지 말고 얼른 요점만 간단히 얘기해봐." 리가 바짝 당겨 앉으며 말했다.

아드리아나는 요란하게 한숨을 들이쉬었다. 이 순간을 음미한다고 어느 누가 돌을 던질 수 있을까? 아드리아나 데소자가 진지한 대접을 받는 것은 흔한 일이 아니었다. "어디 보자, 클리프스노트* 버전으로 하는 게 제일 빠르겠다. 〈마리 클레르〉 칼럼 얘기는 알지?"

두 친구는 고개를 끄덕였다.

"얼마 전에 토비와 함께 일하는 파라마운트 직원들이랑 저녁

_____

* 고전문학의 요약본을 제공하는 미국의 참고서.

을 같이 먹었거든. 토비가 내 칼럼이 채택됐다고 자랑하니까—너희도 그 얼굴을 봤어야 하는데, 완전 귀여웠어—프로듀서인지 뭔지 하는 여자가 관심 있는 척하는 거야. 나하고 칼럼에 대해서 묻고, 〈마리 클레르〉에서 나를 어떻게 발굴했는지, 첫 칼럼이 언제 나오는지, 여하튼 수백만 가지를 묻더라? 예의상 그러는 줄 알았는데 다음날 전화가 온 거야…… 너희 마음의 준비 단단히 해야 돼!…… 내 이야기를 영화로 만들고 싶다는 거야!"

"맙소사." 에미가 헉하고 숨을 쉬었다.

리는 놀라서 할 말을 잃었다. "설마. 설. 마!"

아드리아나는 의기양양하게 고개를 저었다. "진짜라니까? 〈마리 클레르〉에 보냈던 샘플 원고를 이메일로 보냈더니 바로 그날 전화가 왔어. 첫번째 칼럼이 발표되면 '반드시 폭발적인 반응을 얻을 테니' 그 전에 선점하고 작업을 시작하고 싶다는 거야. 나더러 제2의 캔디스 부시넬*이라고 했어."

"그만 좀 해!" 두 친구가 동시에 외쳤다.

"진짜야."

리가 아드리아나와 거의 얼굴이 맞닿을 정도로 좀더 바싹 다가앉았다. "그래서? 너는 어떤 일을 하게 되는 건데?"

"나도 다 이해한 건 아닌데, 제일 먼저 에이전트를 구해서—

---

* 〈섹스 앤 더 시티〉의 작가.

토비가 괜찮은 사람을 소개해줬어―계약 조건 협상을 맡겨야 된다고 토비가 그러더라. 프로듀서가 파라마운트하고 계약이 되어 있고 스튜디오 안에 마련된 이동주택에서 사는데, 나랑 같이 대본을 공동 집필하겠다고 했어. 모든 절차가 끝나면 두 달 안으로 이사를 가게 될 거야."

프로듀서는 뉴욕에서 일을 해도 좋다고 했지만―그리고 그럴 거라고 예상했지만―자기가 LA로 이사하기로 결정한 거라는 말은 하지 않았다. 이제는 변화를 줘야 할 때였다. 아드리아나는 학교를 졸업한 그날부터 뉴욕에서 살았고, 언젠가는 여기로 돌아올 게 분명했다. 지금 다른 곳에서 살아보지 않으면 영영 기회가 없을 것이다. 게다가 부모님의 지긋지긋한 잔소리에서 벗어날 수 있다는 것도 엄청난 매력이었다.

"아드리아나. 진짜 놀랍다. 놀라워. 축하해!" 리는 자리에서 일어나 친구를 안아주었다.

"얘, 왜 그래?" 눈물이 고이기 시작한 에미를 보고 아드리아나가 물었다.

"미안." 에미가 훌쩍였다. "나도 정말 기뻐. 하지만 네가 떠난다니 믿기지가 않아."

"케리다! 네가 먼저 떠났었잖아. 캘리포니아에 있는 요리학교로. 생각 안 나? 동부에도 훌륭한 요리학교 많았는데. 하지만 네가 돌아왔던 것처럼 나도 돌아올 거야. 그리고 너희가 기뻐할 소식이 있어."

"뭔데?" 에미가 고집스럽고 호기심 많은 아이처럼 안달하며 물었다.

"너희 둘 다 정말, 정말 기뻐할 소식이야."

"뭔데? 얼른 말해! 뭔데?"

"내가 없는 동안 에미 네가 우리 집에서 살면 어떨까 해서. 그리고……" 아드리아나는 드라마틱하게 말을 멈추고 빤히 쳐다보고 있던 리 쪽으로 고개를 돌렸다. "너도 같이, 케리다. 너희 둘이 같이 살 거라곤 생각 못했는데, 우리 집보다 더 완벽한 곳이 어디 있겠니? 부모님한테 말씀드렸더니 에미가 그 집에서 사는 거 좋아하시더라. 너까지 합세하면 더 좋아하실 거야. 방은 세 개고, 물론 공짜고, 딱 두 가지 조건이 있어. 일주일에 한 번 우리 부모님께 우편물 보내드리고, 어쩌다 한 번씩 뉴욕에 오시면 같이 지내야 하는 거. 내가 없으니까 지금처럼 자주 오시진 않을 거야. 너희 생각은 어때?"

"글쎄, 모르겠다." 리가 말했다. "조건이 별로인데?"

"그러게 말이야. 완전 꽝인데? 방 세 개를 공짜로 쓰고, 일주일에 한 번씩 우체국만 다녀오면 된다니. 어떻게 그런 생각을 다 했대?"

"얘들아, 왜 이래! 우체국? 우웩! UPS하고 계약이 돼 있거든? 직원이 집으로 찾아와서 우편물을 수거한 다음 포장해서 보내

쥐. 너희는 로비에 있는 우편함에서 모아두기만 하면 된다고."
아드리아나는 최대한 거드름을 피우며 말했다.

리가 손바닥으로 테이블을 쳤다. "이런, 젠장, 갑자기 생각났어. 펜트하우스니까 꼭대기 층일 거 아냐."

"왜 당연한 소리를 하고 그러니?" 아드리아나가 말했다.

"꼭대기 층이면 위에서 쿵쾅대는 사람이 없을 거 아냐! 만세!"
리는 웃었다 울었다 하기 시작했다. "내 평생 이렇게 신나는 일은 처음인 것 같다!"

에미는 두 손을 올리고 천장을 바라보며 드라마틱한 쇼를 연출했다. "펜트하우스 A야, 우리가 간다!"

"그런데 아드리아나, 너는?" 리가 물었다. "에미하고 내가 쿵쾅대는 사람이 아무도 없는 조용한 집에서 단잠을 자는 동안 너는 어디서 살 건데? 조만간 동거 소식 들리는 거 아니야?"

아드리아나는 미소를 지었다. 어쩌면 이게 가장 결정타였다.
"사실 토비가 자기 집에서 같이 살자고 했어." 아드리아나의 말에 친구들은 박수를 쳤다. "그런데 우리 둘 사이가 아주 잘돼가고 있으니까—사실 놀라울 정도로 잘돼가고 있지—오히려 섣부른 결정은 피하는 게 좋을 것 같아." 그녀는 말을 멈추고 차를 홀짝이며 뭔가 생각하는 척했다. "그래서…… 컨설팅 일이랑 칼럼을 써서 버는 돈으로 베니스 비치에 조그만 아파트를 빌릴까 해. 바닷가랑 최대한 가까운 조그만 원룸으로. 근처에 농산물 직판장이 있는 곳으로."

에미가 리를 쳐다보며 한숨을 쉬었다. "리, 믿기니? 우리 꼬맹이가 다 컸다. 뭐든 혼자서 다 하네!"

아드리아나는 조용히 하라는 뜻에서 손을 들었다. "잠깐, 케리다. 너한테 부탁할 게 있는데, 엄청난 부탁이야." 그녀는 긴장하면서, 에미가 허락해주길 간절히 빌었다.

에미는 궁금하다는 눈빛으로 아드리아나를 물끄러미 쳐다보았다. "엄청난 부탁이라고? 펜트하우스 A보다 더 큰 거야? 얼른 말해봐, 애디."

"저기 있잖아, 오티스를 일 년만 빌릴 수 있을까? 오, 에미, 오티스가 네 애완동물이고 그 가여운 것을 이 끝에서 저 끝까지 끌고 가는 게 얼마나 정신 나간 짓인지 알아. 하지만 지난 몇 주 동안 우리 둘이 얼마나 붙어 지냈는지 몰라. 이상하게 들리겠지만…… 내 말 듣고 웃지 말아줘…… 오티스가 행운의 부적 같단 말이야. 오티스가 등장하면서 내 삶이 자리를 잡기 시작했거든. 일 년만 빌리면 안 될까?" 에미는 그래도 된다고 하겠지만, 사실 아드리아나가 데리고 있겠다고 하면 환호성을 지를 게 분명했지만 에미로 하여금 선심 쓰게 해서 나쁠 건 없었다. 이건 아드리아나가 절친에게 주는 작은 선물이었다.

"흠." 에미는 중얼거리며 생각해보는 척했다. "그래도 괜찮을 것 같아. 행운의 부적이라는데 내가 훼방놓으면 안 되는 거잖아.

오티스를 데리고 가고 싶다면 얼마든지 데리고 가도 돼."

"오티스를 위하여." 리가 찻잔을 들며 말했다.

"에미의 생일을 위하여. 웨이트리스의 잊을 수 없는 말을 빌려 서른에도 모두들 젊어 보이길 바라며!" 아드리아나가 찻잔을 높이 치켜들며 덧붙였다.

에미가 마지막으로 찻잔을 들어 친구들과 쨍하고 잔을 부딪쳤다. "반지 하나 없는 미녀 삼총사를 위하여. 앞으로 삼십 년 후에도 지금처럼 젊어 보이길, 그래도 반지 하나쯤은 끼고 있길 바라며."

"나도 거기에 건배할래!" 리가 말했다.

"나도." 아드리아나가 앞으로 펼쳐질 모든 일들을 생각하며 흥분한 목소리로 거들었다. "건배, 케리다. 우리 모두를 위해 건배."

미치도록 귀여웠기에 망정이지
안 그랬으면
토 나올 뻔했어

석 달 후

"에미!" 리가 예전에 아드리아나가 쓰던, 그러나 지금은 푹신 푹신한 오리털 이불과 옹기종기 모여 있는 은색 액자와 가장 좋아하는 독서용 의자를 추가해 손쉽게 자기 방처럼 꾸민 방에서 외쳤다. "밑에 차 도착했어. 이러다 늦겠다!"

친구가 이 방 저 방을 뛰어다니며 바닥에 있는 사실상 모든 물건을 가방에 넣는 소리가 들렸다. "내 아이팟 어디 있는지 못 봤어? 휴대전화 충전기는? 젠장, 도저히 찾을 수가 없네!"

리는 깔끔하게 꾸린 기내용 여행가방의 지퍼를 닫고, 같은 무늬의 핸드백을 그 위에 조심스럽게 올려놓았다. 그런 다음 머릿속으로 체크리스트를 얼른 확인하고, 잊어버린 게 없다는 데 뿌듯해하며 짐을 복도로 끌고 갔다. 에미의 방—예전에는 손님용 방이었다—으로 들어간 리는 곧장 화장대로 걸어가 에미가 잡 동사니 창고로 쓰는 큼지막한 유리 어항에서 아이팟과 휴대전화 충전기를 끄집어냈다. "여기 있어. 얼른 가방에 넣고 가자. 이 비 행기 놓치면 안 돼!"

"알았어, 알았어." 에미는 머리카락 사이로 빗을 넣어 확 잡아 당기며 중얼거렸다. "움직이기는커녕 일어나 있는 게 기적인 시 간인데 노력하고 있다고."

그로부터 십오 분이 지난 다음에야 에미는 집을 나설 수 있었 고, 그로부터 십 분이 지난 다음에야 차가 블록을 돌아 그들을 태운 뒤 JFK 공항으로 출발할 수 있었다. 계획했던 시간보다 정 확히 삼십 분 늦어서—항공사 측에서는 이륙 두 시간 전까지 와 달라고 하지만, 그게 두 시간 삼십 분 전에 가면 안 된다는 뜻은 아니었다—평소 같으면 리가 안절부절못했겠지만, 오늘은 너 무 신이 나서 아무것도 걱정하고 싶지 않았다. 웨이벌리 인에서 아드리아나의 가장 친한 친구 스물다섯 명과 함께 왁자지껄하게 환송회를 치르고 떠나보낸 지 거의 석 달 만에 드디어 서부로 아 드리아나를 만나러 가는 길이었다.

아드리아나가 떠나자 에미는 살던 아파트에 삼십 일 전에 사 전 통보하지도 않고, 두 달 치 월세를 내고는 당장 나와버렸다. 리는 집이 팔릴 때까지 시간이 걸릴 줄 알았는데—그 집을 찾는

데 일 년이 넘게 걸렸으니 말이다—부동산에서 처음 다녀가고 이틀 만에 매입자가 나섰다고 전화가 왔다. 리는 결국 처음 집을 보러 온 커플에게(갓 약혼한 커플이라 좋아서 들떠 있었다) 일 년 전에 샀을 때보다 12퍼센트 오른 가격에 넘길 수 있었다. 덕분에 부동산 수수료를 빼고도 9월에 공부를 시작할 때까지 몇 달 동안 전혀 아무것도—적어도 건설적인 일은 아무것도—하지 않고 지낼 수 있을 만한 돈이 생겼다.

"아이비에 갈 수 있을까?" 에미가 스타벅스 보온병을 두 손으로 감싸 쥐고 물었다. "엄청 진부하고 지겹고 그렇긴 하지만 그래도 브런치 하면 아이비잖아. 가봐야 하지 않을까?"

이른 새벽인데도 에미는 끊임없이 종알거렸다.

"글쎄?" 리는 에미의 수다를 부추기고 싶지 않았다.

"웨이벌리 인에서 처음으로 저녁을 먹은 게 거의 일 년 전이라니 믿어져?" 에미가 물었다.

"그러게. 말도 안 돼. 어제 일 같은데."

"어제? 미쳤나봐. 나는 십 년 전 일 같아. 내 생애 최고로 시간이 더디 가는 한 해였어. 시간이 멈춰버린 것 같더라니까? 시간이 뒤틀려 멈춰버린 곳에 갇힌 것처럼……"

"엠, 내 말 기분 나쁘게 듣지 말고, 좀 조용히 해줄래? 거기 도착할 때까지만." 리가 말했다.

에미는 한 손을 들고 고개를 끄덕였다. "알았어. 기분 안 나빠.

내가 왜 이러는지 모르겠다. 피곤한 데다 이야기를 끊임없이 주고받아야 한다는 강박관념 때문에 그래. 나는 피곤할수록 말이 더 많아……"

"부탁이야."

"미안. 정말 미안."

리의 전화벨이 울렸다. 발신번호를 확인하는 순간 늘 그러듯 속이 울렁거렸다.

"여보세요!" 리는 수화기에 대고 외쳤다. "이렇게 이른 시간에 웬일이에요?"

"당신한테 여행 잘 다녀오라는 인사를 하려고 알람을 맞춰났다고 하면 뭐라고 할래?"

"농담하지 말고 진짜 이유를 밝히라고 할 거예요."

그는 웃음을 터뜨렸고, 리의 얼굴 위로도 미소가 번졌다. 그의 웃음소리만 들어도 좋아서 마음이 들떴다. "그럼 내가 밤새운 것도 이미 알겠네? 전화하려고 계속 기다리면서."

"밤새웠다는 건 믿겠는데, 계속 기다렸다는 부분은 다시 어떻게 좀 해보세요." 고개를 돌려보니 에미가 두 손을 펄럭이고 입을 뻥긋거리며 말하는 흉내를 내고 있었다. 리는 웃으며 말없이 손 키스를 날렸다.

"알았어, 들켰네. 세시까지 원고 썼고, 세시부터 여섯시까지 〈그랜드 세프트 오토〉 하다 커피 마시고 전화하는 거야. 이제 좀더 그럴듯해?"

"훨씬요."

다른 남자가 비디오게임에 푹 빠졌다고 했으면 경악을 금치 못했을 것이다. 심지어 예전에는 비디오게임이 반드시 관계를 정리해야 할 이유로 꼽혔는데(등에 털이 너무 많은 것, 땀을 흘리는 것, 음담패설을 좋아하는 것, 어떤 종교건 지나치게 집착하는 것도 목록에 들어 있었다) 지금은 놀리고 눈을 부라리고 끊임없이 괴롭히면서 아무리 못마땅한 척하려고 해도 속으로는 귀엽다고 생각했다. 솔직히 제시가 게임을 시작할 때마다 그녀에게 주인공의 의상 선택권을 맡기는 것도 기분 좋았다. 이런 게 사랑일까? 리는 아직 그렇다고 인정할 준비가 되어 있지 않았지만 젠장, 그런 것 같았다.

"차 안이야?" 제시가 물었다.

리는 에스티아스에서 늦은 아침 순례를 시작하기 전에 몇 시간이나마 눈을 붙이려고 이불 속에 누워 있을 그의 모습을 그리며 한숨을 쉬었다. "네. 거의 다 도착해서 이제 전화 끊어야 해요. 보고 싶어요."

"보고 싶어요." 에미가 속삭였다. "아, 제시, 내 사랑, 정말 보고 싶어요. 꼬박 나흘이나 당신 없이 어떻게 지내죠? 아, 가련한 우리 두 사람." 리가 에미의 옆구리를 찌르려고 손을 뻗었지만, 에미는 차 문에 바짝 몸을 대서 피했다.

"옆에서 뭐래?" 제시가 물었다.

"아무것도 아니에요." 리는 웃음을 터뜨렸다. "도착하면 전화할게요. 이제 눈 좀 붙여요." 전화기에 대고 뽀뽀를 하고 싶었지만, 에미를 생각하며 참았다.

"미치도록 귀여웠기에 망정이지 안 그랬으면 토 나올 뻔했어." 에미가 길고 요란하게 한숨을 쉬며 말했다.

토 나오는 광경이라는 건 리도 알고 있었지만 너무 행복해서 아무 거리낌이 없었다. 제시는 그 '사건'—둘 사이에서 통용되는 표현이었다—이후 두 달 동안 줄기차게 전화를 했다. 이메일도 보내고, 보조 편집자에게 메시지를 남기고, 하루에 네댓 번씩 문자를 보냈다. 리는 이미 엉망이 된 생활을 더는 복잡하게 만들고 싶지 않은 생각에 매번 일절 반응을 보이지 않았다. 사실 상황이 복잡한 것 같아도 따지고 보면 그렇지도 않았다. 아무리 제시가 전화하고 사과하고 설명을 하려 해도 그가 유부남이라는 사실에는 변함이 없었다. 더이상 재고의 여지가 없었다. 리는 그와 잔 것만으로도 이미 엄청난 실수를 저지른 셈이었다. 그런데 계속 얽혀서 사태를 악화시키고 싶지 않았다.

하지만 그것도 브룩 해리스를 떠나기로 마음먹기 전까지만이었다. 리는 날마다 출근을 하기는 했지만, 담당 작가들을 새로운 편집자에게 넘기는 등 인수인계를 하기 위해서였다. 헨리는 현명하게도 제시를 직접 맡았고, 경험이 풍부한 편집자답게 제시를 살살 구슬려 자존심에 치명적인 상처를 입히지 않고 원고를 다듬게 만들었다. 교정본을 읽었을 때 리는 훨씬 훌륭해진 원고를 보고 고개를 절레절레 저을 수밖에 없었다. 이번에도 또다시 엄청난 히트작이 될 게 분명했다. 리가 제시에 대한 생각을 머리 밖으로 밀어내는 데 간신히 성공했을 때 그가 처음부터 끝까지 대문자로 적은 이메일을 보내왔다. 제목도 없이 이런 내용이었다.

오늘 저녁 일곱시에 애스터플레이스 스타벅스에서 만나. 십 분이면 돼. 그 뒤로는 당신이 원하면 더이상 귀찮게 하지 않을게. 제발 나와줘. J.

리는 그런 이메일을 받았을 때 제정신이 박힌 여자라면 누구나 그러듯이 답장을 쓰고 싶은 유혹을 차단하기 위해 삭제해버렸고, 다시 읽어보고 싶은 유혹을 차단하기 위해 휴지통도 비워버렸고, 그런 다음 기술지원팀을 불러 최근에 삭제한 이메일을 복구해달라고 했다. 아드리아나와 에미에게 이메일을 보내 조언과 분석을 부탁할까 고민하다가 시간 낭비라고 결론을 내렸다. 누가 뭐래도 나갈 생각이었으니까.

그날 저녁 스타벅스에 도착했을 때에는—무려 월요일이었다!—신경쇠약증에 걸리기 직전이었다. 예전 연인이자 예전 저자였던 제시를 만날 생각을 하다니 정신 나간 멍청이라는 생각이 들었다. 만난들 무슨 소용이 있을까? 제시를 좋아하는 건 그렇다 치자. 그것까지는 용납할 수 있다. 그래서? 그걸로 뭘 바랄 수 있는데? 상이라도 받을 수 있나? 보나마나 한심했던 지난 한 달 동안 느낀 것보다 더욱 실망할 텐데, 이 자리에 나온 것 자체가 바보 같고 괴롭고 싶어서 환장한 짓이었다. 제시가 딸뻘은 됨직한 아시아계 여자를 데리고 십 분 늦게 나타난 것도 그럴 가능성을 한층 높였다.

"리." 제시가 활짝 웃는 얼굴로 손을 내밀며 말했다. "나와줘서 고마워."

"네." 리는 일어나서 두 사람을 맞이하지 않았다. 일어날 필요도 없었다. 여자가 생글생글 웃으며 의자를 하나 가지고 오더니 제시와 함께 리의 맞은편에 앉았다.

"투티, 이쪽은 리. 리, 이쪽은…… 나와 결혼한 투티."

리의 시선이 홱 제시에게로 향했다가 여자에게로 옮겨갔다. 제시는 거북한 기색이 전혀 없었고, 자세히 뜯어보니 여자는 처음 생각했던 것만큼 예쁘지는 않았지만 훨씬 어린 듯했다. 숱이 많은 까만 머리가 아름다웠지만, 머리 모양이 동그란 얼굴과 전혀 어울리지 않았다. "맙소사." 리는 자기도 모르게 이 말을 내뱉었다.

투티가 쿡쿡 웃음을 터뜨렸다. 이제 보니 윗니가 아랫니를 심하게 덮고 있었다. 다른 상황에서 만났더라면 귀엽다고 생각했을 수도 있었다. 심지어 매력적이라고 생각했을 수도 있었다. 하지만 오늘 저녁 이런 자리에서는…… 리는 더는 감당할 수가 없었다.

"투티, 만나서 반가워요. 그동안……" 하마터면 버릇대로 '그동안 이야기 많이 들었다'고 할 뻔했지만, 그건 너무 많은 의미가 내포된 말이었다. 그래서 이렇게 말했다. "이렇게 헤어지긴 아쉽지만, 잠깐 들른 거라서 이제 그만 일어나야겠어요."

이 말에 투티의 얼굴에서 미소가 사라졌다. "이렇게 금방 가려고요?" 그녀는 얼굴을 찡그리고 물었다. "좋아요, 그럼 내가 자리도 비켜드릴 겸 마실 거 사올게요. 리, 제시? 뭐 마실래요?"

제시는 투티의 어깨를 토닥이며 됐다고 고개를 저었다. 투티는 카운터 쪽으로 허둥지둥 달려갔다.

"이 자리에 아내를 데리고 오다니, 대체 무슨 생각인 거예요?" 리는 자기도 모르게 불쑥 내뱉었다. 이제는 머리와 입이 따로 노는 듯했다. 리는 니코레트 세 알을 입에 넣고 마음이 진정되길 기다렸다. "아니, 대답할 필요 없어요. 선생님이 무슨 생각을 하든 상관없으니까. 이제 그만 갈게요." 리는 소지품을 챙기기 시작했지만, 제시가 팔을 잡았다.

"투티는 스물세 살이고 인도네시아 출신이야. 발리 섬, 우붓 마을. 나는 『환멸』을 출간하고 일 년 뒤에 유럽의 갑부 친구들과 함께 발리로 건너가 한 친구의 아버지 집에서 한 달 동안 파티를 벌였어. 분위기가 아주 좋았는데 친구 한 명이 약물을 과다 복용했고, 다음날 발리의 나이트클럽이 알카에다에게 폭파당했지."

리는 고개를 끄덕였다. 그 사건이라면 그녀도 기억했다.

"더 말할 필요 없이 그 패거리는 다른 곳으로 무대를 옮겼지만, 나는 뭔가에 붙들려 그곳에 남았어. 폭파당한 쿠타를 등지고 논으로 뒤덮인 마을과 산이 있는 내륙으로 점점 파고들며 발리에 사는 모든 화가, 명장, 작가의 작품을 공부했지. 우붓은 예술가들로 넘쳐나는 마을이었어. 정말 환상적이었지! 하루하루가 축제였거든. 절기나 생일이나 집안의 행사를 기념하는 성대하고 화려한 축제. 그리고 사람들! 아, 우붓 사람들은 정말 대단했어. 어찌나 가슴이 따뜻하고 너그럽던지. 투티의 아버지와 나는 친구가 되었지. 나보다 겨우 네 살 많은데, 투티 같은 딸이 있더군……" 제시는 이 부분에서 고개를 저었다. "그는 솜씨 좋은 목수로, 명장이라고 할 만했어. 처음에 어떻게 만났느냐면 어느날 공방에 찾아갔는데, 저녁을 같이 먹자며 나를 집으로 초대했지. 보기 좋은 가족이었어. 사연이 많지만 짧게 요약하자면 내가 투티의 아버지한테 신세를 많이 졌어. 덕분에 정신을 차리게 됐다고 할까? 아니, 덕분에 더이상 망가지지 않았다고 해야 하나? 그래서 그 친구가 나더러 투티와 결혼해달라고 했을 때 더는 생각하고 말고 할 게 없었지."

리는 요지가 뭔지 알 수 없는 이 이야기에 매료되었다. 타블로이드 신문에서 그의 행적을 찾지 못한 것도 당연한 일이었다. 하지만 제시 앞에서 그런 티를 낼 수는 없었다. 때문에 커피를 한 모금 마시고 냉랭한 목소리로 말했다. "아주 귀엽던데요. 왜 결혼하셨는지 이유를 알겠더군요." 리는 그런데 저한테 이런 이야기를 하시는 이유는 뭐죠?라고 묻고 싶었지만 참았다.

제시는 웃음을 터뜨렸다. "리, 나는 말 그대로 투티의 아버지한테 신세를 많이 졌고 그 친구가 부탁했기 때문에 투티하고 결혼한 거야. 투티는 어렸고—지금도 마찬가지지만—나는 그 아이를 말로 표현할 수 없을 만큼 아끼지만 남자 대 여자로 대한 적은 한 번도 없었어. 앞으로도 그럴 가능성은 전혀 없고."

"아, 그러세요? 그것 참 말 되네요." 리는 빈정거리고 싶지 않았지만, 상황 자체가 너무나 혼란스러웠다.

"9·11 사태 이후에 미국은 인도네시아를 테러 국가로 규정했지. 그래서 발리 인구 98퍼센트가 힌두교도임에도 불구하고—인도네시아는 그 정도 인구가 이슬람교도지만—투티는 미국 방문 비자조차 받지 못했어. 투티의 부모는 맏아들처럼 딸도 미국으로 보내 공부시키려고 평생을 열심히 일했는데, 정치적 상황 때문에 그럴 수 없게 되니까 나한테 도움을 청한 거야."

"그러니까 비자를 받아주려고 결혼을 했다는 말씀이세요?" 리는 깜짝 놀란 목소리로 물었다. 이런 건 영화 속에서나 나오는 일 아닌가?

"그래."

리는 믿을 수 없다는 듯 고개만 저었다.

"그게 그렇게 질릴 일인가?" 제시가 물었다. "그래서 내가 지금까지 이야기를 하지 않았던 거야."

"질린다기보다…… 이상한 일이죠." 리는 제시를 물끄러미 바라보며 표정을 살폈다. "나중에 정말로 사랑하는 사람을 만나 결혼하겠다는 생각은 안 해보셨어요? 그럴 마음이 전혀 없으셨어요?"

"이상하게 들리겠지만, 솔직히 이야기하자면 그럴 마음이 전혀 없었어. 첫 책으로 엄청난 성공을 거두고 여행, 파티, 여자에 푹 빠져 있었으니 내 마음속에 결혼은 그림자도 없었지. 투티와 명목상 결혼하면서 내가 정말로 희생한 게 뭐가 있겠어? 투티는 로어이스트사이드의 엘리베이터도 없는 아파트에서 룸메이트 세 명과 함께 살아. 야간 학교에 다니고, 꽤 괜찮아 보이는 남자친구를 새로 사귀었지. 나는 한 달에 두 번 투티에게 점심을 사주고, 투티는 빨랫감을 가지고 우리 집에 오는 걸 좋아해. 우리 집에 오는 도우미 아주머니가 다 해주거든. 조카나 여동생 비슷한 관계랄까? 그리고 나도 그 때문에 피해를 입은 적이 없었지…… 지금까지는."

리는 제시가 그다음에 한 말을 석 달이 지난 지금까지 생생하게 기억했다. 헨리의 사무실에서 처음 리를 만났을 때 어떤 식으로 호기심을 느꼈는지, 햄프턴스에서 함께 일하는 동안 어떤 식으로 리를 점점 좋아하고 배려하게 됐는지, 자신이 누군가를 그렇게 아낄 수 있는 사람임을 어떤 식으로 알게 됐는지. 그는 너무 갑작스러운 일인 줄은 알지만, 밀고 당기거나 빈둥거리며 더 이상 시간을 낭비하고 싶지 않다고 했다. 러셀과 그런 일이 있었으니(헨리에게 다 들었다고 했다) 천천히 생각해도 좋지만, 자기 마음속에는 리 한 사람뿐이라고 했다. 그러면서 리의 감정에 지금도 변함이 없는지 알려달라고, 기다리면 일말의 가능성이라도 있는지 알고 싶다고 했다. 그때를 생각하면 지금도 웃음이 났다.

로스앤젤레스까지 가는 길에는 별다른 일이 없었다. 약속대로 수화물 찾는 곳으로 마중 나온 아드리아나는 주말 계획을 이야기하며 신나게 떠들었다.

"먼저 제일 시급한 건 쇼핑이야." 아드리아나가 리모컨으로 새로 산 주홍색 BMW M3 컨버터블 문을 열며 선언했다.

"차 예쁘다!" 에미가 손으로 트렁크를 훑으며 외쳤다.

아드리아나는 행복한 미소를 지었다. "섹시하지? 캘리포니아에 살면 컨버터블을 몰아야지. 안 그러면 신성모독이야. 그거, 부모님한테 받은 '독립 선물'이야."

"농담이지?" 리가 물었다. 셋이 만나자마자 익숙한 패턴이 펼쳐지는 게 좋았다.

"농담이라니." 아드리아나가 말했다. "내 힘으로 살고 싶다는 내 뜻을 '독려'하는 차원에서─지금 집세도 스스로 해결하고 있거든─사주신 거야. 원칙적으로 따지면 사양해야 맞는 거지만, 사양하면 바보 아니니?"

세 친구는 컨버터블에 끼여 타고 아이비로 가서 점심을 먹고 로버트슨에서 에미가 조카에게 선물할 아동용 어그를 사고, 아드리아나가 사는 베니스 비치를 드라이브했다. 그녀의 원룸은 바닷가든 온갖 상점과 음식점이 있는 번화가든 두 블록만 가면 되는, 밝고 세련되고 깔끔하고 깨끗한 공간이었다. 리는 친구들과 함께 와인을 홀짝이고 저녁을 먹으러 나가기 위해 옷을 갈아입으면서도 이 정도로 행복한 기분이 얼마 만인가 싶은 생각이 들었다. 불안해서 심장이 뛰고 손에서 땀이 나고 손톱이 손바닥을 파고들 정도로 주먹을 쥐던 때는 이제 모두 과거의 일이었다. 니코레트도 더는 필요 없었다. 심지어 거의 매일 밤 단잠을 잤다. 상상하기도 힘든 일이었지만, 요즘 리의 심리상태를 잘 표현하는 한 단어를 선택하라면 여유였다.

세 친구는 차를 타고 웨스트할리우드로 가는 내내 샤키라의 노래를 부르며 신나는 하룻밤을 보낼 준비를 마쳤다. 코이에 도착해 주차요원에게 차를 맡기자, 아드리아나는 록스타에 버금가는 환영을 받았다. 다른 손님 같았으면 아니꼽게 굴었을 지배인이 "몹쓸 미인 아드리아나!"라고 외치며 양쪽 뺨에 입을 맞추었으니 순항이 예상됐다. 세 친구는 우글거리는 초밥 애호가와 사케 마니아 들을 모두 제치고, 이 음식점에서 가장 좋은 자리로 안내됐다. 식당 내부와 바를 360도로 감상할 수 있고, 칵테일 가든과 그 앞을 가득 메운 파파라치가 언뜻 보이는 자리였다. 리치 마티니가 등장했고, 세 친구는 금세 기분 좋게 취했다.

"오늘 저녁 계획이 뭐야?" 리가 아드리아나에게 물었다. 지난 십 분 동안 아드리아나에게 다가와 인사를 건넨 사람이 무려 세 명이었다.

"너 이 일대 유명인사 같다." 에미가 고개를 저으며 아드리아나에게 말했다. "그럴 줄 알았지만 이 정도라니……"

아드리아나는 흠 잡을 데 없는 치아를 반짝이며 섹시하게 머리카락을 뒤로 휙 넘겼다. 리는 근처 테이블에서 신음 소리가 들렸다고 장담할 수 있었다. "케리다, 왜 이러니. 나 얼굴 빨개지고 있잖아!"

"그러게." 에미가 말했다. "활짝 꽃필 때를 기다리는, 우리 수줍고 연약한 한 떨기 꽃."

"알았어, 그 정도로 수줍은 건 아니라고 할게." 아드리아나는 장단을 맞췄다. "그리고 아무 계획 없는 게 오늘 계획이야. 좀 이따 토비를 만나든지 아니면……" 아드리아나는 다시 사악한 미소를 지었다. 어느 쪽이 더 마음에 드는지 넌지시 암시하는 미소였다. "바인 가에 가서 엔데버*에 소속된 남자들하고 어울리든지. 그중에 상태도 별로 좋지 않은 자기 집 수영장에서 항상 성대하게 파티를 벌이는 남자가 있는데……"

"이게 무슨 소리야? 다른 남자한테 눈을 돌린다는 거야? 토비는 어쩌고?" 리가 연어 초밥을 한 개 입에 넣으며 물었다.

"토비는 어쩌냐니?" 아드리아나는 음흉한 미소를 지었다. "토비는 여전히 멋져. 하지만 그보다 멋진 남자들도 있거든……"

"토비도 알아?" 에미가 물었다.

아드리아나는 고개를 끄덕였다. "토비는 멋지고 자상하고 심지어 가끔 재밌기까지 해. 당신만 괜찮으면 다른 남자들도 간간이 만나고 싶다고 했더니 괜찮대. 즐길 거리가 이렇게 많은 새로운 도시에 왔는데 그중에서 하나만 고르면 되겠니? 그건 비인도적인 처사지!"

"그러니까 우리의 협약은……" 에미가 말끝을 흐렸다.

"그래서 우리가 이렇게 만난 거잖아, 안 그래? 그런 약속을 한 지 꼭 일 년이 지났으니까 이번 주말에 결과를 평가해야지. 누가 이겼는지 선포해야지." 리가 말했다.

아드리아나는 거만하게 손을 흔들었다. "협약? 얘들아, 이젠 지긋지긋하다."

에미가 웃음을 터뜨렸다. "그럼 패배를 시인하는 거야?"

---

* 영화배우, 작가, PD, 영화감독 들을 대행하는 에이전시.

"전적으로, 100퍼센트, 추호의 망설임도 없이." 아드리아나는 마티니를 홀짝이고 우아하게 입술을 핥았다. "보다시피 반지가 없잖아." 그녀는 손가락을 쫙 펼친 채 왼손을 내밀었다. "하지만 받을 수 있었어. 지금도 토비나 다른 남자한테 받을 수 있고. 내가 멋진 이십대들로 가득한 바다에서 삼십대를 맞이하긴 하지만 그래도 여기 살면 살수록 뼈저리게 느껴지는 게 있더라. 그애들은 아마추어야. 아직 어려. 남자를 유혹하거나 지키는 기본적인 방법도 몰라. 그에 반해 우리는 성숙한 여자잖아. 모든 면에서."

웨이터가 세 사람 자리로 다가와 돔페리뇽 마개를 따기 시작했다. "우리 주문 안 했는데요." 리가 이렇게 말하고 확인하는 차원에서 친구들을 돌아보았다.

"바 끝에 앉아 계신 남자분들께서 보내신 겁니다." 웨이터가 대답했다. 펑 하는 코르크 마개의 기분 좋은 소리가 이어졌다.

세 친구는 당장 빙글 몸을 돌려 어떤 남자들인지 확인했다.

"귀엽다!" 리는 이렇게 외쳤지만, 임자 있는 여자들 특유의 어법이었다. 저 사람들 괜찮다…… 너희들이 만나기에는. 그런데 나는 동참하지 않을게. 나는 저보다 훨씬 나은 남자를 미친 듯이 사랑하고 있거든……

"너무 모범생 같은데?" 아드리아나는 매의 눈으로 네 명의 남자를 평가하며 반사적으로 대답했다.

"저 남자들하고 같이 잘 필요는 없지만, 그래도 이 자리로 초

대해서 술이라도 같이 마셔줘야 하는 거 아니야?" 리가 조목조
목 따지는 목소리로 말했다.

"말도 안 되는 소리. 그냥 고맙다고 웃으면서 손만 살짝 흔들
어주면 돼." 아드리아나는 이렇게 말하면서 활짝 웃고 손을 흔들
었다.

두 친구는 에미의 얼굴이 홍당무처럼 시뻘게진 것과 안절부절
손을 만지작거리며 바 쪽을 외면하고 있는 것을 알아차렸다.

"너 괜찮니?" 리가 물었다. 에미에게 던컨과 관련해서 후회되
는 일이 있거나, 더 심각하게는 저 남자들이 던컨의 친구들인가
하는 생각이 들었다. 남자들은 캘리포니아 토박이가 아니라 동
부의 유명한 사립학교 학생처럼 보였다. 리가 지켜보는 가운데
에미는 점점 좌불안석이었다.

"저 사람들, 던컨 친구들이니?" 리가 물었다.

에미는 아니라며 고개를 저었다. "창피해 죽겠어. 두 번 다시
볼 일 없을 줄 알았는데. 외국에서 있었던 일은 외국에서 끝나는
거 아니야? 아니, 일어나지 않은······"

"쟤 지금 뭐라는 거니?" 아드리아나가 리에게 물었다.

리는 어깨를 으쓱했다. 그녀도 무슨 소리인지 알아들을 수가
없었다.

"저중 한 사람이 남자 사냥 때 만난 상대야? 아니면 한 사람
이 아니라 여러 사람이?" 아드리아나가 사악한 미소를 지으며

물었다.

"아우, 그럼 다행이게?" 에미는 한숨을 쉬었다. "저중 한 사람이, 칼라 달린 줄무늬 셔츠 입은 사람이 폴이야. 날 알아보다니 믿기지가 않아. 진짜 창피해. 나 이제 어쩌지?"

"폴이 누군데?" 리는 에미가 지난 일 년 동안 정복한 남자들 명단을 머릿속으로 훑었다. "그 이스라엘 남자?"

"크로커다일 던디?" 아드리아나가 물었다.

"보네르 바닷가에서 만난 남자?"

"우리한테 비밀로 한 남자라 누군지 알아내려면 지금부터 너를 고문해야 되는 거니?"

"아니야!" 에미는 몹시 괴로운 얼굴로 날카롭게 외쳤다. "남자 사냥을 시작하고 맨 처음 떠난 파리 코스테스 호텔에서 만난 남자야. 내가 몸을 던지다시피 했는데, 철저하게 나를 외면한 사람. 옛날 여자친구 파티에 가야 된다고 하면서. 이제 생각나?"

두 친구는 고개를 끄덕였다. "일 년 전 이야기잖아." 리가 말했다. "네가 자기를 네 방으로 초대한 건 기억 못하고 둘이서 재미있게 이야기를 나눴던 것만 기억할 거야."

"으흠, 계속 그렇게 거짓말해줘." 아드리아나가 말했다.

"선택의 여지가 없는 것 같아." 리가 나지막이 속삭였다. "그 남자가 이쪽으로 오고 있거든. 세시, 두시, 한시……"

"에미?" 그가 귀엽게 긴장 섞인 목소리로 불렀다. "기억할지 모르겠네요. 파리에 있는 이 세상 최악의 호텔에서 만났잖아요. 폴이요. 폴 위코프."

"안녕하세요!" 에미는 적당히 반가워하는 목소리로 대답했다. "샴페인 고마워요. 이쪽은 제 친구, 리하고 아드리아나예요. 얘들아, 이쪽은 폴이야."

다 같이 악수를 하고 미소를 짓고 잠깐 동안 가볍게 이야기를 나누는 동안 폴은 연속으로 폭탄을 두 개 던졌다. 알고 보니 폴은 갓 태어난 조카를 만나러 일주일 동안 LA에 들른 길이었고, 여섯 달 전에 뉴욕으로 이사해 어퍼이스트사이드의 근사한 아파트에서 살고 있었다. 그것만으로도 부족한지 그런 식으로 에미를 팽개친 게 미안해서 연락을 주면 만회하려고 했는데, 자기가 남긴 쪽지에 에미가 답장을 하지 않아 속상했다는 말까지 하는 게 아닌가.

"쪽지라뇨? 무슨 쪽지요?" 지금까지 태연한 척하던 에미가 가면을 벗어던지며 물었다.

"인간은 역시 망각의 동물이라니까요!" 폴이 웃음을 터뜨리자 에미는 그 자리에서 당장 일어나 그의 입술을 잘근잘근 물어뜯고 싶었다. "너무 갑작스럽게 일어나서 미안했다고, 내 연락처 적어놓고 연락 달라고 사정하다시피 썼는데. 체크아웃하면서 코스테스 프런트데스크에 맡기고……" 폴은 말끝을 흐렸고 어떻게 된 영문인지 알아차린 순간 미소를 지었다. "쪽지 못 받았군요?"

에미는 고개를 끄덕였다. "못 받았죠." 그녀는 발랄한 목소리로 대답했다. 이 이야기야말로 지난 일 년 동안 들은 소식 중 최고였다.

폴은 한숨을 쉬었다. "내 생각이 짧았네요." 그는 리와 아드리아나를 향해 저녁식사 중에 미안하지만 야외 정원에서 같이 한잔하고 싶은데 친구분을 잠깐 빌릴 수 있겠느냐고 물었다.

"얼마든지 데리고 가세요." 리가 말하며 에미에게 손을 흔들었다. 행복해하는 에미의 얼굴을 보고 있으려니 가슴이 설렜다.

"몇 분만 빌려드리는 거예요!" 아드리아나가 두 사람의 뒤통수에 대고 외쳤다. "우리도 저녁 먹고 나서 할 일이 있거든요!" 그러고는 리 쪽을 쳐다보더니 못마땅하다는 듯 손가락을 흔들며 잔소리를 늘어놓았다. "그렇게 쉽게 보내주면 안 되는 거야."

이십 분 뒤에 자리로 돌아온 에미는 좋아서 얼굴이 발그스름했다.

"어땠어?" 리가 물었다. "네 표정을 보아하니 창피한 일은 없었을 것 같은데?"

에미는 웃음을 터뜨렸다. "적어도 나는 그랬어. 그 사람이 조금 전에 우리 자리로 샴페인을 보낼 때 얼마나 용기가 필요했는지 몰랐다고 하더라. 내가 연락을 안 해서 계속 당혹스러워하고 있었다는 거야. 믿기니?"

"안 믿기는 일이지." 리는 고개를 저었다. "그런데 지금 뉴욕에 산다고? 농담하는 거 아니야?"

에미는 행복한 미소를 지었지만, 자축할 기회도 없었다. 일 분 뒤에 폴이 그들이 앉아 있는 테이블로 다시 찾아와 수줍은 듯 웃으며 이렇게 말한 것이다. "저기, 또 이러기 싫지만 이제 나가야 해서요."

에미는 폴에게 내가 남긴 쪽지를 못 봤다니 정말 유감이네요 어쩌고 하는 연극은 집어치우라고 말하고 싶었지만, 너무 어이가 없어서 아무 말도 나오지 않았다. 몇 분 전까지만 해도 오늘밤에 그를 따라나서기 전에 해야 할 일들을 머릿속으로 점검하고 있었건만(다음날 아침에 찾아갈 수 있게 아드리아나의 집 주소 적어놓기, 리에게 탐폰 한두 개 더 빌려놓기, 깜찍한 캐미솔을 입고 있는 게 맞는지 다시 한번 확인하기) 또다시 내팽개쳐지다니.

"또 여자친구 생일파티 가세요?" 아드리아나가 다정한 목소리로 물었다.

"사실, 그게, 음…… 휴, 저를 한심하게 생각하실 텐데."

말해보시지. 에미는 속으로 중얼거렸다. 우리 셋은 책에 나오는 온갖 한심한 변명은 전부 다 들어봤거든.

폴은 시계를 확인하고 양손을 주머니에 넣었다. 그러고는 헛기침을 했다. "형이랑 형수님을 대신해서 야간근무를 해야 하는데, 그게 지금부터거든요. 그래서……"

"야간근무요?" 에미가 물었다.

"네. 병원에서 퇴원한 지 나흘밖에 안 돼서 둘 다 쩔쩔매고 있어요. 피곤해하기도 하고요. 그래서 음, 제가 시간도 되고 밤늦게까지 안 자는 건 잘하기 때문에 밤에 아이를 보겠다고 했죠." 폴은 고개를 저었다. "조카가 정말 손이 많이 가더라고요."

리와 아드리아나는 서로 쳐다보았다. 이 남자는 에미가 장차 낳을 아이들의 아빠라는 문구가 이마에 새겨져 있는 거나 다름없었다.

"어머, 자상해라!" 에미는 탄성을 질렀다. 모든 분노와 실망감이 그길로 사라졌다. "형수님이 유축을 해서 우유병에 넣어두시는 거예요? 아이는 건강해요? 아이가 밤새 잠을 못 자면 배앓이하는 것일 수도 있어요. 제 동생도 얼마 전에 아들을 낳았는데 꼬마 깡패예요."

"예, 형수님이 젖 먹이느라 고생이세요. 지금까지 해본 일 중에 제일 어렵대요. 그래서 지금은 모유와 우유를 섞어 먹이고 있어요. 그런데 아이는—이름이 스텔라예요—아주 건강해요. 신생아라서 그렇죠, 뭐. 두 시간마다 깨니까요."

"우와아아." 에미는 애정이 담긴 눈빛으로 대놓고 폴을 바라보며 탄성을 질렀다. "귀엽겠다."

"네, 그래서 얼른 가봐야겠어요." 폴은 말을 하다 끊더니 뭔가 생각하는 듯한 눈치였다. "저기, 부담 느끼실 필요 전혀 없는데, 친구분들도 있고 하니까…… 혹시 같이 가주시면……"

에미는 그의 말이 끝날 때까지 기다리지도 않고 말허리를 잘랐다. "좋아요. 제가 이제 전문가가 다 됐거든요. 그리고 보아하니 도움이 절실한 것 같네요."

폴은 미소를 지었고, 이제는 아드리아나 눈에도 그가 정말 괜찮은 남자로 보였다. "잘됐네요! 저는 가서 코트 챙기고 친구들한테 작별 인사 할게요. 잠시 뒤에 문 앞에서 만날까요?"

에미는 고개를 끄덕였고, 그가 바 쪽으로 돌아가는 모습을 지켜보았다.

"정말 가려는 건 아니지?" 아드리아나가 당연하지라는 대답을 예상하는 목소리로 물었다. "여기서 우연히 만났는데, 강아지처럼 끌려가면 안 돼."

에미는 마티니를 쭉 들이켠 다음 조심스럽게 내려놓고 아드리아나를 향해 미소 지었다. "나 그럼 이제 멍멍거려야겠네?"

"에미!" 아드리아나는 훈계를 시작했다. "내가 이제까지 뭐랬……"

에미가 한 손을 들었고, 리는 그런 에미를 마음속으로 응원했다. "아드리아나, 나치처럼 규칙, 규칙 좀 하지 마. 그건 좀더 어리고 경험 없는 팬들한테나 들려줘. 우리는……" 에미는 테이블 쪽으로 두 팔을 뻗으며 친구들을 향해 활짝 웃어 보였다. "이제 다 전문가잖아. 그리고 구식을 좋아하잖아."

아드리아나는 뭐라고 반박하려다 생각을 바꾼 듯했다. "알았어." 그녀는 알겠다는 듯 고개를 끄덕였다. "믿을게."

"우리를 위해." 리가 잔을 높이 들며 말했다.

세 친구는 잔을 부딪치고 마티니를 한 모금 마시며 미소를 지었다. 어쩌면 이로써 협약은 끝났는지 모른다. 하지만 세 친구 모두 알고 있었다. 좋은 소식은 이제 막 시작이라는 것을.

가장 먼저, 이 세상 최고의 편집자라는 표현으로는 부족한 메리수 루치에게 무한한 감사를. 그리고 무슨 일이 있을 때마다 위로해준 슬론 해리스, 가장 필요한 때(그리고 가장 부적절한 때) 몇 번이고 나를 배꼽 잡고 웃게 만든 데이비드 로젠설에게도 감사의 말을 전한다. '사이먼 앤 슈스터'의 천하무적 팀, 그중에서도 특히 에일린 보일, 트레이시 게스트, 빅토리아 마이어, 케이티 그린치, 레아 바시엘레프스키, 재키 서, 지니 스미스에게도 감사를. 이 책의 문법이 갓난아이 수준을 벗어난 것은 본문 편집 전문가 조애나 크레머 덕분이다. 셰프와 연관된 온갖 지식을 속성으로 알려준 멜리사 페렐로에게도 특별한 감사를 전한다. 그리고 수많은 전문 분야와 관련해서 고마운 조언과 가르침을 아끼지 않은 드보라 슈나이더, 비비안 슈스터, 벳시 로빈스, 린 드

루, 클레어 보드, 헬렌 존스톤, 데이브 퍼테인, 카일 화이트, 스티
븐 프랭크, 주디스 허시, 캐시 글리슨에게도 감사를 표한다.

　내가 뻔뻔하게 이야기를 빌려온 내 친구 오디 켄트, 빅토리아
스타인, 헬렌 코스터, 앨리 커슈너, 줄리 후트킨, 로라 데이브, 메
건 딤 그리고 그레첸 바일로에게 백만 번의 인사를 전한다. 수많
은 와인과 더불어 나를 따뜻하게 맞아준 코헨 가족들—앨리슨,
데이브, 재키 그리고 멜—에게도. 나보다 더 재미있고 냉소적이
고, 나로 하여금 그 사실을 매일 깨닫게 만들며, 내 끊임없는 독
설과 불평에 응원과 이해로 화답하는 엄마, 아빠 그리고 데이나
에게도. 모두모두 사랑해요. 등장인물들이 어떤 식으로 대화를
주고받을지 고민하느라 수없이 펼쳐진 '가상의' 대화를 묵묵히
견뎌주었을 뿐 아니라 아주 그럴듯한 제안으로 나를 깜짝 놀라
게 한 마이크에게 누구보다 큰 감사를 전한다. 맨 처음 공황 발
작을 느꼈을 때부터 마지막 줄을 완성했을 때까지 당신이 어떤
식으로 이 책을 (그리고 이 책의 저자를) 도왔는지 아무리 고백
해도 모자랄 거예요.

옮긴이 **이은선**

연세대학교 중어중문학과와 같은 학교 국제학대학원 동아시아학과를 졸업했다. 출판사 편집자, 저작권 담당자를 거쳐 번역가로 활동 중이다. 옮긴 책으로는 『사라의 열쇠』 『딸에게 보내는 편지』 『로우보이』 『누들메이커』 『환상의 여인』 『11/22/63』 『셜록 홈즈 실크하우스의 비밀』 『기적』 『굿독』 『몬스터』 『그대로 두기』 등이 있다.

문학동네 세계문학

해리 윈스턴을 위하여 2

초판인쇄 2013년 1월 28일 | 초판발행 2013년 2월 8일

지은이 로렌 와이스버거 | 옮긴이 이은선 | 펴낸이 강병선
책임편집 이현자 | 편집 윤정민 김나리 최지혜 | 독자모니터 양은희
디자인 송윤형 이원경 | 저작권 한문숙 박혜연 김지영
마케팅 정민호 김도윤 박보람 | 온라인마케팅 김희숙 김상만 이원주 한수진
제작 서동관 김애진 임현식 | 제작처 영신사

펴낸곳 (주)문학동네
출판등록 1993년 10월 22일 제406-2003-000045호
주소 413-756 경기도 파주시 문발동 파주출판도시 513-8
전자우편 editor@munhak.com | 대표전화 031) 955-8888 | 팩스 031) 955-8855
문의전화 031) 955-3576(마케팅) 031) 955-8859(편집)
문학동네카페 http://cafe.naver.com/mhdn

ISBN 978-89-546-2047-5 04840
    978-89-546-2045-1 (세트)

www.munhak.com